AURORA ROSE REYNOLDS

June

série until her

Tradução
A C Reis

pausa;

Título original: Until June

EDITORA
Silvia Tocci Masini

PREPARAÇÃO
Lígia Alves

REVISÃO
Carla Neves

CAPA
Márcia Matos (Shutterstock por LightFields)

DIAGRAMAÇÃO
Larissa Carvalho Mazzoni

Dados Internacionais de Catalogação na Publicação (CIP)
(Câmara Brasileira do Livro, SP, Brasil)

Reynolds, Aurora Rose
June / Aurora Rose Reynolds ; tradução A. C. Reis. -- São Paulo : Editora Pausa, 2019. -- (Série Until Her ; v. 2)

Título original: Until June
ISBN 978-85-93745-70-6

1. Ficção norte-americana I. Título II. Série.

19-30713 CDD-813

Índices para catálogo sistemático:
1. Ficção : Literatura norte-americana 813

Maria Alice Ferreira - Bibliotecária - CRB-8/7964

Para meus garotos,
os detentores do meu coração.

Prólogo

Olhando para o reflexo no espelho diante de mim, estremeço. Meu cabelo está um desastre, há bolsas debaixo dos meus olhos e a camisola que estou vestindo nem é uma das bonitas que normalmente uso. É a que minha irmã, December, me deu de brincadeira, e que uso de vez em quando por ser confortável, embora tenha sido feita para uma mulher com três vezes a minha idade. Apoiando os cotovelos na mesa à minha frente, passo os dedos pelo cabelo, afastando os fios do rosto.

– Odeio os homens – sussurro na sala de interrogatório vazia, onde me mandaram esperar há mais de uma hora depois que a polícia arrebentou minha porta e me arrancou da cama. Erguendo o rosto, olho de novo para mim mesma no espelho e juro que, assim que sair da confusão em que meu ex-namorado me meteu, vou aprender a ser lésbica, embora não tenha certeza de que isso seja possível.

– June Mayson. – Espio por sobre meu ombro pela porta atrás de mim, que agora está aberta, e meus olhos encontram os de um homem que me lembra meu pai. Ele parece ter 40 e poucos anos e é um daqueles sujeitos com quem o tempo foi gentil. Seu cabelo escuro é curto e repartido de lado. Seus olhos são de um azul que contrasta com os cílios escuros, e a pele é bronzeada. – Sou o policial Mitchell, e este é o policial Plymouth. – Ele sinaliza com a cabeça para o homem que está logo atrás, que deve estar fazendo o papel de "policial malvado", a julgar pelo rosto franzido e pelo olhar que me dá quando o encaro. Com ele o tempo não foi muito gentil. Plymouth parece ter tomado umas cervejas a mais do que devia. Sua barriga é redonda, e sua pele não parece saudável; na verdade, ele é meio amarelado.

Cumprimentando-os com um movimento de cabeça, cruzo os braços sobre o peito e passo as mãos pela pele nua e gelada dos meus ombros, por causa do ar frio que sai da abertura de ventilação acima de mim.

– Gostaria de beber alguma coisa? – o policial Mitchell pergunta ao adentrar totalmente a sala.

– Não, obrigada – murmuro, sacudindo a cabeça.

– Chocolate quente? – ele oferece, e sinto lágrimas queimando o fundo dos meus olhos. Desde pequena, sempre que eu tinha um dia ruim, meu pai me oferecia um chocolate quente que parecia ter poderes mágicos, pois melhorava tudo. Porém, duvido que o chocolate quente da delegacia de polícia possa ter o mesmo efeito.

– Não, obrigada. Eu só preciso saber por que estou aqui – digo enquanto ele senta na cadeira de metal à minha frente e coloca uma pasta cheia de papéis sobre a mesa entre nós.

– Pode ser que a gente fique aqui por um bom tempo, Srta. Mayson, então eu quero que você esteja confortável – ele diz, gentil.

Olho para o policial Plymouth, que está encostado na parede, depois me volto para Mitchell.

– Não quero ser grosseira, Sr. Mitchell, mas eu gostaria de ir direto ao assunto. Tenho aula daqui a algumas horas e preciso mesmo chegar na hora.

– Receio que você vá perder sua aula hoje, Srta. Mayson.

Fecho os olhos e os abro lentamente.

– Você pode me arrumar um agasalho? – pergunto.

Surpreendendo-me, o policial Plymouth tira seu paletó, vem até mim e o coloca sobre meus ombros.

– Obrigada – sussurro para ele, e os cantos de seus olhos se suavizam. Afastando os olhos dele, me volto para o policial Mitchell.

– Há quanto tempo você conhece Lane Diago? – ele me pergunta, e eu me endireito na cadeira.

– Não conheço ninguém com esse nome – respondo, e ele abre a pasta, espalhando bem na minha frente algumas fotos do meu ex-namorado Aaron. Todas elas foram tiradas enquanto estávamos juntos, mostrando que tínhamos sido seguidos várias vezes. Ele chegando ao meu apartamento... me beijando perto do meu carro... nós dois em uma loja, andando de mãos dadas pelos corredores... no cinema... num restaurante... fazendo coisas normais de casal.

– Você está falando de Aaron?

– Foi esse o nome que ele te deu? – Mitchell pergunta, e eu concordo com a cabeça.

– Eu o conheço há mais ou menos um ano – sussurro, baixando os olhos para as fotos outra vez e percebendo que não o conheço de fato, já que seu nome nem mesmo é Aaron.

– Há quanto tempo vocês namoram? – ele pergunta, e meus olhos descem para as fotos mais uma vez.

– Nós namoramos por cerca de quatro meses. Terminei com ele há um mês – respondo, com sinceridade, enquanto um sentimento inesperado de tristeza me toma. Eu não amava Aaron. Ou *Lane*. Nem passou perto disso. Mas gostava dele e acreditava que ele também gostava de mim. Quer dizer, até ele me mandar uma mensagem pedindo que eu o encontrasse em sua casa. Quando cheguei lá, um dos caras que moravam com ele abriu a porta, e eu peguei Aaron no quarto com a boca de Susie Detrei no seu pau, provando que eu estava errada a respeito dele.

– Vocês eram próximos – o policial Mitchell afirma, e eu assinto, porque éramos mesmo, ou eu pensava que fôssemos. – Pode me dizer quem é este homem? – ele pergunta, puxando uma foto do primo de Aaron... *Lane*. Pelo menos o sujeito me disse que era primo dele quando o apresentou.

– Cody, primo do Aaron... do Lane, quero dizer. Ele mora no Mississippi.

– Alguma vez você ouviu os dois conversando?

– Se eu os ouvi conversando? – Olho para uma foto de Cody e Lane sentados no que parece ser um bar. Lane está segurando uma garrafa de sua cerveja favorita, e Cody está com a mão ao redor de um copo largo com líquido escuro e gelo, apoiado no balcão à sua frente, enquanto ri de alguma coisa.

– Conversando sobre alguma coisa fora do comum – ele esclarece, e eu meneio a cabeça.

– Não.

– Tem certeza disso?

– Se você me contasse exatamente por que eu estou aqui, talvez eu pudesse dar a informação que está procurando.

– O tio de Lane Diago é um dos maiores distribuidores de drogas ilegais no Alabama, em Kentucky, no Tennessee, no Mississippi, na Georgia e na Carolina do Sul.

– O quê? – murmuro, e meus olhos se fixam numa das fotos de Lane comigo na frente do prédio onde eu morava. Estou usando um vestidinho de verão colorido e sandálias douradas; Lane veste uma bermuda cargo preta e uma camiseta branca básica. Sua cabeça está inclinada na direção da minha, e eu estou com a mão no peito dele, suas mãos apertando meu quadril. Esse foi nosso terceiro encontro, o dia do primeiro beijo. Esperei uma eternidade para sair com ele, porque não estava pronta para um relacionamento. Cedi, enfim, porque ele foi muito insistente. Lane me convidava para sair toda vez que nos víamos, e sempre era dramático ao fazer o convite, o que eu achava fofo.

– Alguma vez você viu...

– Nunca vi nada – interrompo. – Lane não fumava nem maconha, e praticamente todo mundo que eu conheço fuma maconha – sussurro, meus olhos indo da foto para o policial.

– Vocês dois passavam bastante tempo juntos. Você levava ou buscava Lane nos clientes. – Ele remexe na pilha de fotos e pega uma em que estou dentro do carro, estacionado diante de uma casa, esperando por Lane. – Meus homens viram você em mais de uma ocasião.

– Em casas de amigos – respondo, de repente sentindo dificuldade para respirar. – Se, enquanto estávamos namorando, ele me pedia para deixá-lo na casa de alguém, ou para pegá-lo, ou levá-lo a algum lugar, eu ia. Mas nunca o vi fazendo nada ilegal.

– Compreende que você pode ser presa se nós descobrirmos que gastou consigo mesma algum dinheiro que ele ganhou vendendo drogas? – o policial Plymouth indaga, cruzando os braços sobre o peito.

Rindo, cubro o rosto com as mãos e deito a cabeça sobre a mesa enquanto tento me recompor. Talvez não devesse rir neste momento, mas estou rindo para não chorar.

– Qual é a graça? – o policial Plymouth pergunta, e eu levanto a cabeça para ele.

– Mais de uma vez eu paguei por passeios nossos. Ele até me pedia dinheiro para a gasolina de vez em quando. Eu nunca, nunca mesmo, recebi dinheiro dele, nem para um café – respondo, e ele olha para o policial Mitchell, que murmura "Merda".

– Ele me traiu faz um mês, e não conversamos desde então – digo, e o policial meneia a cabeça.

– Nós temos registros de ligações telefônicas entre vocês dois ao longo do último mês.

– Você viu quanto tempo essas ligações duraram? – pergunto, sabendo que, se tivesse visto, ele perceberia que nós não conversamos. – Ele me ligou. Várias vezes. Até que eu atendi para mandar que ele parasse de me ligar. Eu não queria mais nada com ele um mês atrás, e com toda a certeza não quero nada com ele agora.

– Outra porcaria de beco sem saída – o policial Plymouth resmunga, e eu viro a cabeça para ele.

– Sinto muito. Juro que, se soubesse de alguma coisa, ajudaria vocês, mas não sei. Lane nunca me contou nada, e eu com certeza nunca vi nada. Se tivesse visto, teria contado para o meu tio.

– Tem mesmo certeza de que nunca viu nem ouviu nada?

– Sim – respondo, desejando saber de algo, não porque seja dedo-duro, mas porque eu sei o que as drogas fazem com as pessoas. Eu sei que nem todo mundo que usa drogas morre ou tem a vida arruinada, mas minha colega de quarto do meu primeiro ano de faculdade morreu de overdose, e isso foi depois de ela ter se transformado em uma pessoa completamente diferente. Uma pessoa de quem eu não gostava muito. Em quem eu não confiava. Então, de jeito nenhum eu iria proteger alguém que fosse acusado de fornecer drogas, não importa o quanto eu gostasse desse alguém.

– Você estaria disposta a retomar o contato com Lane? – o policial Plymouth questiona, chamando minha atenção para si. Meu coração dá um salto dentro do peito quando penso nisso, mas não tenho chance de responder, porque alguém bate no espelho à minha frente, o que faz meu reflexo ficar esquisito.

Capítulo 1

JUNE

– Você só pode estar brincando – eu me viro, batendo a porta atrás de mim, e entro em minha casa. Passo apressada pela pilha de caixas perto da entrada, atravesso o hall e a sala de estar (onde a mobília está toda amontoada no centro, porque ainda não tive tempo de pensar onde quero colocá-la) e entro na cozinha. Pegando o celular no balcão, telefono para meu primo e, enquanto espero que ele atenda, sinto meu estômago se encher de náusea e raiva.

– Por que o Evan está parado em frente à minha casa? – pergunto, com um grunhido, assim que Jax atende, e não lhe dou chance de responder antes de continuar, com um silvo: – Quero que ele suma *agora.*

– June, você sabe que isso não vai acontecer. Seu pai está preocupado com você. Eu estou preocupado com você. O tio Nico está preocupado com você. Todo mundo está preocupado com você neste momento.

– Ele está na cadeia. Não vai acontecer nada comigo – retruco, tentando parecer calma, embora me sinta o mais distante da calma que alguém poderia estar.

– Até sair a sentença, alguém vai ficar de olho em você para garantir que nada te aconteça – ele diz, e tenho vontade de gritar. Quero dizer para ele mandar alguém diferente, *qualquer pessoa*, mas não consigo, porque ele não faz ideia de que Evan seja meu ex. Pior, ele é meu ex-marido. Ninguém sabe disso, e eu quero que continue assim.

– Agradeço por você estar cuidando de mim. Agradeço mesmo. Mas isto é totalmente desnecessário, Jax, e você sabe.

– O Evan é firmeza. Você nem vai perceber que ele está aí... A menos que queira ser gentil e o convide para entrar, para que ele não tenha que ficar sentado debaixo do sol.

– Não vou convidar coisa nenhuma – sussurro para mim mesma, mas Jax me ouve e ri, provavelmente pensando que estou sendo dramática.

– Ele não é tão ruim assim. Tenho certeza de que te ajudaria a arrumar os móveis se você pedisse – Jax ri.

– Preciso desligar – falo, apertando os olhos, e desligo sem nem me despedir. A simples ideia de ter Evan perto de mim me faz ranger os dentes. – Ele pode assar no sol se depender de mim – digo para mim mesma, sabendo que é mentira. O amor é uma porcaria. E é uma porcaria porque às vezes, mesmo quando você não quer amar uma pessoa, acaba amando mesmo assim. Não importa quantas vezes eu tenha tentado me convencer de que o que eu tinha com Evan acabou, continuo sofrendo. E sofro porque ainda o amo, e não quero amar.

De jeito nenhum.

Apertando os olhos com os dedos, solto um gemido de frustração. Preciso ir ao mercado comprar comida. Era o que tinha planejado fazer quando saí e o vi parado ao lado de sua picape, mais bonito do que nunca, o que não faz sentido. Quando estávamos juntos, eu sabia que ele era o homem mais bonito que eu já tinha visto, e é uma droga que ele não tenha mudado durante o tempo em que ficamos separados, que não tenha adquirido um terceiro olho nem se transformado num alienígena verde e nojento com verrugas gordas cobrindo seu corpo. Ele continua sendo o mesmo Evan Barrister lindo por quem me apaixonei no momento em que nossos olhos se encontraram.

O cabelo escuro e os olhos castanhos e calorosos, que cintilavam quando ele sorria, foram o que me chamou atenção. Mas na primeira vez em que estive em seus braços, na primeira vez em que mergulhei entre seus ombros largos, foi nesse momento que eu soube que ele era o que eu queria. Que eu soube que ele era tudo para mim. Não teve nada a ver com sua aparência, embora eu soubesse que ele era o tipo de homem com quem as mulheres fantasiam. O tipo de homem que você vê na rua e quer parar para admirar, porque sabe que nunca viu outro como ele na vida real e precisa se lembrar de cada detalhe, já que provavelmente nunca mais vai ver esse tipo de beleza tão de perto. Não teve nada a ver com isso tudo. Teve a ver com o fato de que, quando estava com ele, eu sabia que ali era meu lugar. No fundo do meu ser, eu sabia que estava destinada a ser dele, e que Evan estava destinado a ser meu.

Tirando os dedos dos olhos, eu os arregalei, não querendo me lembrar dos sentimentos que tive por ele, embora soubesse que não havia nada que pudesse fazer a respeito. Evan estava enraizado em mim, era uma parte do meu corpo que eu sabia ter perdido para sempre, mas que todo dia acordava pensando que iria voltar.

– Você não vai até lá, June Mayson – brigo comigo mesma quando lágrimas queimam o fundo dos meus olhos. Piscando várias vezes, inspiro fundo pelo nariz, jogo meu celular no balcão e vou para a porta da frente. De jeito nenhum vou deixar que ele domine minha vida outra vez... De jeito nenhum vou parar de viver.

De novo, não.

Foi o que fiz quando ele foi embora. Foi o que fiz quando ele pediu para a mãe me entregar os papéis do divórcio. Morri por dentro quando soube que não existia mais "nós". E acabei de recuperar o controle. Então, de jeito nenhum eu deixaria que ele me impedisse de seguir em frente com a minha vida.

Sem chance.

Abrindo com determinação a porta da frente, desci os degraus até a calçada, mantendo os olhos nos meus pés enquanto andava. O fato de tê-lo superado não significa que ele tinha parado de me afetar. Afeta, mas não quero que perceba.

Não quero que ele arranque mais nenhum pedacinho de mim.

Apertando o botão da chave do carro, ouço as portas sendo destrancadas no momento em que ponho a mão na maçaneta. Abro a porta do meu Volkswagen Beetle R-Line 2.OT SE prata com tudo cromado e entro. Adoro meu carro. É um carro de menina, mas é a primeira coisa real que comprei para mim com o dinheiro que ganhei. Meu pai balançou a cabeça quando viu o carro, mas com minha mãe a história foi diferente. Ela pulou dentro dele e nós duas fomos passear pela cidade com os vidros abertos e a música no volume perfeito – *alto.*

Infelizmente, os policiais não pensaram o mesmo sobre o volume de gangsta rap que vinha do meu carro e nos informaram disso quando nos pararam. Eles até explicaram em detalhes o que é uma "*trap queen*" enquanto, sorrindo, preenchiam uma multa por ruído excessivo. Nem liguei para a multa. Estava com minha mãe e nós nos divertimos feito bobas. Assim que os policiais voltaram para a viatura e ficaram a uma distância em que não podíamos mais ser ouvidas, minha mãe aumentou o volume, sorriu e gritou "Manda ver, Junina!" por cima da música que bombava nos alto-falantes do carro. Foi o que eu fiz, e nós passeamos por mais meia hora, até meu pai enviar uma mensagem para minha mãe mandando-a voltar para casa. Então nós voltamos, rindo o caminho todo como duas crianças. Foi demais.

Voltando das lembranças, sorrio. Engato a ré, espio por sobre o ombro e saio da entrada de casa para a rua – o tempo todo evitando olhar na direção de Evan. Nem preciso espiar no espelho retrovisor para saber que ele está me seguindo. A picape é tão barulhenta que os ruídos que ela produz chegam ao meu carro como um lembrete constante.

Quando nós estávamos juntos, ele tinha outro carro. Era um Honda pequeno, de duas portas. Velho, mas confiável. Seu pai, que nunca fez muita coisa por Evan, ajudou-o a refazer o motor no verão em que ele se formou no ensino médio. Evan gostava daquele carro, porque era uma das poucas lembranças de algo bom que tinha feito com o pai.

O Honda tinha sumido havia tempos, e agora ele dirige uma picape. Só que não é qualquer picape. É imensa e preta até nos detalhes. Não tenho dúvida de que, à noite, quando Evan desliga os faróis, ela pode ficar invisível. Mas não vou pensar nisso. O que eu quero saber exatamente é o que ele está fazendo trabalhando para o Jax.

Entrando no estacionamento do mercado, encontro uma vaga única numa fileira lotada. Se quiser estacionar, Evan vai ter que parar em algum lugar longe de mim. Colocando o câmbio do meu Beetle em *park*, pego o envelope de cupons que deixo no porta-luvas, abro a porta e saio. Ao ver Evan parar numa vaga do outro lado do estacionamento, aperto o passo, entro na loja e pego um carrinho. Como preciso de tudo, começo na seção de hortifrúti, passando por todos os corredores da loja. Quando, enfim, chego ao caixa, meu carrinho está transbordando. Não peguei só o básico, mas todo e qualquer item alimentício que tenha me chamado atenção. Isso significa que estou carregada de besteiras, porque vim fazer compras de estômago vazio. Para minha sorte, estou cheia de cupons e sei que minhas besteiras não vão me criar uma dívida imensa.

– June?

Ao ouvir meu nome, eu me viro e sinto os ombros enrijecerem quando dou de frente com um cara que namorei no ensino médio, um cara que – mesmo aos 17 anos – me fez de tonta. Ele foi o primeiro. Evan, o segundo. Lane, o terceiro. Mas este seria o último. Agora vou jogar no outro time – ou pelo menos fingir que jogo.

– Matt, como vai? – pergunto, embora não dê a mínima. Não sou metida, pelo menos não normalmente, mas ele fez gato e sapato do meu coração adolescente. Posso não ser metida, mas sei muito bem como guardar rancor.

– Ótimo. Acabei de voltar. Estou trabalhando com o meu pai. – Ele sorri.

– Legal. – Dou um meio sorriso e fico parcialmente de costas quando a moça do caixa me pede os cupons.

– Você está na sua casa? – ele pergunta, e eu mudo minha atenção da moça do caixa para ele. Começo a responder quando sinto o calor atingir o lado do meu corpo. Sei que *ele* está aqui. Dá para sentir pelo cheiro e pelo calor que emana do seu corpo. Mas, quando seu braço desce sobre meus ombros do modo familiar como ele costumava me abraçar, todo o meu corpo fica rígido e meus olhos sobem. Tudo o que vejo, no entanto, é seu maxilar.

– Evan. – Ele diz, esticando a mão para Matt, e minha respiração fica tão indecisa quanto os olhos de Matt, que voam entre meu ex-marido e eu.

– Ahn... Matt – ele diz, aceitando o aperto de mãos antes de olhar para mim. – Eu... A gente se vê por aí – ele murmura antes de desaparecer com tanta rapidez que não vejo para onde foi.

– Meu bem? – a moça chama, e eu me viro para ela, tirando o braço de Evan dos meus ombros e dando um passo para o lado, a fim de colocar mais distância entre nós. – Você está bem? Parece que viu um fantasma – a mulher diz, com delicadeza. Vejo o olhar preocupado dela e inspiro profundamente.

– Estou... Ahn, quanto deu? – sussurro, e os olhos dela se suavizam e miram o espaço atrás de mim. Sinto o calor de Evan sair de perto.

– Tem certeza de que está tudo bem? – ela pergunta, em voz baixa.

– Sim. – Sorrio e ela meneia a cabeça, como se não acreditasse em mim. Mas tudo bem, porque neste momento eu mesma não acredito.

– 107,62. Você economizou 50 dólares. – Ela sorri, e eu tento sorrir de volta quando lhe entrego o dinheiro, mas meu rosto parece que vai rachar.

– Obrigada – murmuro ao pegar meu troco, e então agradeço à mocinha que empacotou minhas compras, coloco as mãos na barra do carrinho e o empurro para fora da loja, ignorando o fato de que posso sentir Evan me seguindo de perto.

– June.

– Não. – Sacudo a cabeça sem olhar na direção dele. Não posso lidar com ele, não agora. Coloco todas as sacolas no porta-malas, entro no carro, prendo o cinto, saio de ré e vou embora, evitando olhar no retrovisor e pensar no que acabou de acontecer, embora possa sentir minhas entranhas revirando quando estaciono na entrada de casa.

– Você acabou de se mudar? – grita a voz de uma mulher assim que abro a porta do carro. Olhando ao redor para descobrir de onde a voz vem, saio e bato a porta. – Aqui, meu bem! – a voz chama outra vez, e eu encontro uma mulher pequena de cabelo preto na varanda da casa ao lado da minha, com as mãos no parapeito e o corpo debruçado sobre ele.

– Oi! – respondo, e ela sorri.

– Então, você está se mudando? – ela pergunta, e eu imagino que não tenha visto o caminhão de mudanças parado na frente de casa pela manhã.

– Estou. Ou melhor, cheguei hoje cedo – respondo, indo até o porta-malas para pegar minhas compras.

– Espere. Vou até aí me apresentar – ela grita de novo, e eu começo a rir, surpresa por ela não ter gritado seu nome e me feito berrar o meu. Deixando as compras no carro, eu a encontro na metade do caminho, no gramado entre nossas casas, imaginando como diabos ela consegue andar de salto alto na grama. Eu teria caído de cara no chão, mas a mulher parece fazer isso o tempo todo.

– Sou a JJ. – Ela sorri quando se aproxima, e noto que seu cabelo não é só preto; é preto com grandes mechas roxas que fazem o cinza de seus olhos se destacar. – Só duas letras J, não o nome Jay falado duas vezes. – Ela sorri, e eu retribuo o sorriso, estendendo a mão.

– June, como o mês de junho.

– Quer dizer que você se mudou hoje de manhã? – ela pergunta, olhando para a casa atrás de mim.

– Sim.

– Eu estava trabalhando – ela murmura e então aponta o polegar para a sua casa. – Meu velho estava dormindo até eu chegar, então ele também não viu.

– Prazer. – Sorrio de novo, e os olhos dela me examinam e depois se apertam.

– Você se incomoda com motoqueiros?

– Ahn... não... – meneio a cabeça e meu sorriso fica maior.

– Que bom. Não que aconteça muito, mas os meninos do meu velho às vezes aparecem e, sabe como é, a coisa pode ficar barulhenta. Se isso te incomodar, me avise. Se não te incomodar, venha tomar uma cerveja. – Ela sorri e eu rio, pensando que já estou gostando de JJ.

– Acho que vou aceitar a sua oferta.

– Que bom. Agora me deixe perguntar: quem é o gostoso da picape?

Eu não me viro. Não preciso olhar para saber de quem ela está falando quando aponta com o queixo para o veículo atrás de mim.

– Ahn... – me pergunto como posso explicar Evan.

– Deixa pra lá. Dá pra ver que você não quer falar disso agora. Amanhã eu venho te visitar com uma garrafa de tequila. Você me conta, então – ela diz, se convidando.

– A história dele vai exigir umas duas garrafas de tequila – murmuro, e ela dá mais um sorriso, desta vez maior.

– Estou vendo que você é do meu tipo de gente – ela diz e então espia por cima do meu ombro de novo. – Vocês dois combinam, e, pelo modo como está olhando para cá, imagino que ele saiba disso. Mas, como você falou, essa história precisa de tequila, então vou te deixar à vontade e nós duas conversamos sobre ele amanhã.

– Amanhã – concordo, estendendo a mão para apertar a dela. – Foi bom conhecer você, JJ.

– Também gostei de te conhecer, garota. Até amanhã. – Ela sorri, então se vira e volta saracoteando pelo meu jardim e pelo dela em direção à sua varanda. Assim que ela chega lá, a porta é aberta, e um homenzarrão barbudo (que não é nada feio) sai para a varanda e levanta o queixo para mim. Dando um aceno desajeitado, vejo JJ sorrir para ele e dizer algo que o faz rir enquanto meneia a cabeça e a puxa para dentro, fechando a porta.

Eu sei neste momento que vou adorar minha nova vizinhança... ou, pelo menos, vou adorar quando não tiver mais Evan montando guarda na frente da minha casa.

Capítulo 2

EVAN

— Você é o meu Ev – ela sussurra, baixando os olhos para o anel que coloquei no seu dedo e apertando com as coxas os meus quadris.

– Sempre, minha linda.

Seu olhar encontra o meu e ela recua, o que faz seu cabelo escuro deslizar pelo meu peito quando se senta. Meus olhos acompanham minhas mãos enquanto elas se movem pela seda de suas coxas, pela curva suave de sua cintura e então pelos seios, cujo peso enche minhas mãos.

– Ev. – Ela me coloca dentro dela, e meus quadris pulam para cima, penetrando mais fundo. Meus olhos procuram os dela, enquanto seu corpo levanta e desce lentamente, tão devagar que eu sei que vai acabar me matando. Mas eu não me importaria se morresse assim, bem dentro dela, rodeado de beleza.

– Cacete – suspiro, e ela sorri. Ela é a coisa mais linda que já vi na vida. Nada é melhor que ela. Perfeição. – Me beija. – Passo uma mão pelas costas dela e a puxo para mim, tomando sua boca e provando-a com minha língua. Nada é mais doce que ela, nada.

– Ah, Deus – ela geme na minha boca enquanto entra em convulsão ao meu redor.

Pisco várias vezes ao abrir os olhos, meu pulso acelerado, e seguro meu pau com a mão, apertando-o enquanto murmuro "Cacete" para o teto e tento recuperar o fôlego. Logo que voltei do Afeganistão, meus sonhos eram os pesadelos que vivi lá, os pesadelos de perder homens que eu considerava irmãos. Agora os pesadelos são a perda dela – de June.

Rolando para fora da cama, vou até o pequeno banheiro ao lado, abro a torneira, me inclino na sua direção, encho as mãos com água e a jogo no rosto, deixando que o líquido frio lave o restante do meu sonho. Apoiando as mãos na borda da pia, deixo a cabeça cair para a frente e aperto os olhos, imaginando por quanto tempo as lembranças de June vão assombrar minhas noites. Levanto a cabeça, me olho no espelho e encaro o homem diante de mim, sabendo que sou tudo o que meu pai disse que eu era.

– *Caralho!* – trovejo, recuando o braço e o soltando, vendo o vidro se estilhaçar quando meu punho estabelece contato com o espelho e minha imagem se desintegra.

O peito arfando, baixo a cabeça de novo, inspirando com dificuldade.

Seguindo pelo corredor, vejo Harlen sair de seu quarto e levanto o queixo.

– Está indo trabalhar? – ele pergunta, acompanhando meu passo ao sairmos para o corredor externo do complexo em direção ao refeitório.

– Estou – resmungo, levantando o queixo para Z quando o vejo sentado à mesa ao entrarmos. O salão, que era o refeitório quando a fábrica estava em operação, agora tem algumas mesas redondas perto da entrada do refeitório. Uma TV de tela plana de oitenta polegadas fica pendurada diante de um sofá de couro, e duas mesas de sinuca estão dispostas no fundo. Na maioria dos dias a sala fica lotada de caras que trabalham ou moram ali, a maioria fazendo a transição da vida militar para a civil.

– Você ainda quer outra moto? – Harlen pergunta ao meu lado, me tirando dos meus pensamentos enquanto me sirvo um copo de café.

– Continuo. Só não tive tempo de procurar. Não sei se quero uma nova – resmungo e o vejo anuir e cruzar os braços sobre o peito.

– Talvez eu tenha uma coisa pra você. Uma moto chegou ontem e o cara falou que queria vender. Vou ver qual é a dele quando vier hoje.

– Me diga o que descobrir – balbucio e olho para o relógio, vendo que preciso pegar Sage no escritório em dez minutos. – Até. – Levanto o queixo para Z e saio na direção da minha picape. Subindo na Fera, ponho o café no suporte, saio da minha vaga e sigo em direção à cidade, onde fica o escritório.

– Qual é o lance entre você e a June? – Sage pergunta ao entrar no carro, colocando seu copo de café no suporte entre nós e prendendo o cinto. Não vou responder à pergunta dele. Primeiro, não é da conta de ninguém. Segundo, ele e Jax não fazem ideia de que June e eu temos uma longa história, e não é por mim que vão ficar sabendo. June não contou para ninguém quando ficamos juntos, nem mesmo para as irmãs, e June conta tudo para elas. Não entendi o motivo de ela fazer de nós um segredo. Eu não gostava disso, mas era assim.

Quando nos casamos, ela manteve o mistério. Tudo bem por mim. Ela disse que tinha um plano e que iria contar para os pais enquanto eu estivesse fora. Dessa forma eles teriam tempo de se acostumar com a ideia de que a filha era uma mulher casada e, quando eu voltasse, ela me apresentaria. Na época meu espaço mental estava completamente tomado, e, como já disse, não dei muita atenção a isso. A única coisa que eu sabia era que estava com uma mulher legal, uma mulher que eu amava e que me amava de volta, então resolvi deixar que ela conduzisse o assunto quanto à sua família.

É óbvio que deu merda enquanto eu estava longe, e terminei nosso relacionamento. Então, não havia mais razão para June contar às pessoas que tinha sido casada, e ela não contou. Não sou eu que vou dizer para os outros que nós temos um passado.

– Ela ligou para o Jax hoje de manhã, dizendo para ele manter você longe dela – Sage continua, e sinto meus músculos enrijecerem.

Ontem fiz uma cagada. Deveria ter mantido distância, mas não aguentei a ideia de ver aquele merdinha convidando-a para sair e ela aceitando. Então, eu me intrometi.

– Você está me escutando? – Sage pergunta. Eu me viro e levanto uma sobrancelha. – Eu sei que vocês foram casados – ele sussurra, e meus músculos tensos ficam ainda mais duros. – Sei que não durou muito, mas estou sabendo que ela foi sua mulher. Não tenho ideia do que aconteceu, mas preciso te dizer: eu gosto de você, cara, mas, se você zoar com a cabeça da minha prima, se fizer alguma coisa para machucar a June, vai se ver comigo.

– Não – inspiro – me ameace.

– Não é uma ameaça, irmão. É uma promessa. Eu sei que ela andou zoada por um tempo. Todo mundo sabia que ela estava zoada, mas ela não tocava no assunto, não falava o que aconteceu. Mas eu sei que ela ficou assim porque vocês terminaram.

– Ela seguiu em frente – digo, lembrando-me de algo que me mata toda vez que penso a respeito.

Fungando, ele meneia a cabeça.

– Se você acredita mesmo nisso, então é idiota pra caralho.

– Tanto faz – murmuro em vez de enfiar a mão na cara dele. Então engato a ré, depois ponho a picape a caminho da cidade para o encontro com um cliente em potencial.

– Estou vendo que ele voltou – ouço JJ dizer quando June abre a porta de sua casa. Quando a vejo, minhas mãos se crispam. O cabelo escuro dela está na altura dos ombros nus. O vestido preto de algodão, sem alças, faz a pele dela parecer ainda mais dourada, e seu rosto está completamente sem maquiagem. Eu sei que, se estivesse mais perto, veria a leve cobertura de sardas na ponta de seu nariz e os pontos dourados em seus olhos.

– Estou me esforçando para fingir que ele não está aí – June diz para JJ, que mostra uma garrafa de tequila, a mesma com que saiu de casa.

– Isto aqui vai te ajudar a esquecer – JJ diz, rindo, aproximando a garrafa de June.

Recuando um passo com a garrafa perto do peito, ela deixa JJ entrar.

– Não sei se vai funcionar – ouço a resposta de June, em voz baixa. Meu coração para do mesmo jeito que aconteceu quando a conheci, só que desta vez, em vez de ela abrir os lábios e seus olhos brilharem de admiração, ela aperta os lábios, estreita os olhos e fecha a porta, me dando tudo e absolutamente nada.

– Merda – resmungo, inclinando a cabeça para trás. Na primeira vez que vi June, eu estava saindo da loja de autopeças onde trabalhava, e ela estava entrando. Meu turno tinha terminado, mas, quando ela inclinou a cabeça para trás, com os lábios entreabertos, sussurrando "Obrigada" por eu segurar a porta aberta, eu soube que precisávamos conversar, então voltei para dentro com ela.

June não falou muito. Ela me disse o que estava procurando e eu lhe mostrei onde poderia encontrar. Suas bochechas exibiam um tom rosado lindo quando ela pagou a compra, e ficaram mais vermelhas quando pedi o telefone dela ao acompanhá-la até o carro. Eu soube, no instante em que a conheci, que havia algo diferente nela, algo que eu não sabia explicar o que era, mas que me dizia que ela com certeza seria importante para mim.

Importante não: ela era vital, a melhor coisa que já aconteceu comigo. Mas então eu tive que deixá-la ir embora para que minha cagada não a arruinasse.

Entrando na picape, dou a partida e olho para a casa dela, sabendo que não tem como alguém ameaçá-la, não comigo aqui fora ou JJ lá dentro. Ninguém seria estúpido o bastante para querer enfrentar o tipo de reação que viria de Brew se algo acontecesse com a mulher dele. E eu mataria, sem pestanejar, qualquer um que se aproximasse demais de June.

Ela estava zoada. As palavras de Sage ecoam na minha cabeça sem parar. Quando eu estava com June, nós falávamos bastante sobre nosso futuro e fazíamos um milhão de planos. Ela sabia que eu ainda devia quatro anos aos fuzileiros. Me alistei antes de nos conhecermos. Eu não tinha dinheiro para a faculdade, e os fuzileiros me deram a oportunidade de estudar e ainda ganhar alguma coisa enquanto aprendia.

June era minha dependente, e depois do treinamento nós estávamos escalados para ir para a Alemanha. Ela queria conhecer o mundo e eu estava feliz por poder lhe proporcionar isso. Ela sabia que ficaríamos lá por dois anos, mas também compreendia que não era muito tempo, e que, quando eu cumprisse o período, poderíamos voltar para os Estados Unidos ou encontrar outro lugar para conhecer. Ela estava empolgada por estar comigo, por começar uma vida e por conhecer o mundo.

Eu só não pensava que seria um dos melhores atiradores da minha turma. Nunca tinha segurado uma arma na vida e não sabia nada sobre atirar. Mas, no momento em que colocaram aquele pedaço de metal nas minhas mãos, ele se tornou uma extensão do meu corpo. Eu era bom, tão bom que me mandaram para o Afeganistão na minha primeira missão depois do treinamento. Vendo o que vi, passando pelo que passei, eu soube que não poderia mais tocar em June. Ela merecia coisa melhor, ela merecia tudo, e eu nunca seria digno dela.

Ouvindo uma moto parar atrás de mim, olhei pelo retrovisor e sorri ao avistar Harlen descendo de sua Harley.

– Eu soube que você estava aqui – ele murmura, sentando no banco do passageiro da minha picape e batendo a porta.

– Muita gentileza sua vir me fazer companhia. – Sorrio, e ele aperta os olhos.

– Vamos ver a moto de que eu te falei de manhã. O dono é da turma do Brew. – Ele estica o queixo na direção da casa vizinha à de June. – Ele vai nos encontrar aqui.

– Obrigado por cuidar disso.

– Você não tem o equipamento certo, e é grande demais para ir na garupa quando a merda da sua moto quebrar. – Ele sorri e sinto meus lábios se retorcerem, então olho no retrovisor quando o trovejar dos escapamentos chega ao quarteirão. Vejo uma Harley Fat Boy passar pela minha picape e subir na entrada da casa de Brew.

Saindo da picape, nós atravessamos o jardim da frente e paramos perto da moto enquanto o dono desce.

– Shock – Harlen cumprimenta o sujeito com um aperto de mão, depois estica o queixo para mim. – Este é o Evan.

– E aí, cara? – Shock resmunga quando apertamos as mãos e se afasta da moto, cruzando os braços sobre a camiseta que lhe cobre o peito. – É essa. Detesto me desfazer dela, mas estou subindo de categoria – ele diz enquanto ando ao redor da moto. A pintura em preto fosco com detalhes em preto brilhante é impecável. Os cromados parecem novos e bem cuidados. – Ela é 94, mas tem motor Ultima de duas mil cilindradas e transmissão de seis marchas. Em torno de 800 quilômetros. Também tem carburador cromado Mikuni e ignição Dyna 2000. É o tipo da coisa que faz a gente ter sonho erótico.

– Você diz isso porque não sabe o que fazer com tudo o que essa moto tem – Brew retruca, se aproximando de nós na entrada da casa. Shock não responde, mas seu sorriso fica maior e ele dá um tapa no ombro do amigo quando este chega perto, depois olha para mim.

– Quer dar uma volta?

Olhando para a casa de June, começo a negar com a cabeça.

– Ninguém vai tentar nada com ela enquanto eu estiver parado aqui no meu jardim – Brew promete, baixo o bastante para que só eu ouça. Olho para ele, baixo a cabeça e depois olho para Shock.

– Jogue a chave. – Pegando-a no ar, passo a perna por cima do banco, dou a partida e saio da casa de Brew. Não vou longe, só chego até a avenida principal e estico a marcha, alcançando setenta por hora. Sorrio; o som já basta para chamar atenção, mas a moto é uma obra de arte. A potência e o tamanho são exatamente o que estou procurando. Voltando para onde está o pessoal, olho para a porta da frente de June e a vejo parada na entrada com JJ. Levanto o queixo para elas. JJ sorri, mas June... June, não. Não. Os olhos dela ficam sombrios, mas não de um jeito ruim. Eles ficam sombrios de um modo que me faz querer ver essa mudança de perto. Parando na entrada da casa de Brew, desligo a moto e olho para Shock ao descer.

– Quanto você está pedindo?

– Nove. Quero vender rápido. Em dinheiro. – Ele sorri.

Inspirando fundo, olho para a moto, depois para ele.

– Fechado.

Ele ri, depois me dá um tapa nas costas.

– Vou pegar os seus dados com o Harlen. Nós podemos nos encontrar amanhã, ou eu passo lá cedo.

– Parece ótimo – concordo e arrisco um olhar para a porta de June. Desta vez está fechada, e eu massageio o peito, imaginando quando é que a merda dessa dor vai passar.

Capítulo 3

JUNE

Andando pelo quarto depois de fazer a cama, pego o edredom no chão e o jogo sobre ela. Meu sono é agitado; sempre foi. Eu sei que tem gente que adormece numa posição e fica assim a noite toda, mas não é o meu caso. Eu me mexo o tempo todo, tanto que já caí da cama no meio da noite mais vezes do que me lembro.

Segurando a extremidade do edredom, tento levantá-lo do mesmo jeito que fazem nos comerciais de sabão para máquina, mas logo desisto, deixando-o todo bagunçado. Quando comprei esse edredom, um ano atrás, não paguei pouco. Deve ter uns sete centímetros de espessura e é cheio de pluma de ganso. Entre o edredom e o revestimento de pluma do colchão, durmo no paraíso todas as noites. Em seguida, jogo as almofadas e a colcha, que não tem nenhuma função além de ser fofa e ficar no canto. Então, recuo e admiro meu trabalho.

Adoro os móveis do quarto que minha mãe escolheu. Eu disse para ela o que queria quando soube que iria comprar a casa, e minha mãe começou por aí. A madeira envelhecida da cama, da penteadeira e das mesinhas de cabeceira faz o quarto parecer acolhedor, enquanto a colcha roxa que parece de veludo, as almofadas decorativas e os lençóis cinza tornam o ambiente elegante. Criando uma lista de compras mental, lembro que preciso de cortinas e luminárias. Vou na direção do banheiro para terminar de me arrumar, já que meu pai vai chegar em breve para me levar para almoçar. Quando acendo a luz do banheiro, suspiro ao ver meu reflexo. Não gosto de usar muita maquiagem, mas os semicírculos escuros debaixo dos meus olhos não me dão escolha. Vasculhando a gaveta de maquiagem, encontro o tubo de corretivo e começo a aplicá-lo.

Rever Evan está acabando comigo. Não consigo dormir, e minha cabeça está em constante estado de turbulência. Os sonhos com nós dois me fazem acordar no meio da noite. As lembranças dele, de nós, são demais. Algumas delas têm a capacidade de curar, de iluminar a escuridão, porque a beleza é tão vívida que você consegue revivê-la.

Mas as lembranças de nós dois juntos estão me matando lentamente. Elas me fazem lembrar que tive tudo por um período, mas ao mesmo tempo são lembretes de que essa felicidade já acabou. É a constatação de que não existimos mais que está me torturando. A constatação de que eu posso vê-lo, mas não tocá-lo, que ele existe, mas não é meu, é agonizante. Diabos, ontem, quando eu e JJ vimos Evan passar na rua de moto, juro que quis escancarar a porta, correr para os braços dele e implorar para que me possuísse. Ele parecia... parecia... bem, acho que não existem palavras para descrever o que ele parecia. Tudo que eu sei é que, entre a tequila e ver Evan pilotando, quando fui dormir, à noite, levei meu BOB comigo e passei um tempo indecente me aliviando.

Afastando o rosto do espelho, observo meu trabalho. As olheiras não estão mais tão evidentes, e, espero, com um pouco de base e blush meu pai não vai perceber nada. Entrando no closet anexo ao banheiro, reviro as caixas até encontrar a que marquei com "Vestidos", rasgo a fita adesiva e vasculho o conteúdo até achar o que estou procurando. Tirando a camisa, deixo-a cair no chão. Sem me preocupar com sutiã, já que não tenho peitos, coloco o vestido pela cabeça. As alças estreitas e o tecido fino de algodão formam uma peça perfeita para o calor úmido do Tennessee. Pego sandálias simples de couro, enfio os pés nelas e vou para a porta quando ouço um carro parando do lado de fora.

– Oi, pai. – Sorrio, abrindo a porta para ele antes que consiga bater, então recuo e o deixo entrar na casa.

– Junina. – Ele se inclina e me beija no rosto. Quando se afasta, segura meu rosto com sua mão grande. – Você parece cansada – afirma em voz baixa, seus olhos me estudando.

– Está tudo bem. Mudança é sempre um saco. – Bufo e desvio o olhar para concluir a mentira. – Eu quero desempacotar tudo de uma vez, então tenho ficado até tarde e acordado cedo para acabar logo.

– June, o que está acontecendo?

– Nada. – Eu sorrio, e a voz dele assume aquele tom paterno que diz *Não minta para mim.*

– June.

– Eu estou bem, pai, juro. Só um pouco cansada. – Gesticulo um pouco e faço menção de ir à sala de estar pegar a bolsa, mas ele agarra minha mão, me detendo, e eu me viro para ele mais uma vez.

– Eu sei que você está mentindo. – Ele meneia a cabeça e continua, falando baixo: – Não sei por que todas as minhas garotas começaram a esconder coisas de mim, mas tenho que dizer que não gosto. – A mão dele vem até meu rosto e seus olhos buscam os meus. – Eu amo você mais do que qualquer coisa neste mundo, e nada vai mudar isso. – Ele me beija na testa e então recua, me encarando outra vez. – Se precisar de alguém para conversar, eu estou aqui, ou então... Sua mãe não te ama tanto quanto eu, mas tenho certeza de que ela também te ouviria. – Revirando os olhos por causa do comentário sobre minha mãe, passo os braços ao redor da cintura dele e aperto.

– Eu sei. Te amo, papai.

– Sempre, minha garotinha. – Os lábios dele tocam o alto da minha cabeça, de onde ele pergunta: – Vamos comer?

– Vamos. Podemos ir no meu carro?

– Nem a pau – ele responde de imediato, sem ao menos pensar a respeito, e não consigo evitar o riso, me inclinando para trás.

– Eu iria me sentir melhor – digo, fazendo bico.

– Não vai rolar. – Ele meneia a cabeça. – Pegue a sua bolsa. Eu dirijo. – Ele me solta e eu faço o que ele pediu, depois volto a encontrá-lo na entrada da casa para sairmos para o almoço.

– Obrigada. – Sorrio para nosso garçom quando ele coloca um cheeseburger duplo com anéis de cebola à minha frente e o mesmo diante do meu pai.

– Se precisarem de alguma coisa, é só me chamar – ele responde antes de se afastar. Não sei por que este é meu restaurante favorito; o serviço é bem deficiente. Acho que nunca vi alguém que trabalha aqui sorrir. Então, dou uma grande mordida no cheeseburger e me lembro do motivo de não me importar que as pessoas que trabalham aqui sejam grosseiras.

– Quando você começa no novo emprego? – papai pergunta, jogando ketchup no prato.

– Segunda-feira. – Engulo meu pedaço de cheeseburger e mergulho um dos anéis de cebola no molho ranch. – Dar aula na recuperação não é o ideal, mas o diretor me disse que, eu trabalhando agora, ele praticamente pode me garantir uma vaga quando acabar o verão.

– Estou orgulhoso de você.

– Obrigada, papai – murmuro, observando-o levantar a mão e acenar para alguém atrás de mim. Olhando para trás, meus pulmões congelam quando vejo meu primo Sage vindo na nossa direção, seguido por Evan.

– Oi – Sage diz, sorrindo.

– Oi, filho. – Meu pai abre espaço no sofá, e Sage se inclina para me beijar no rosto.

– Ei – ele murmura antes de sentar ao lado do meu pai.

– Sr. Mayson. – Evan aperta a mão do meu pai e depois olha para mim. Deslizo para o lado sem pensar, abrindo espaço para ele, que senta ao meu lado... bem ao meu lado.

Isso não pode estar acontecendo.

– Você conhece minha filha, Evan? – papai pergunta, e, quando Evan se vira para mim, existe algo em seus olhos que não consigo decifrar, mas que não me parece bom. Meu coração acelera quando ele se volta para meu pai.

– Já nos vimos.

– Esqueci que você está ajudando a ficar de olho nela – papai murmura, mordendo um pedaço do seu sanduíche e o engolindo. – O que vocês dois estão aprontando hoje?

Diante da pergunta do meu pai, eu me aperto contra a parede, porque Evan está ocupando o assento todo, e não consigo me concentrar com o corpo dele encostado no meu.

– O de sempre – Sage diz, os olhos se movendo entre Evan e eu. Ele bate o ombro no do meu pai e seus olhos se acendem, travessos.

– Eles não formam um casal fofo? – Sage sorri e eu olho feio para ele ao mesmo tempo que sinto o corpo de Evan ficar tenso.

– Não enche – papai murmura, mas seus olhos pulam de mim para Evan e me pergunto o que ele está pensando, porque seu olhar muda um pouquinho.

– Eu vou fazer o pedido. Vamos comer no caminho para não atrasarmos – Evan diz para Sage, e eu solto o ar que não sabia estar segurando antes de me despedir dos dois, que me deixam sozinha com meu pai.

– Evan é um sujeito bom. O seu primo gosta dele – papai comenta, mas eu não registro esse comentário. Apenas mergulho outro anel de cebola no molho e o enfio na boca, mastigando lentamente. Preciso fazer alguma coisa a respeito de Evan. É óbvio que não vai ser fácil evitá-lo para sempre. Ele trabalha para o meu primo, mora na mesma cidade que eu e, de algum modo, é amigo dos motoqueiros que são amigos do marido da minha irmã July. A vida dele e a minha estão entrelaçadas.

– No que você está pensando? – papai pergunta, me tirando dos meus pensamentos, e eu procuro algo para dizer.

– Você acha que nós podemos parar na Minx antes de voltar para a minha casa? – pergunto depois de engolir, e ele aperta os olhos. – Acho que a resposta é não – resmungo baixo, tentando não sorrir.

– Peça para a sua mãe.

– Porque ela me ama mais? – Os lábios dele se retorcem, mas papai não responde. Meu pai odeia fazer compras, então sua resposta não me surpreende. – Vou pedir para a mamãe – digo, depois pego o cheeseburger e dou uma mordida.

Espiando pela janela ao lado da porta, vejo Jax e Evan conversarem em frente à picape de Evan. Não sei do que estão falando, mas, seja o que for, está fazendo os dois rirem. Me afastando, sigo pelo corredor até meu quarto e pego um suéter no closet, admirando minhas novas cortinas e luminárias quando passo pelo quarto.

Em vez de meu pai me levar para casa depois do almoço, fomos até a casa dele, para que minha mãe me levasse na Suburban dela até a Minx, onde encontrei duas luminárias moderninhas, feitas de vidro âmbar, com cúpulas cor de cortiça. Também comprei cortinas cinza-prateado. Quando minha mãe e eu chegamos à minha casa, Jax estava lá para "vigiar a June". Não acho que seja necessário ninguém me vigiar. Lane está aguardando julgamento e eu não testemunhei nada do que ele fez. É óbvio, por outro lado, que minha família não concorda comigo nesse assunto. De qualquer modo, como Jax está por perto, nós o colocamos para trabalhar, prendendo o varão e pendurando as cortinas. Pouco depois de ele terminar, minha mãe foi embora. Jax ficou para tomar uma cerveja, depois saiu para falar com Evan quando ele apareceu.

Da janela, vejo Jax bater no ombro de Evan e ir até seu carro. Discutindo comigo mesma, do mesmo jeito que fiz o dia todo, entrego os pontos e vou até a porta, que abro quando Jax está virando no sinal de "Pare" no fim do quarteirão. Depois de observá-lo até sumir de vista, eu me viro para Evan e descubro que seus olhos já estão em mim.

– Hum... – murmuro, pensando *Que diabo eu estou fazendo?*

– Você está bem? – ele pergunta e dá alguns passos na direção da casa, mas para no meio do gramado.

Merda, merdinha, merdona.

– Eu... estou bem. Eu estava... – Caramba, meu estômago está cheio de nós e eu sinto que vou vomitar. *Que péssima ideia.* – Podemos conversar? – pergunto depois de um instante e vejo seus olhos fecharem enquanto ele concorda com a cabeça e vem na minha direção. Recuando para que ele possa entrar na casa, eu o conduzo até a sala de estar. – Você quer uma cerveja?

– Não, obrigado – ele responde, parando no meio da sala, e eu olho ao redor, como ele. O rack de TV era dos meus pais. Preto, com portas na parte de baixo e nas laterais, e uma prateleira em cima com espaço para a TV no meio. O sofá na parede oposta é grande o bastante para acomodar minha família inteira. A luminária de pé na outra ponta da parede é perfeita para ler, já que sua luz cai sobre o lado do sofá que tem o apoio para os pés. Ainda não pendurei nenhum quadro, então as paredes estão nuas.

– Quer sentar? – pergunto, me sentando na ponta do sofá e segurando as mãos sobre as pernas.

Ele me observa por um longo tempo – tão longo que começo a me sentir incomodada –, depois atravessa a sala e senta na ponta do sofá maior, de frente para mim. A presença dele é tão grande que, mesmo de onde está, sentado do outro lado da sala, Evan parece ocupar o espaço todo. O pior é que não consigo decifrar sua expressão e não faço ideia do que ele está pensando.

– Sobre o que você quer conversar? – ele pergunta, me estudando.

– Eu acho... – eu me interrompo para inspirar e ordenar meus pensamentos, porque não tenho uma ideia exata do que vou dizer a ele. – Você... – me interrompo outra vez, cobrindo o rosto com as mãos. –

Isso foi uma bobagem. Não sei o que estou fazendo. – Descubro o rosto e olho para ele. – Desculpe, pode ir embora – eu sussurro e me levanto, depois sigo pelo corredor até a porta.

– Sinto muito – ele diz e meu corpo trava, lágrimas se esgueirando pela garganta. – Eu não fui... Eu não sou bom o bastante para você.

Apertando os lábios, luto contra a dor no meu peito. Quando a controlo, eu me viro para olhar para ele.

– Eu sei – sussurro, ignorando o fato de ele estremecer enquanto vou abrir a porta. Olhando para meus pés, eu o ouço vindo pelo corredor e vejo suas botas quando ele para diante de mim. Não levanto o rosto. Não consigo... A dor no meu peito é intensa demais. Sentindo os lábios dele no alto da minha cabeça, uma lágrima cai no chão aos meus pés.

Seus dedos no meu queixo forçam meus olhos a encontrar os dele. Ficamos parados ali pelo que parece uma eternidade, olhando um para o outro até ele falar.

– Eu queria que as coisas fossem diferentes. Eu queria ser bom o bastante para você. – As palavras ditas com suavidade não fazem nada para consertar meu coração partido, nada para aliviar a dor no meu peito; se fazem alguma coisa, é aumentar a ferida.

– Eu também queria – balbucio, baixando novamente os olhos para o chão. Ele solta as mãos e sai, levando consigo tudo que eu ainda tinha dentro de mim. Fechando a porta e a trancando, escorrego até o chão, abraço minhas pernas e enterro o rosto nos joelhos. E choro.

Quando ouço alguém bater na porta, tento abrir os olhos, mas eles parecem cheios de areia. De novo, demorei uma eternidade para cair no sono na noite passada... e, a julgar pela rigidez do meu corpo, não faz muito tempo que dormi. Percebendo que as batidas na porta se transformam em pancadas, grito a plenos pulmões:

– Estou indo! Calma! – Então cambaleio para fora da cama e sigo em direção à porta.

– Você demorou – July diz, entrando em casa, seguida por Wes, assim que abro a porta.

– O que está acontecendo? – pergunto, franzindo o rosto, vendo os dois caminharem para a sala de estar.

– É melhor você colocar uma calça. – July sorri e eu olho para minha calcinha de algodão coberta de coraçõezinhos. Jogo as mãos para cima e volto correndo para o quarto, onde visto uma calça de moletom. No banheiro, decido escovar os dentes e o cabelo. Quando volto para a cozinha, July e Wes estão à vontade, fazendo café.

– Quer me dizer o que está acontecendo?

– Nós queríamos ver como você está – July responde, e eu percebo que aperto os olhos quando consulto o relógio na parede.

– São oito da manhã – exclamo, fuzilando os dois com o olho.

– O Evan estava um caco ontem à noite – Wes diz, e meu coração fica apertado quando July o repreende.

– Wes – ela sibila.

– O quê? – Wes franze a testa e ela revira os olhos. – Você o viu, amor. Ele estava péssimo.

Merda, merdinha, merdona.

– E por que você está me contando isso? – pergunto, sem emoção, embora meu estômago esteja dando cambalhotas.

– Ele está sofrendo – Wes diz em voz baixa, e eu me abraço apertado, tentando engolir o nó na garganta. Também procuro me lembrar de que os sentimentos dele já não são problema meu.

– Não quero parecer uma vaca insensível, mas por que isso é problema meu?

– Por quê? – ele repete com delicadeza e eu rilho os dentes, vendo a decepção nos seus olhos.

– É, por quê? – eu sussurro e deixo os braços caírem.

– Acho que você sabe a resposta – Wes diz e eu desvio meu olhar dele para minha irmã.

– Você contou para ele? – pergunto, e ela morde o lábio inferior e faz que sim com a cabeça.

Fechando os olhos, passo a mão trêmula pelo cabelo enquanto tento organizar os pensamentos para expô-los, mas Wes fala de novo.

– Você o ama? – ele pergunta, me interrompendo antes que eu possa dizer qualquer coisa, e eu recuo um passo, sentindo a cor se esvair do meu rosto. – É, você ama o Evan – ele sussurra e seus olhos ficam ternos. – Não sei o que aconteceu entre vocês, mas conheço o Evan. Eu sei que ele é um cara bom que recebeu da vida umas cartas fodidas. O pai dele é um merda, e a mãe, quando não está bebendo, é gente boa.

Mas ela está sempre bebendo. – Ele deixa essas palavras no ar, e então baixa mais a voz. – Ele foi para a guerra e viu morrer gente de quem ele gostava. Meu palpite é que ele acha que uma mulher linda e doce como você merece uma coisa melhor do que um cara como ele – Wes diz, e aquele caroço na minha garganta dói quando as palavras que Evan disse na noite anterior se repetem na minha cabeça.

Eu não sou bom o bastante para você.

Eu não sou bom o bastante para você.

Eu não sou bom o bastante para você.

Eu não sou bom o bastante para você.

Correndo para o lavabo, levanto a tampa do vaso e me ajoelho, esvaziando o estômago por completo. Em algum lugar, no fundo da minha cabeça, registro a presença reconfortante da minha irmã, com seus braços ao meu redor, sussurrando no meu ouvido. Mas meu coração, que eu pensava já estar quebrado, se desfaz em um bilhão de pedacinhos.

Eu não sou bom o bastante para você.

– Tudo que eu queria era ele – sussurro.

– Eu sei, meu bem.

Eu não sou bom o bastante para você.

– Só ele.

– Eu sei, irmã.

– O que eu posso fazer? – murmuro, pegando um pano molhado que colocaram na minha frente e o passando na boca.

– Honestamente? – Wes pergunta atrás de mim, e eu confirmo com um gesto, sem levantar a cabeça para olhar para ele. – Não deixe que ele te afaste.

– Tarde demais – suspiro, sentindo o coração martelar e a bile subir pela garganta.

– Será? – ele pergunta, delicado, e eu aperto os olhos com força, sabendo que é. É tarde demais. Não tem como eu voltar a me expor, não daquele jeito, não com ele. Evan não apenas me magoou; ele me arrasou.

– Quem sabe você não poderia virar amiga dele? – July sugere, e eu olho para ela.

– Não acho que seja possível.

– Vocês dois estão sofrendo, meu bem. Eu... – Ela se interrompe, inspira fundo e olha para Wes, que estende a mão e passa os dedos pelo rosto dela. Adoro que minha irmã tenha essa relação com Wes, mas, por mais que a ame, odeio a inveja que sinto quando vejo os dois juntos. – Eu quero ver você feliz – ela continua, e seus olhos buscam os meus. – Acho que você não vai conseguir chegar à felicidade enquanto não descobrir um jeito de deixar para trás essa mágoa que está sentindo.

Mesmo sabendo que ela tem razão, não sei se algum dia vou conseguir fazer isso.

Capítulo 4

JUNE

— Você consegue – sussurro para meu reflexo no retrovisor. Baixando os olhos para meu colo, murmuro: – Por que diabos você deixou a sua irmã Jedi fazer sua cabeça?

Apoiando a cabeça no volante, eu a descanso ali, resistindo ao impulso de batê-la. July e Wes me convenceram, de algum modo, a me encontrar com eles no complexo. Eles disseram que iriam dar uma festa e que eu precisava sair de casa. E eu precisava mesmo sair, mas uma festa na qual Evan estaria não parecia ser algo de que eu precisava. Na verdade, tenho certeza de que eu precisava fazer o oposto disso. De qualquer modo, cá estou eu, estacionada do lado de fora, com o motor desligado, tentando criar coragem para conseguir sair do carro.

Passando as mãos pela frente do meu vestidinho laranja brilhante, inspiro fundo, abro a porta e ponho no chão um pé calçando uma sandália nude, depois o outro, orgulhosa por, pelo menos, sair do carro. Fechando a porta atrás de mim, passo os olhos pelo estacionamento e inspiro fundo antes de me dirigir à porta ao lado do portão, que me levará ao pátio onde a festa acontece. Assim que chego lá, sou bombardeada pelo som do rock que toca de fundo, das pessoas conversando e rindo, e pelo cheiro de bebida, cigarro e maconha.

– Péssima ideia – resmungo, vasculhando a multidão de homens de jeans e couro e de mulheres com pouca roupa à procura de minha irmã ou Wes.

– Perdão? – exclama uma voz grave ao meu lado, o que me causa um sobressalto e me faz virar a cabeça para a escuridão. Um homem sai das sombras, me fazendo recuar. Ele não é muito mais alto que eu e tem cabelo loiro na altura dos ombros. É bonito, de um jeito másculo, com o maxilar quadrado, lábios cheios e grandes olhos azuis rodeados por cílios grossos.

– Desculpe, eu estava falando sozinha – digo, e ele dá um sorriso sinistro que não combina com sua aparência.

– Você costuma fazer isso? – ele pergunta, se aproximando de mim, e eu instintivamente recuo mais um passo, querendo manter o espaço entre nós.

– Hum... – Olho ao redor de novo, rezando para encontrar algum conhecido.

– Qual o seu nome? – Os olhos dele passeiam pelo meu corpo e ele se aproxima mais um passo, então pega uma mecha do meu cabelo, enrolando-a no dedo. Alarmes começam a disparar na minha cabeça dizendo para eu me afastar, mas sinto como se meus pés estivessem presos no concreto em que estão apoiados.

– Eu... – Puxo a cabeça para trás, tirando meu cabelo de sua mão.

– Eu...? – ele repete, inclinando a cabeça e se aproximando mais um passo.

– Jordan, cai fora.

Viro a cabeça, e meu coração, que já estava disparado, tropeça e parece cair quando meus olhos colidem com os de Evan. Acabando com a distância entre nós, ele pega minha mão assim que se aproxima.

– Ah, eu só ia me divertir um pouco com ela – Jordan diz, e Evan puxa minha mão, me fazendo trombar no flanco dele.

– Se você se aproximar dela, eu é que vou me divertir com você. O tipo de diversão que vai te deixar no hospital – Evan vocifera, parecendo sério e assustador.

Jordan levanta as mãos, passa os olhos por mim de novo, dando uma piscada na minha direção, então se volta e retorna às sombras, o que não é só estranho, como também um pouco tenebroso.

– Você está bem? – Evan pergunta, e meu olhar se move do lugar em que Jordan desapareceu para os olhos dele.

– Estou. Ele só me assustou – respondo em voz baixa, sentindo a mão dele ao redor da minha, seus dedos sobre o ponto em que meu pulso lateja. O contato da sua pele com a minha faz meu braço formigar e minha respiração sair de um modo engraçado enquanto seus olhos examinam meu rosto. O toque dele é tão familiar que é estranho. Ainda que ele esteja tocando uma pequena parte de mim, eu o sinto por toda parte. Largando minha mão, ele passa os dedos pelo próprio cabelo, e no mesmo instante tenho saudade do jeito como me senti ligada a ele. Eu sei que não faz sentido, mas, se fosse possível uma pessoa ser detentora do coração de outra, Evan seria detentor do meu.

– Eu não sabia que você viria – ele diz depois de um instante, e eu mordo o lado de dentro da bochecha para não perguntar se essa informação faria diferença para ele.

– Wes e July me convidaram. Eu posso ir embora, se você não me quiser aqui – murmuro, e ele fecha os olhos por um breve momento. Quando os abre, ele me prende no lugar com seu olhar. Eu vejo, então, através da luz amarela que brilha ao nosso redor, vinda das fogueiras nos barris e da iluminação baixa do edifício...

Dor.

Uma dor tão profunda que me machuca a alma, que rasga em farrapos o que tem dentro do meu peito. Uma dor tão chocante que sinto como se fosse minha.

– Evan. – Respiro, me aproximando dele, colocando a mão em seu braço.

– Não.

– Eu... – Meneio a cabeça, piscando para segurar as lágrimas.

– Não – ele repete, recuando, e minha mão cai de seu braço para o meu lado. – Sua irmã está lá dentro. Vá encontrá-la. Tem muita gente aqui hoje, então fique com ela ou com o Wes – ele diz, severo, então se vira e começa a se distanciar.

Eu não sei o que me dá, mas as palavras saem antes que eu consiga sequer pensar em contê-las, ou filtrá-las.

– Eu menti. – Não tenho certeza de que minha voz está alta o bastante para ser ouvida, porque meu coração ribomba nos meus ouvidos. Ele para de se afastar, e vejo que seus ombros sobem e descem. – Talvez não importe como... – Eu paro e inspiro pelo nariz. – Eu não... talvez nunca tenha importado. – Dou de ombros, embora ele não possa me ver. – Você era tudo que eu queria – digo, e continuo com um sussurro: – Eu acreditava em você. Acreditava em nós. Nunca existiu um momento em que você não tivesse sido bom o bastante para mim. – Quando termino, sinto meu rosto quente de constrangimento e irritação. Antes que possa bancar uma tola maior ainda, corro em busca de minha irmã e de álcool.

– Vira! Vira! Vira! – entoo alto, junto com todos os demais à mesa, enquanto minha irmã toma um shot de tequila. Seus olhos encontram os meus quando ela bate o copo na mesa, e eu rio da expressão crispada em seu rosto.

– Sua vez – ela grita, apontando para mim. Pego meu copo e viro a dose, sentindo o peito queimar quando o álcool atinge meu sistema. Não é meu primeiro shot; na verdade, tenho certeza de que é o décimo segundo. Estou me sentindo bem.

Feliz...

Relaxada...

Depois da minha conversa com Evan – ou, devo dizer, do meu surto –, encontrei July e Wes no que eles chamam de salão comum. Minha irmã, sendo minha irmã, ao ver a expressão no meu rosto, gritou "Harlen!", e, no segundo em que Harlen – que tenho certeza de que é um gigante de verdade – apareceu, nós começamos a tentar beber mais do que ele. Não sei por quê. A tarefa é inútil; o cara parece que pode beber sozinho uma garrafa de tequila sem sentir os efeitos.

– Vocês, garotas, sabem que nunca vão conseguir vencer o Harlen, certo? – Mic, um dos amigos de Wes, pergunta ao meu lado, e eu me viro para ele sorrindo.

– Eu sei. – Seus olhos descem para minha boca e ele sorri. Mordendo o lábio, desvio o olhar dele. Ele é com certeza atraente, tipo supergostoso, mas eu jurei sustentar minha história de lesbianismo. Nem sei se isso é possível, mas preciso de um homem do mesmo jeito que preciso de um furo na cabeça.

– Alguééém pode me chamar um táxi ou um Luber ou o que for? – embolo as palavras, olhando ao redor da mesa. Preciso cair fora daqui. O álcool que bebi está flutuando no meu corpo, fazendo com que me sinta solta.

– Você não vai embora, vai? – minha irmã pergunta, fazendo bico, do outro lado da mesa, e toma outra dose.

– Preciso ir embora antes que eu faça alguma bobagem – informo com honestidade, e ouço algumas risadas dos homens ao nosso redor.

– Eu te dou uma carona – Mic diz com suavidade ao meu lado, e meus olhos deslizam até ele.

– *Você* seria a bobagem – retruco, e seu sorriso fica maior. Ele coloca a mão no encosto da minha cadeira e se inclina na minha direção. Diante disso, eu recuo e solto: – Eu ainda amo o meu ex-mariduu.

– Merda – ele resmunga, arregalando os olhos e recuando.

– Issumesmu. – Concordo com a cabeça e expiro, olhando ao redor da mesa. Todo mundo bebeu, e meu pai nos ensinou, quando ainda éramos muito novas, a nunca, *jamais* entrar num carro com alguém que tenha tomado uma cerveja que seja.

– Você ixtá com o seu celular? – pergunto para minha irmã do outro lado da mesa, quando os olhos dela encontram os meus.

– Está no quarto do Wes. E o seu?

Mordo o lábio de novo. Nunca estou com meu celular. Aquela coisa é irritante, então eu a esqueço sempre. Acho que deveria começar a andar com ele.

– Em casa – respondo, e ela concorda com a cabeça, como se fizesse todo o sentido, depois olha para Wes.

– Nós podemos dar uma carona para ela? – July sussurra, ou tenta sussurrar, mas está tão bêbada que sai um grito, e todo mundo na mesa olha para ela.

– Ela pode ficar aqui – Wes responde, passando o polegar no lábio inferior dela.

– Nós também podemos ficar aqui? – ela pergunta, se inclinando na direção dele e mordendo seu polegar. A resposta dele é um grunhido. Tirando meus olhos deles, espio ao redor. Não quero ficar aqui, mas estou tão bêbada que as coisas começam a ficar um pouco (ou muito) borradas.

– Venha, vou acomodar você – Mic diz em voz baixa, me ajudando a levantar da cadeira em que me plantei algumas horas (ou minutos) atrás. Não sei bem quanto tempo faz.

– Obrigada. – Eu me arrasto, me encostando nele. Nem sei para onde ele me leva. Só o escuto conversando com alguém, mas minha cabeça está tão entorpecida que não consigo entender o que ele está dizendo. No segundo em que uma cama aparece diante de mim, deito de barriga para baixo e apago.

Eu meio que acordo quando sinto calor e o cheiro de algo que, juro, minha alma reconhece como seu. Não quero abrir os olhos. Não quero que essa sensação que me embala termine. Respirando com regularidade, deixo meu corpo absorver a sensação da mão ao redor da minha cintura, da respiração na minha nuca e do peso encostado em mim. Eu sei que vou acordar e que isto é só um sonho, então quero consumi-lo todo, memorizar cada segundo. Esta vez é igual a todas as outras em que acordei pensando que Evan está comigo – que seus braços estão ao meu redor, que ele ainda me ama –, só que agora eu sei que o que nós tínhamos não era o que eu pensava.

Uma mão sobe e envolve meu seio, e a extensão dura de um homem pressiona meu traseiro. Apertando bem os olhos, eu rezo para ainda estar sonhando, rezo para não ter feito nenhuma idiotice a noite passada, para não ter fodido ainda mais minha vida fodida.

Abrindo um pouco os olhos, vejo uma parede branca à minha frente. Meus olhos descem até meu peito, e claro que tem uma mão grande ali envolvendo meu seio.

Não tenho ideia do que fiz a noite passada. É tudo um completo borrão, mas não lembro de ter ido para a cama com alguém. Deslizando com cuidado pela cama para não perturbar meu parceiro, finalmente me liberto e rolo para o lado, pondo um joelho e uma mão de cada vez no chão, até estar de quatro. Levantando a cabeça acima do colchão, eu vejo... Evan? Ele está de olhos fechados, o rosto relaxado no sono.

– Como diabos você chegou aqui? – pergunto baixinho, quase encostando a testa no chão.

– Eu pus você aqui ontem – Evan responde de cima. Finjo não ouvi-lo, pois tento entrar embaixo da cama para me esconder, mas o estrado é muito baixo.

A mão dele toca minhas costas e minha cabeça se levanta.

– Bom dia – ele sussurra, passando os dedos pela minha testa.

Piscando, olho ao redor. Mesmo sabendo que ele está se dirigindo a mim, tento ver se ele pode estar falando desse modo tão delicado com outra pessoa. Senti falta dessa voz suave mais do que jamais vou admitir. Senti falta de tudo dele, mas o que mais me faz falta, mesmo, é a delicadeza que Evan sempre teve comigo, como se eu fosse uma coisa valiosa, da qual ele precisava cuidar, algo que ele valorizava acima de tudo.

– Por que... O que eu estou fazendo aqui?

Os olhos dele passeiam pelo meu cabelo e meu rosto por um momento, e ele olha para a porta.

– Quando eu voltei, a noite passada, você estava acabada – ele diz, com os olhos na porta, enquanto passa a mão pelo cabelo.

– Eu pedi um táxi – respondo, e seu olhar volta para mim.

– Eu queria ficar de olho em você – ele suspira. – Você estava em órbita e eu não queria que estivesse sozinha caso passasse mal.

– Ah – suspiro, ficando de joelhos e envolvendo minha própria cintura com os braços. Constrangedor. Mais do que constrangedor, seja o que for.

– Não são nem seis horas. Volte aqui. Você pode levantar daqui a pouco – ele diz em voz baixa, e meus olhos passeiam pelo quarto. É pequeno, com uma cama de casal e uma cômoda debaixo de uma janelinha. Não há nada personalizando o espaço, mas está limpo e posso ver um banheiro ao lado.

– Melhor eu ir embora. Se importa se eu usar o banheiro antes de sair?

A resposta dele é um gesto com o queixo, então eu me levanto do chão e vou para o banheiro. Fechando a porta, me observo no espelho sobre a pia. Minha imagem aparece distorcida no vidro despedaçado. Levando os dedos até o espelho quebrado, vejo sangue em meio aos pedaços. A dor me corta quando compreendo. Não sei o que aconteceu com Evan quando ele partiu, mas o homem que vi a noite passada – o cara que falou com Jordan como se fosse derrubá-lo e que não pararia para checar o pulso do corpo desacordado – não é o homem pelo qual me apaixonei. Este Evan é diferente. Ele é assustador e furioso, e dá para perceber que está enfrentando seus demônios, mas ainda assim me vejo querendo tranquilizá-lo.

Mordendo o lábio, abro a torneira e molho o rosto para me livrar das lágrimas que começam a encher meus olhos. Quero consertá-lo. Ou abraçá-lo.

É, porque você adora se castigar e é uma semi-idiota!, minha mente grita.

Encontro creme dental na gaveta, uso o dedo como escova e enxáguo a boca, depois faço minhas necessidades e lavo as mãos antes de abrir a porta.

Evan não está mais na cama, mas de pé, vestindo uma calça jeans. Seus olhos me acham e eu me seguro, passando as mãos pelo cabelo numa tentativa de alisá-lo. Não sei mais o que esperar dele. Evan parece estar sempre com pressa para se afastar de mim.

– Quer tomar café da manhã comigo? – ele pergunta depois de um instante.

Ouço a pergunta, sei que sim, mas minha cabeça está concentrada apenas em seu tronco sem camisa enquanto ele atravessa o quarto para chegar à cômoda. Ele sempre teve um corpo ótimo, mas agora está maior, mais forte. Há músculos em cima de músculos, e uma definição que não existia antes. Sinto o rosto esquentar quando ele se vira para mim. Ele está lindo. Seu corpo é uma obra de arte e eu quero tocá-lo. Quero saber qual a sensação de ter aquele rosto com a barba por fazer roçando na minha pele delicada. Quero saber se as bordas que parecem ásperas são macias ao toque.

– June. – Meu nome dito com a voz rouca dele chama minha atenção, mas, quando nossos olhos se encontram, não é com raiva que ele me observa. É com uma possessividade pura, poderosa, faminta. Minhas pernas enfraquecem, e eu fico surpresa de não cair ali mesmo onde estou. Ele vem na minha direção, encurtando o espaço entre nós. Ao perceber que ele está vindo até mim, eu recuo e encontro a parede, sem ter para onde ir.

Um de seus braços enlaça minha cintura enquanto o outro é apoiado na parede acima da minha cabeça. Ele continua sem camisa, então eu sinto cada centímetro de sua pele quente através do tecido fino do meu vestido quando ele me pressiona contra a parede às minhas costas.

– Afaste-se – suspiro, virando o rosto para o outro lado, sentindo a respiração quente dele no meu rosto e sua mão subindo pela minha cintura, queimando minha pele ao se mover.

– Não consigo. Você sabe que eu não consigo. – Os dedos dele apertam meu flanco e eu fecho os olhos. – Olhe para mim, June.

– Afaste-se – eu repito, e meu pulso acelera; sinto todo o meu corpo formigar.

– Olhe para mim, querida. – A voz dele fica delicada novamente, e sua mão sobe até meu queixo.

– Não é uma boa ideia – eu sussurro a verdade honesta, abrindo e levantando os olhos para encontrar os dele. Eu posso achá-lo lindo;

posso até mesmo ter decidido, em algum momento, que ele precisava de uma amiga e que eu seria essa amiga, mas essa não é uma boa ideia. Ele me tocar, me chamar de querida, não é bom para nenhum de nós.

Seus lábios roçam meu queixo. Minhas mãos, que eu nem sabia que o estavam tocando, se transformam em garras, as quais cravo em sua pele.

– Ev – suspiro quando ele encosta os quadris nos meus e eu sinto sua ereção na minha barriga. Umidade brota entre minhas pernas, e eu luto para conter o gemido que sinto na garganta.

– Cacete, eu estava com saudade disso. – A mão dele desce da parede acima de mim e seus dedos se enroscam no cabelo na parte de trás da minha cabeça. Quando seu punho aperta meu escalpo, eu liberto o gemido que estava segurando. – Linda – ele murmura e fecha os dentes nos meus lábios, com força.

Eu solto uma exclamação, e a língua dele se enrola na minha ao entrar na minha boca. Seu sabor explode nas minhas papilas gustativas e eu me perco no beijo, retribuindo o tanto que recebo, mordiscando seu lábio inferior, depois o alivio com minha língua enquanto minhas mãos sobem por seus braços até seu cabelo. Forçando minha cabeça para o lado, ele me beija mais profundamente, tomando mais de mim. É então que acontece; eu sinto que me desfaço em um bilhão de pedaços nas mãos dele, e me permito não fazer nada, nada a não ser senti-lo, sentir suas mãos, sua boca em mim.

Ele me puxa da parede e começa a nos levar através do quarto. A parte de trás dos meus joelhos acerta a cama e eu caio. A mão dele nunca larga do meu cabelo, e sua boca nunca deixa a minha enquanto ele me ajeita em cima do lençol.

Quando sua boca finalmente deixa a minha, não tenho nem um segundo para implorar que ele volte. Sua respiração quente percorre meu pescoço e eu memorizo a sensação de sua barba na minha pele, e a de sua língua na pulsação do meu pescoço. A mão dele sobe e acompanha a curva das minhas costelas, chega ao meu seio, e seu polegar provoca meu mamilo, fazendo minhas pernas se levantarem e abraçarem seus quadris.

Quando sua mão puxa um lado do meu vestido e meu sutiã, eu levanto a cabeça para observar sua boca descer sobre meu mamilo. O primeiro puxão que ele dá com a boca me tira de dentro da pele. A mão que está no meu cabelo aperta mais, depois desce para segurar meu outro seio por cima do vestido. Fico encharcada quando o peso dele me pressiona, quando sua boca devora meu seio e sua barba arranha minha pele. Estou perto – tão perto que sei que vou gozar só com isso. Apoiando o corpo de lado na cama, ele desce a mão que estava no meu seio, e eu sinto o algodão do vestido subir pela minha coxa enquanto seus dedos sobem até o calor deles chegar perto do meu núcleo.

– Ev – suspiro, passando a mão no cabelo dele e sentindo seus dedos deslizarem sobre minha calcinha.

– Toda molhada – ele grunhe, soltando meu mamilo, subindo os lábios e tomando minha boca outra vez. Arqueio os quadris, minhas mãos se movendo para segurar os bíceps dele enquanto Evan empurra a calcinha para o lado e seus dedos circundam meu clitóris. Era tudo de que eu precisava. Minha cabeça cai para trás e um orgasmo me inunda, acendendo tudo com sua intensidade. Flutuo no espaço exterior, completamente perdida em sua vastidão. Voltando aos poucos para meu corpo, sinto meu vestido ser puxado com violência antes de ser movida outra vez. Minha cabeça cai no travesseiro, minha calcinha é arrancada pelas pernas.

– Evan – sussurro, observando-o rasgar uma embalagem de camisinha.

Quando seus olhos se travam nos meus, vejo algo de familiar me observando, algo que não consigo nem começar a compreender, algo danificado e puro; minhas pernas se levantam para enlaçar os quadris dele, e meus braços deslizam até suas costas, querendo segurá-lo. Com meu toque, o maxilar dele trava e sua testa vem descansar na minha. Minha respiração sai toda de uma vez e meus olhos se fecham. Ele é tão grande... Não só longo, mas grosso, e faz tanto tempo, que experimento de novo a dor de ser aberta que senti da primeira vez.

– Linda – ele murmura.

Meus olhos se abrem e eu o observo enquanto ele fita o ponto em que estamos ligados.

– Ah, Ev – murmuro, arrastando as unhas pelas costas dele.

– Olhe para mim, June – ele exige, áspero, e meus olhos, que não percebi estarem fechados, se abrem e grudam nos dele enquanto Evan desliza para dentro e para fora de mim, tão devagar que sinto cada centímetro enquanto ele me possui. – Eu poderia morrer aqui mesmo, bem aqui, mas iria saber que conheci o paraíso pelo menos uma vez – ele rosna e suas narinas se dilatam.

Sentindo lágrimas se juntando nos meus olhos, levanto a cabeça, enterro o rosto na curva de seu pescoço e me enrolo nele. Meu orgasmo me atinge de repente, roubando o ar dos meus pulmões e tirando meu coração do corpo. Preenchendo-me uma última vez, ele se enterra bem fundo em mim e geme de encontro ao meu pescoço, seus braços apertando minhas costas, me segurando tão forte que é difícil respirar. Tão forte que me faz sentir como se ele estivesse tentando nos fundir.

Um soluço alto escapa da minha garganta e ele nos rola para o lado, massageando minhas costas, falando com delicadeza enquanto eu choro em seu peito.

Capítulo 5

EVAN

Puxando o cobertor do pé da cama, eu nos cubro, segurando June contra meu corpo, sentindo cada uma de suas lágrimas molhar minha pele. Vê-la chorando acaba comigo. Odeio ainda mais ser a razão de suas lágrimas. Eu não deveria tê-la possuído. Eu precisava ter feito as coisas de modo diferente, ter passado algum tempo com ela, reconstruído o que nós já tivemos. Mas quando vi a expressão em seus olhos do outro lado da sala, a mesma expressão que vi em seus olhos no outro dia, quando eu estava de moto, não consegui me segurar.

Ouço os soluços dela pararem, recuo a cabeça e reparo que seus olhos estão fechados e que seu corpo amoleceu. Afastando-me, vou ao banheiro e me livro da camisinha, lavo as mãos e o rosto, depois volto até June e a puxo de novo para mim. Suas palavras da noite passada estão ecoando na minha cabeça desde o momento em que ela fugiu correndo de mim. June me dizer que eu sempre fui bom o bastante para ela me acertou em cheio.

Quando saí, durante a festa, dei um passeio de moto para ter um tempo para pensar. Ao voltar, sabia de uma coisa com certeza: eu precisava encontrar um modo de reconquistá-la, de reconquistar o que *nós* dois um dia tivemos. Ela foi a melhor coisa que já aconteceu comigo, o motivo de eu lutar para viver e de ter melhorado depois que voltei.

Apertando os lábios na pele quente de sua testa, eu os deixo ali. Sei que tenho uma batalha pela frente. Eu a magoei, sei que sim. Também sei que vai demorar muito tempo para que ela volte a confiar em mim. June é forte, teimosa como o diabo, mas estou apostando no fato de que ela sente a mesma atração que eu, que só consegue respirar quando estamos juntos. Eu e os outros caras costumávamos brincar que você nunca admira a beleza do que existe debaixo dos seus pés até estar caminhando em um campo minado. O que existe entre nós é um tipo diferente de campo minado. Entre nosso passado e o que eu fiz com ela, vou ter que me esforçar para garantir que vamos conseguir atravessar esse campo intactos.

Deitado aqui, absorvo a sensação de tê-la em meus braços, o mesmo que fiz a noite passada enquanto ela dormia. Senti tanta falta dela – não só de seu corpo, mas de seu cheiro, de sua risada, do jeito como olha para mim, como se eu tivesse a chave do paraíso e lhe concedesse, pessoalmente, o acesso através do portão. Não sou idiota para pensar que posso dormir com ela uma vez e voltar para onde estávamos antes. Eu sei que vou ter que me esforçar para provar para June que a mereço. Vou ter que provar que o melhor para ela é estar comigo.

Estive reprimindo meus sentimentos por ela durante tanto tempo que agora os deixei soltos, e todos eles estão emergindo simultaneamente. Quando se trata dela, minhas emoções são irracionais e extremas, me fazendo ser ainda mais possessivo do que costumava ser. Odiei vê-la com aquele merdinha no Alabama, mas eu tinha feito minha cama e ia ter que deitar e rolar, mesmo que aquilo acabasse comigo. Eu disse que ela merecia alguém melhor do que eu, mas não consigo fazer isso de novo. Não consigo ficar de lado assistindo-a de longe. Se ela se apaixonasse por alguém porque eu estava com muito medo para agarrar o que queria, eu iria me odiar pelo resto da vida.

Ouvindo uma batida leve na porta, eu me separo cuidadosamente dela, deslizo para fora da cama, encontro meu jeans no chão, visto-o e vou ver quem está lá, sem me importar com os botões da calça.

– A June está aí com você? – July pergunta em voz baixa assim que abro uma fresta da porta.

– Está. – Levanto o queixo para Wes, parado atrás de July.

– Posso vê-la? – ela pergunta, e eu olho por sobre o ombro para a cama.

– Ela está dormindo.

– Você está dizendo que eu não posso ver minha irmã?

– Você pode ver sua irmã quando ela acordar.

– Eu posso vê-la quando ela acordar? – July repete, descrente.

– Querida – Wes murmura atrás de July, que vira a cabeça para ele, fuzilando-o, depois se volta para mim rapidamente, o olhar mortífero ainda engatilhado.

– Se você a machucar, vou cortar as suas bolas e dar para o gato brincar – ela sibila, e vejo Wes se encolher atrás dela, me deixando sozinho na luta, mas não respondo. Só levanto uma sobrancelha e espero que ela termine. – Só para o seu conhecimento, acho que o meu pai percebeu que tem alguma coisa rolando entre vocês dois, então é bom você saber que, se está com ela, está com todos nós.

– Certo – murmuro, sentindo o maxilar ficar tenso.

– Por favor, cuide bem dela – July sussurra. Seu rosto se suaviza e sua cabeça se inclina para o lado. Ela vai embora antes que eu consiga responder.

Fechando a porta, tiro a calça e volto para a cama. Assim que me ajeito, June se aninha no meu peito.

– Ev – ela suspira.

– Estou aqui, linda – respondo, beijando sua testa.

– Hum... – Ela passa o braço pela minha cintura, então eu enterro o rosto no seu cabelo e a inspiro, escutando-a dormir.

– Você vai comer ou vai ficar aí fazendo bico e olhando para o café da manhã? – pergunto, sentindo os lábios se retorcerem enquanto observo June discutindo consigo mesma à minha frente.

Quando acordou nos meus braços, ela tentou fugir no mesmo instante, mas eu percebi que precisava colocar meu plano em ação o quanto antes e não a deixei ir longe. Eu a prendi na cama e a beijei até ela ficar ofegante. Precisei de todo o autocontrole que tinha para não entrar de novo no paraíso que, eu sei, ela tem entre as pernas. A única coisa que me deteve foi saber que o muro que ela construiu entre nós não seria derrubado se eu fizesse isso; se eu usasse seu corpo contra ela, June ficaria ressentida.

Assim, me limitei a beijar seu pescoço e sair de cima dela, puxando-a comigo até o banheiro, onde a coloquei no chuveiro e depois me juntei a ela. June se comportou como um gato revoltado durante todo o banho, mas eu não podia perdê-la de vista, nem por um momento. Podia fazer tempo que não ficávamos juntos, mas, conhecendo-a bem, eu sei que ela teria fugido e desaparecido na primeira chance que tivesse. Depois que saímos do chuveiro e nos vestimos, confisquei a chave do carro e dirigi até um restaurante na rua da casa dela.

– Vou comer porque é rabanada recheada, mas não vou gostar – ela murmura baixinho. Jogo a cabeça para trás e rio. Ao me ouvir, ela levanta a cabeça e seu rosto amolece, causando um aperto no meu coração.

– Faz tempo que não vejo você sorrir – ela murmura, me estudando de seu lado da mesa.

O tom sério interrompe meu bom humor.

– Me conte do seu novo emprego. Animada? – mudo de assunto e como um pedaço do meu omelete.

– Estou. Bem, não por trabalhar o verão inteiro, mas estou animada por começar a minha carreira e me estabelecer – ela diz, olhando para o prato, e eu cutuco seu pé debaixo da mesa, pedindo que me mostre seus olhos.

– Estou orgulhoso de você. Eu sei como se formar era importante pra você, e sei como estava animada para começar a lecionar.

Os olhos dela ficam travados nos meus, e vejo que as engrenagens na sua cabeça estão girando.

– O que está acontecendo? – ela pergunta, delicada.

– Estamos tomando café da manhã – respondo, e ela estreita os olhos.

– Você... você... – Ela joga as mãos para cima. – E depois... depois eu acordo na sua cama, com você... e nós... nós transamos! – ela grita no fim, passando os olhos pelo restaurante.

– Calma, querida.

– Não, sem chance. – Ela se inclina sobre a mesa, apontando o garfo para mim.

Bufando, ofendido, sinto minhas narinas se dilatarem enquanto meus olhos a observam.

– Sabe o que é estar diante de uma coisa que você quer, mas sabe que não deveria ter? Desejar ter a capacidade de desligar os seus sentimentos para que a vida de nós dois fosse mais fácil? – eu pergunto, e June se encolhe como se eu tivesse batido nela. – Não, linda, não pela razão que você pensa. Você foi a melhor coisa que aconteceu comigo, a única coisa boa que eu tive na vida.

– Até você me deixar – ela diz em voz baixa, e uma dor aguda atravessa meu peito.

– Eu não queria te sujar – afirmo, com delicadeza e honestidade.

– O quê? – ela sussurra, mas vejo que as lágrimas em seus olhos estão para verter. Não quero que ela chore. As lágrimas dela me matam todas as vezes.

– Vamos conversar sobre isso outra hora – sugiro delicadamente.

– Ev...

– Querida, por favor, vamos só tomar o café.

– Eu não sei... – Ela fecha os olhos. Estendo o braço e seguro a mão dela, trazendo-a até minha boca, e os olhos dela se abrem quando meus lábios tocam sua pele.

– Um dia eu explico tudo.

– Eu não sei o que está acontecendo. Não sei se tenho forças para fazer isso com você. – Ela engole em seco, parecendo se debater. Mesmo passando por um conflito, não me manda cair fora.

– Um dia de cada vez. Tenho resistido a isso, mas não consigo mais resistir. Eu sinto a sua falta. Sinto falta de nós.

– Por favor, não faça isso. – O queixo dela treme e eu beijo seus dedos de novo.

– Só o café da manhã hoje, este momento, hoje. Vamos pensar no amanhã quando chegarmos lá. – Observando as lágrimas aflorando em seus olhos de novo, eu me levanto e sento ao lado dela, então passo o braço ao redor dos seus ombros para abraçá-la. – Detesto quando você chora.

– Eu também não gosto muito disso – ela concorda, parecendo péssima, e eu sorrio ao ouvir seu tom de voz.

– Por que você está sorrindo? – Ela franze a testa e inclina a cabeça para trás, para me olhar.

Me aproximando, eu sussurro a verdade – ou parte dela – em seu ouvido:

– Hoje de manhã eu cheguei ao paraíso. Não existe muita coisa que poderia estragar o meu humor agora.

– Você não disse isso.

– Disse. – Beijo o nariz dela, pego meu prato do outro lado da mesa e coloco à minha frente. – Coma – ordeno, ganhando uma revirada de olhos, mas ela começa a comer e não se afasta.

– Quais são os seus planos para hoje? – pergunto enquanto mastigo meu omelete.

– Tenho que fazer umas coisas. E você?

– Preciso ir até Nashville para o Jax. Volto umas cinco. Quer jantar?

– Jantar? – ela repete como se nunca tivesse ouvido essa palavra.

– É, jantar. – Eu me aproximo e tiro com a língua um pouco de açúcar do canto de sua boca.

Ela pigarreia quando eu recuo.

– Jantar... ahn... parece bom.

– Ótimo. Chego na sua casa lá pelas cinco horas.

– Está bem – ela concorda e seus olhos procuram minha boca, então eu lhe dou o que ela quer, só que desta vez, quando termino, as mãos dela estão segurando minha camisa, me mantendo perto, me dando esperança.

– Desculpe, cara.

– Não é sua culpa se ela é uma vaca do caralho – Julian diz, guardando no envelope as fotos de sua mulher que eu tive o infeliz dever de lhe mostrar. Ele coloca tudo no bolso interno do paletó e eu pego meu café na mesa. – Se isto for parar no tribunal e eu precisar de mais, posso contar com vocês para conseguir?

– Tenho certeza de que nós podemos acertar alguma coisa. – Eu odeio esta parte do trabalho. Não existe nada, absolutamente *nada* pior do que contar para os clientes que a pessoa que escolheram para compartilhar sua vida não é quem pensavam.

– Ótimo. O meu garoto merece coisa melhor que essa merda. – Ele põe a mão na frente do paletó, acima de onde estão as fotos. – Eu sei que vou enfrentar uma guerra quando pedir o divórcio, mas não quero que aquela vaca fique com nada.

– É só nos dizer o que você precisa. – Pego meu cartão de visita profissional e o deslizo pela mesa até ele. – Se alguma coisa acontecer e você não conseguir falar com ninguém no escritório, use este número – concluo, levantando e levando meu café comigo.

– Obrigado – ele murmura, também pegando seu café e virando a cabeça para a janela. Abrindo a porta e saindo do restaurante, vou na direção da minha moto e pego o celular para ver as horas. Guardando-o no bolso, passo a perna por sobre a moto, saio da minha vaga e vou a caminho do escritório.

– Você entregou as fotos para o Julian? – Jax me pergunta assim que entro no escritório dele e fecho a porta atrás de mim.

– Entreguei – respondo, sentando diante dele.

– Como ele recebeu a notícia?

– Ele perguntou se nós podemos ajudá-lo caso precise de mais provas para o tribunal. Eu disse que sim.

– Ele acha que vai precisar de mais do que você já entregou para ele? – Jax franze a testa.

– Não sei. O cara tem dinheiro, mas está casado há anos. Duvido que ele tenha um contrato pré-nupcial, e parece que vai querer a guarda do filho. Meu palpite é que ele vai esperar para ver o que o advogado tem para dizer antes de agir.

– Caralho, não consigo imaginar ter que dormir com uma mulher que eu sei que está trepando por aí, só para ficar com meu filho. – Jax meneia a cabeça e eu faço o mesmo. – Acho que nós podemos desmontar a guarda na casa da June. Não apareceu nenhuma conversa sobre ela, e duvido que vá aparecer.

– Mesmo assim, vou ficar de olho nela – digo para ele, que continua me encarando por um tempo até sacudir a cabeça e desviar o olhar, soltando um suspiro profundo.

– Você quer me dizer por que vai fazer isso?

– Porque eu a amo.

Ele estreita os olhos e eu percebo que, obviamente, Sage não contou para ele sobre meu passado com June, nem que nós tivemos algo.

– Você a ama? – ele repete, descrente.

– Eu poderia mentir para você sobre isso, mas, sim, estou apaixonado por ela. Desde o momento em que nos conhecemos.

– Do que você está falando? – Ele se levanta e põe o punho fechado na mesa à sua frente, se inclinando na minha direção.

– Eu a conheci no Alabama, antes de ir para o Afeganistão – conto, calmamente, mantendo minha posição.

– Você está de sacanagem comigo.

– Não.

– Você sabia que ela era minha prima quando começou a trabalhar para mim? – ele pergunta.

– Não até o Sage me pedir para investigar o Lane.

Ele estreita os olhos, depois baixa a cabeça.

– Que merda. Como é que eu não fiquei sabendo disso? – ele pergunta, olhando para o tampo da mesa.

– Não importa agora.

– Você acha que não? Se você sacanear com ela, vou ficar com um homem a menos, porque eu acabo com você.

Minha coluna enrijece e eu rosno:

– Não vou sacanear com ela.

– Você estava com ela, depois não estava mais. Meu palpite é que já sacaneou.

Ele tem certa razão, embora eu não goste disso. Ainda assim, continuo.

– Não dá para prever o futuro, mas eu sei que me arrependo de tudo o que fiz contra nós dois. Eu também sei como é viver sem ela, e não vou mais deixar isso acontecer.

– Eu devia ter percebido que isso estava acontecendo.

– Não vou pedir desculpas.

– Por Deus, Evan, você é uma ostra. Ninguém sabe nada a seu respeito, e aí você vem e me conta essa merda, e espera que eu aceite sem questionar as bobagens que está dizendo?

– Eu não espero nada. Um: June e eu não somos da sua conta. Dois: com todo o respeito, eu não dou a mínima para o que você pensa de nós dois.

– Você não dá a mínima? – ele pergunta em voz baixa, me interrompendo e chegando mais perto. Jax é um cara grande, mesmo assim eu tenho cinco centímetros e dez quilos a mais do que ele. Não tenho medo dele nem de ninguém. Depois que você vê o que eu vi, que assiste a pessoas morrendo, depois que encara a morte de frente, você fica sabendo o que é medo de verdade. – O que eu devo fazer com você, Barrister? – ele pergunta com um grunhido, se aproximando ainda mais.

– Nada. Deixe as cartas caírem para ver aonde vão parar.

Meneando a cabeça, ele se levanta, tirando as mãos da mesa.

– Se isso acabar mal, não vou ter escolha senão ir atrás de você. – Ele suspira e eu dou de ombros. – Que merda – ele murmura, sentando e esfregando o rosto.

– Eu tenho que ir encontrar a June. Você precisa de mais alguma coisa? – pergunto enquanto me levanto.

Ele vira a cabeça para o lado e solta um suspiro.

– Meu tio sabe de vocês dois? – Jax pergunta.

– Não, mas vai saber.

– Talvez seja melhor contar depois que você e ela estiverem firmes – ele sugere, olhando para mim.

– Eu não vou esperar de novo. Da outra vez eu devia ter forçado a June a ser franca sobre nós dois, mas não. Erro meu. Desta vez nós vamos fazer tudo diferente – eu digo e ele explode de rir, se curvando sob a força das risadas.

– Caramba. Eu preciso estar lá quando você contar para ele – ele diz, ainda rindo, enquanto eu vou para a porta.

– Vou guardar um lugar para você na primeira fila – resmungo antes de fechar a porta atrás de mim.

Depois que saio do escritório, pego minha moto e vou até o complexo trocá-la pela picape. Estacionando na entrada da casa de June vinte minutos depois, olho para o relógio no painel e vejo que são dez para as cinco. Parado atrás do Fusca dela, desligo a Fera e saio. Seguindo pela calçada, vejo a porta da frente ser aberta e reparo que ela está vestida, mas não para sair. O cabelo está preso para cima e ela está usando uma regata lisa cor de pêssego e um short jeans; os pés estão descalços.

– Mudou de ideia? – pergunto ao me aproximar da porta.

– Hum... não, eu... – Ela olha para mim, parecendo incomodada. – Pensei que nós podíamos comer aqui.

– É? – Coloco a mão no quadril dela e a levo para dentro de casa. Em seguida, fecho a porta atrás de mim.

– Eu estou meio de ressaca e...

– Está ótimo para mim comer aqui – murmuro, interrompendo-a, e ela sorri, pegando minha mão e me levando pelo corredor. – Você quer que eu vá comprar alguma coisa ou prefere pedir para entregarem? – eu pergunto e ela olha para mim por sobre o ombro, dando um sorriso hesitante.

– Eu já preparei tudo – ela murmura.

– Você não precisava fazer isso, ainda mais se não está se sentindo bem.

– Eu quis cozinhar – ela diz. Assim que entramos na cozinha, sou atingido pelo aroma avassalador de frango com alecrim. É uma das coisas que ela costumava fazer para mim nos finais de semana em minha casa, uma coisa que eu lhe disse, no nosso primeiro encontro, que adorava.

– Querida – sussurro, sentindo um aperto no peito quando ela larga minha mão e alcança, em cima do balcão, dois pegadores de panela para abrir o forno. Tirando uma assadeira com o frango, ela a coloca sobre o fogão e então tira uma travessa que eu sei que contém batatas gratinadas. Assim que ela põe as batatas sobre o fogão, eu fecho o forno, moldo meu corpo às costas dela e baixo minha boca até seu pescoço, inspirando-a.

– Evan.

– Sim, querida? – pergunto junto à sua pele, sentindo sua pulsação em meus lábios.

– Hum... você está bem? – ela pergunta, a voz com um tom de incerteza.

– Ótimo – murmuro no pescoço dela e sinto a tensão sumir de seus músculos.

– Está com fome? – ela indaga em voz baixa, pondo as mãos sobre as minhas em sua cintura.

– Com certeza – respondo e a sinto estremecer.

– É melhor nós comermos – ela sussurra depois de um longo momento.

– Me dê um segundo – eu sussurro de volta, precisando deste momento, dela nos meus braços, de seu cheiro em meus pulmões, provando que estou vivo e com ela.

– Ev. – Ela se vira nos meus braços, colocando as mãos dos lados do meu pescoço. – Fale comigo – ela pede em voz baixa, procurando meus olhos.

– Eu estou bem. – Inclino-me e passo o nariz no dela. – Ótimo, na verdade.

– Você parecia estar em outro lugar.

– Estou bem aqui – eu lhe garanto, baixinho, porque é a verdade. Só não tinha ideia de que estaríamos juntos de novo. Nunca pensei que tínhamos uma chance, não ousava sonhar que ela me receberia em sua casa e provaria como eu fui idiota por deixá-la escapar, porque June é o tipo de mulher que se lembra de detalhes tão simples como o meu prato favorito.

Procurando meus olhos de novo, ela solta todo o ar dos pulmões e depois olha para o lado.

– Comprei cerveja. Pegue uma enquanto eu preparo os nossos pratos. – Eu sei, pelo tom dela, que June está incomodada ou decepcionada, mas não tenho ideia do que ela está procurando ou de que resposta ela quer. Estou sendo o mais honesto que posso neste momento.

– Me dá um beijo e depois eu pego a cerveja. – Eu a puxo para perto, pressionando seus seios no meio peito. As mãos dela são obrigadas a deslizar ao redor do meu pescoço.

– Não lembro de você ser tão mandão.

– Provavelmente eu não era – retruco, deixando de fora o fato de que eu sei como é viver sem algo de que eu gostava muito, e, como não preciso mais ficar sem esse algo, vou desfrutar dele sempre que puder, mesmo que precise ser mandão.

– Ev. – A testa dela vem descansar no meu peito e suas mãos deslizam pelo meu tórax e ao redor da minha cintura. – Isto... – ela suspira e continua, baixinho: – Eu sonhava com você... – Ela se interrompe, apertando a cabeça no meu peito. – Você me assombrava, e eu... – Minhas entranhas retorcem quando ela para de novo. – Eu não sei se isto é real. Não pode ser real.

– É real – eu afirmo.

– Como pode ser?

– Você só precisa acreditar que é, linda. – Enrolando o cabelo dela na minha mão, tiro o seu rosto do meu peito e inclino sua cabeça para trás, dando o beijo que eu tinha pedido.

– Mais forte – ordeno, agarrando seus quadris.

– Não – ela sussurra, descendo lentamente, tão devagar que sinto minhas bolas subindo.

– Mais forte, June – eu repito, a ponto de perder o controle, sem querer gozar antes dela. Depois que comemos o jantar delicioso que ela preparou, nós nos acomodamos em frente à TV, abraçados. Enfiei a mão por baixo das costas da regata dela, meus dedos passeando por sua pele delicada enquanto assistíamos a algum programa que ela jurou que eu precisava ver. Era sobre um policial em Nova York e uma mulher coberta de tatuagens que, não por acaso, eram pistas dos casos em que ele estava trabalhando. Minha cabeça não estava na TV, embora eu precise admitir que a premissa era boa. Minha cabeça estava no corpo dela, deitado junto ao meu, no sofá dela, na sala de estar da casa dela, nós dois fazendo uma coisa normal, algo que eu sabia que já teríamos se eu não tivesse posto tudo a perder.

Quando ela começou a se enroscar em mim, suas pernas inquietas, eu soube que ela também não estava mais pensando no programa de TV. Eu não tinha planejado fazer sexo. Eu teria ficado feliz por abraçá-la no sofá da sala de estar dela, mas minha garota linda tinha outros planos. Eu percebi isso quando senti sua mão quente e macia envolver meu pau, e a sessão de amassos virou uma penetração com dedos até eu a fazer gozar, e depois ela me montou, o que nos trouxe a este momento.

– Eu quero sentir você – ela suspira, descendo e subindo de novo, bem devagar.

Tortura.

– Cacete. – Entro nela com tudo, então a levanto com minhas mãos debaixo de sua bunda, ouvindo-a guinchar enquanto passa as pernas ao meu redor. Atravesso a casa até o quarto dela, abro a porta, chego até a cama; ponho um joelho no colchão, depois o outro, sem nunca perder nossa união enquanto a ajeito na cama. – Mãos acima da cabeça.

– O quê? – ela choraminga enquanto me enterro nela.

– Mãos acima da cabeça – eu repito, me sentando de joelhos. As mãos dela, hesitantes, vão parar acima da cabeça, então eu levo as minhas às costas e tiro a camisa, depois arranco a regata dela. Baixando a cabeça, tomo um seio com a boca e seguro o outro.

As mãos dela vêm para o meu cabelo, e eu afasto seu toque e rosno:

– Mãos acima da sua cabeça, June. Se eu tiver que repetir, vou bater em você. – Os músculos dela se contraem, e sua respiração, já errática, fica entrecortada. Mesmo assim ela põe as mãos para cima, e desta vez as enrola no cobertor. Baixando o rosto de novo, tomo o outro mamilo na boca e puxo com força. Adoro os seios dela; são pequenos, mas tão sensíveis. Eu sei, por experiência própria, que ela consegue gozar só de eu brincar com seus peitos.

– Ev – ela choraminga, envolvendo meus quadris com suas pernas longas.

Soltando o mamilo com um estalo, eu me ajeito sobre ela.

– Você queria brincar, agora me deixou louco. – Mexo no seu clitóris. – Vou dar o que você quer, mas desta vez vamos fazer do meu jeito. – Ela arregala os olhos e suas mãos retorcem o cobertor acima de sua cabeça; sua língua lambe o lábio inferior. Erguendo-me sobre os joelhos, eu a seguro pelos quadris e entro lentamente, mais devagar do que ela estava fazendo, então deslizo as mãos até seus seios, observando-a arquear as costas.

– Que linda. – Descendo a mão do seio, passando pela barriga, eu circundo o clitóris com o polegar, mantendo a pressão leve.

– Por favor – ela sibila, apoiando os pés no colchão e erguendo os quadris.

– Eu quero sentir você. – Uso suas próprias palavras contra ela, mantendo meus movimentos delicados e meu polegar ainda mais suave. Seus músculos se retesam ao redor do meu pau, e eu mordo o lábio diante daquela beleza única, então passo o polegar sobre o clitóris. Ela arqueia os quadris numa tentativa de mais pressão, e eu controlo minha vontade de ir com mais força.

– Eu... – A cabeça dela vira de um lado para outro na cama e suas costas se arqueiam. Os dedos dos pés e a cabeça são as únicas partes dela em contato com o colchão quando ela goza forte. Sua carne me aperta, me puxa para mais fundo dentro dela. Me inclinando, tomo seu mamilo na boca e ponho mais pressão no polegar sobre o clitóris, arrancando o orgasmo dela até June estar gritando meu nome e devorando meu pau.

Virando-a de barriga para baixo, puxo seus quadris para cima e volto a penetrá-la. Levando a mão ao seu pescoço, seguro seus ombros junto à cama e a possuo como um louco, com tanta força que a cabeceira fica batendo na parede, fazendo tremer o quadro logo acima. Passando um braço pelo peito dela, eu a levanto e empalo com toda a minha extensão. Ouvindo-a choramingar, levo a mão ao seu rosto e o viro para mim, enfiando a língua em sua boca enquanto movimento meu pau lentamente no fundo dela. Suas mãos sobem para apertar os próprios seios. Afasto minha boca para poder assistir às mãos dela mexendo nos peitos e ao seu rosto enquanto ela ofega.

– Você gosta do meu pau, querida? – eu continuo lentamente. Os olhos atordoados dela buscam os meus, depois sua cabeça cai para o lado e seu lábio inferior desaparece entre os dentes. – Responda. – Deslizo minha mão até entre suas pernas, sobre o clitóris.

Seus dentes soltam o lábio, e a palavra "gosto" sai de sua boca sem ar. Volto a entrar fundo e mexo os dedos com mais rapidez.

– Ah... – Sua cabeça cai para trás, no meu ombro, e seus dedos cobrem o meu, depois descem até nosso ponto de conexão.

– Caramba. – Minha boca desce ao ombro dela e meus dentes prendem sua pele quando ela goza de novo, me levando com ela desta vez. Enterrando fundo dentro dela, eu aperto os olhos, sem nunca ter sentido nada igual ao que sinto neste instante, nem mesmo na primeira vez com ela, que tinha sido meu melhor momento até então. Soltando os dentes da pele dela, eu beijo o local e então rolo para a cama com ela, ajeitando-a junto ao meu corpo enquanto tento recuperar o controle da minha respiração e do meu coração.

– Isso... eu não tenho palavras para descrever isso – ela murmura, apertando a pele coberta de suor na minha.

– É – eu concordo, enterrando a mão em seu cabelo, inclinando sua cabeça para trás e a beijando na boca, depois na testa, antes de trazer seu rosto para o meu peito.

– Você vai passar a noite aqui? – ela pergunta depois de um longo momento.

Baixando meu rosto até o dela, coloco o dedo debaixo de seu queixo para deixar bem claro:

– Você não iria conseguir me fazer ir embora, linda.

Os olhos dela sustentam os meus durante um longo tempo. Enfim, ela pressiona meus dedos e baixa o queixo.

– Tudo bem – ela sussurra.

Nós ficamos deitados mais um pouco, então sinto que começo a cochilar e percebo que ela está se mexendo. Eu a deito de costas.

– Eu vou tirar a camisinha – digo. – Fique aqui.

– Eu quero me limpar.

– Fique – eu repito, beijando-a suavemente. Quando ela concorda, saio da cama e vou para o banheiro. Abrindo os armários, encontro toalhinhas e jogo uma na pia debaixo da água quente. Me livro da camisinha e volto para o quarto, onde vejo que ela se enterrou debaixo das cobertas. Puxando-as, ignoro a exclamação assustada dela e abro suas pernas, limpando-a com delicadeza. Levo o pano até o banheiro, jogo-o na pia e volto para a cama, ajeitando as cobertas sobre nós e a tomando nos braços.

– Eu devia ir desligar as luzes e arrumar as coisas – ela murmura, sonolenta, junto ao meu peito, enquanto seu braço se acomoda sobre minha barriga.

– Daqui a pouco eu faço isso. Durma, querida. – Beijo o alto de sua cabeça. A resposta dela é se aninhar mais perto. Eu não durmo.

Fico escutando até sua respiração se regularizar, então saio debaixo dela. Vou até a sala de estar, pego nossas roupas, fecho a casa e dobro nossas coisas, deixando-as no banco ao pé da cama. Quando volto para junto dela, seu corpo se aninha no meu.

– Ev – ela sussurra como fez mais cedo naquele mesmo dia, quando dormia.

– Estou aqui, linda.

– É – ela suspira, e então seu corpo amolece. Eu nos ajeito para que ela fique um pouco debaixo de mim e a acompanho no sono, sem me dar conta de que June só me chama de *Ev* quando está dormindo ou quando estou dentro dela. Em qualquer outro momento, ela me chama de Evan.

Capítulo 6

JUNE

— Tem gosto de leite com morango – digo para JJ, tomando outra dose da tequila cremosa e rosada.

– É Tequila Rose, vaca, não leite com morango. – Ela ri e se serve de outra dose.

– Continua tendo gosto de leite com morango. – Eu sorrio.

– É, só que o fato de você estar bêbada prova que é tequila.

Ela tem razão. Estou bêbada. Na verdade, não bêbada, mas estou chegando lá.

– Você não está longe da verdade – murmuro. Ela revira os olhos, soltando um suspiro, e eu sei o que vai acontecer. Eu soube no instante em que saí do carro e ela gritou para mim, de sua varanda, que viria para "conversar". Então ela apareceu, vinte minutos depois, com uma garrafa de tequila e me disse para beber.

– Então me conte o que aconteceu. Da última vez que nós bebemos tequila, você me contou a história sobre você e o Gostoso, como se conheceram, como foi quando ele entrou nos fuzileiros e o que aconteceu desde que você se mudou para cá. Parecia bem firme a sua decisão de não querer mais nada com ele. É óbvio que isso não deu certo, porque a língua dele estava na sua garganta e a mão dele estava na sua bunda pelada hoje de manhã, quando eu estava saindo para trabalhar – ela diz, me servindo outra dose.

Franzo a testa.

– Minha bunda não estava pelada. – E não estava mesmo. Eu tinha vestido uma calcinha e uma camisa quando Evan me tirou da cama e me pediu para acompanhá-lo até a porta hoje de manhã, antes de ir embora.

– Tanto faz, isso não vem ao caso – ela murmura e continua. – A questão é que é óbvio que ele passou a noite aqui e é óbvio que você deu pra ele. O que aconteceu? Conte tudo, vaca.

– Eu sou uma idiota. – Fecho os olhos e baixo a testa até o balcão de granito à minha frente. Mesmo sabendo disso, sabendo que fui uma idiota, continuo sendo. Não consigo evitar. No instante em que ele me tocou, eu soube que lhe daria tudo o que ele queria.

Totalmente idiota.

O lado positivo: eu sabia o que ia acontecer. Eu sei que ele não vai ficar por muito tempo, então, enquanto estiver com ele, vou tentar ajudá-lo a superar o que vi em seus olhos, seja o que for. Aquela angústia dolorosa que ele tenta esconder. E, enquanto cuido disso, vou fazer o máximo de sexo maravilhoso que puder, ao mesmo tempo que protejo meu coração para que não fique mais despedaçado do que já está.

– Querida, o amor nunca é idiota – JJ sussurra, me tirando dos meus pensamentos, e minha cabeça levanta, meus olhos encontrando os dela.

– Eu não o amo.

JJ fecha os olhos por um breve instante e um pequeno sorriso aparece em seus lábios.

– Não minta para si mesma, querida. E, por favor, não minta para mim.

– Isso não seria... – Engulo em seco e tiro meus olhos dela para espiar o quintal dos fundos. – Isso não seria uma idiotice?

– O amor nunca é idiotice. É lindo e nos consome, e nem sempre temos a capacidade de resistir quando ele acontece.

– Eu não quero amar o Evan. Eu não quero me machucar de novo – digo com sinceridade, baixando os olhos para o balcão.

– Entendo. Nunca é fácil se expor assim, se colocar numa situação que te deixa vulnerável, pronta para ser magoada.

– Isso mesmo – assinto, virando a dose de tequila que ela desliza para mim sobre o balcão.

– Mas se você não se expuser, se não baixar a guarda, não vai estar aberta para a chance de encontrar o amor, e nunca vai viver a experiência de ver alguém provando para você que é digno da dádiva que você está lhe dando. Não vai ter a chance de encontrar a felicidade, a verdadeira felicidade, que vem de compartilhar a vida com alguém.

– Eu não preciso de ninguém, muito menos de um homem, para ser feliz – resmungo, e ela estende a mão, pegando a minha e a apertando.

– Todo mundo precisa de alguém. Mesmo as pessoas que pensavam ser felizes sozinhas sabem que estavam erradas quando têm em casa alguém para quem voltar no fim do dia. Alguém com quem dividir as preocupações, alguém em quem se apoiar quando não aguenta mais carregar o fardo sozinha. Não estou dizendo que outra pessoa vai fazer você se sentir inteira, mas ter alguém que te ama, que quer o melhor para você, que se importa com o seu futuro e o seu bem-estar está longe de ser uma coisa ruim.

Engolindo em seco, fecho os olhos e sinto uma dor no peito, porque sei que ela está certa. Só não sei se Evan é essa pessoa. Eu sabia antes; eu sabia com cada fibra do meu ser. Agora? *Agora já não tenho certeza.*

– O que foi que ele disse para conseguir entrar? – ela pergunta, e eu preciso de um instante para entender que JJ está querendo saber por que, de repente, Evan estava dentro da minha casa, depois que deixei claro que não queria mais nada com ele.

– Ele não me disse nada. O marido da minha irmã ouviu Evan dizer que não era bom o bastante para mim. – Meneio a cabeça e afasto do rosto uma mecha de cabelo. – Eu... eu queria que ele soubesse que não era assim, que ele sempre foi bom o bastante, então eu disse isso para ele.

Anuindo, os olhos dela ficam suaves e ela murmura:

– Generoso.

– Como?

– Quando você ama alguém, ama *mesmo*, você faz o que for necessário para proteger essa pessoa, mesmo que seja protegê-la de você mesmo.

– Eu não precisava que Evan me protegesse dele mesmo – afirmo.

– Você acha isso, mas o meu palpite é que ele pensava o contrário.

– Não sei. Não conversamos sobre isso. Quando eu pergunto, ele diz “depois”. Nem sei que diabo isso quer dizer.

– “Depois” significa apenas isso... depois. Tenho certeza de que ele não está querendo dividir esse fardo com você. Também duvido que ele quisesse fazer isso logo depois de voltar com você.

– Nós transamos, JJ. Acho que isso não significa que nós voltamos.

– Você falou isso para ele? – Ela levanta as sobrancelhas.

– Não – murmuro.

– Exatamente. – Ela sorri e então pula da banqueta. – Preciso ir para casa. Meu homem é demais, mas, se eu não o alimentar antes de ele sair, é problema. – Ela deve ter lido meu pensamento, porque seu sorriso fica malicioso quando diz, em tom de confidência: – Querida, acredite: o castigo que ele me dá é sempre uma vitória para mim.

– Ah – eu sussurro e ela joga a cabeça para trás, rindo, então pega a garrafa de tequila e vai até a porta. Eu sigo atrás dela, mas JJ para e se vira para mim. – Se arrisque, garota. Eu sei que você está com medo, e sei que ele já fez cagada antes, mas tenho um bom pressentimento sobre a sua situação, e raramente me engano.

– Obrigada pela conversa e pela tequila. – Eu me aproximo e lhe dou um abraço, mas não comento o que ela disse. Meneando a cabeça, ela abre a porta e sai com seus saltos altos, primeiro pela calçada, depois pelos nossos gramados. Ela para na varanda, acena, e então some de vista, entrando em casa.

Fechando a porta, eu me viro e apoio as costas nela. Não estou me sentindo melhor depois de falar com JJ. Se algo mudou foi minha indecisão, que ficou ainda maior. Em vez de continuar pensando nessa conversa, já que não fiz nada além disso o dia todo, vou até o banheiro e abro a torneira da banheira. Um dos motivos pelos quais comprei esta casa foi a banheira. Cabem três pessoas confortavelmente dentro dela, e seus seis jatos poderosos a transformam em um verdadeiro spa caseiro.

Depois de abrir a água, vou até o quarto procurar meu celular. Eu o ligo em modo avião, para que não me perturbe, então conecto o fone de ouvido e começo a ouvir Adele. Volto ao banheiro, acendo as velas elétricas e desligo a luz do teto. Fecho a porta, prendo o cabelo num coque, tiro a roupa, coloco uma tonelada de espuma com aroma de pêssego debaixo da água que cai e entro. Não demora muito para eu ficar em paz, o som de Adele me levando consigo.

Piscando diante da repentina luz brilhante que enche o banheiro, meus olhos precisam de um segundo para se acostumar. Assim que se acostumam, um grito salta do fundo da minha garganta e eu recuo dentro da banheira, perdendo Adele quando o fone cai das minhas orelhas. Derramando água no chão, eu levanto enquanto um homem usando máscara ninja me observa da porta.

Estendendo a mão às cegas, encontro uma toalha e me cubro, sem me arriscar a tirar os olhos dele para procurar algo que possa usar como arma. Ofegante, sinto o sangue vibrar alto nas veias enquanto o observo, esperando para ver o que vai fazer, para reagir ao seu movimento. Ele não se mexe, não respira nem faz qualquer ruído. Só fica me encarando, seus olhos verdes e brilhantes, rodeados por tecido preto, fixos nos meus.

Não sei por quanto tempo ficamos nos encarando. Podem ter sido segundos ou minutos, mas, sem dizer palavra nem olhar para trás, ele sai. Saindo apressada da banheira, eu cambaleio até a porta, fecho-a com uma batida e a tranco. Vasculhando o banheiro em busca do meu celular, eu o vejo no fundo da banheira. Vou até a penteadeira e puxo as gavetas, jogando seu conteúdo no chão.

Encontrando uma tesoura barata, de cabo preto, na última gaveta, eu a pego e vou até a porta, colando a orelha nela e ajeitando a toalha. Não consigo ouvir nada; está tudo em silêncio. Preciso reunir toda a minha coragem para abrir a porta, a tesoura como minha única arma. Assim que o faço, atravesso a casa correndo, sem parar, em direção à porta da frente. Quando chego lá, eu a escancaro, corro o mais rápido que posso através do meu gramado e chego à varanda de JJ, cuja porta começo a esmurrar. Não demora muito para que seja aberta, e, assim que isso acontece, eu caio para dentro.

– Que diabo? – Brew, marido de JJ, exclama e fecha a porta.

– O... – tento falar, ficando de joelhos e apertando a tesoura junto ao peito.

– June – ouço JJ suspirar, mas não consigo responder. Não consigo nem respirar.

– Pegue meu celular, querida – Brew faz uma ligação e eu tento recuperar o fôlego para contar que alguém invadiu minha casa, mas não consigo. – Vou tirar você do chão – ouço Brew resmungar pouco antes de ser levantada e carregada até o sofá.

– June, meu bem, você precisa se acalmar e respirar. – JJ tenta me tranquilizar colocando a mão no meu queixo e me virando para olhar para ela. Anuindo, tento, de verdade, e então uma mão imensa desce sobre minhas costas e empurra, forçando meu rosto na direção das minhas pernas. Ao longe escuto Brew ao telefone, mas não consigo entender o que está dizendo, porque JJ fica suspirando no meu ouvido para eu respirar. Enfim minha respiração volta, eu levanto a cabeça e olho para ela.

– Graças a Deus. – JJ passa os braços ao meu redor e eu sinto lágrimas enchendo meus olhos enquanto ela me abraça. – O que aconteceu?

– Eu... eu estava tomando... banho. Apareceu... apareceu um cara... um cara – choramingo, enterrando o rosto no pescoço dela. O corpo dela fica rígido e eu sinto uma tensão perigosa se espalhar pela sala. Levantando a cabeça, meu olhar colide com o de Evan. Seu corpo forte está imóvel, parece uma estátua; seus olhos, furiosos; sua energia tão perigosa que eu a sinto vir do outro lado da sala e penetrar nos meus poros.

– Irmão, calma – Brew grunhe, se colocando entre mim e Evan, cortando nossa conexão.

– Vamos pegar umas roupas para você – JJ diz e eu concordo. Roupas são boas. Na verdade, são ótimas.

– Saia da porra da minha frente, Brew, antes que eu tire você – Evan vocifera e em seguida aparece à minha frente, suas mãos segurando com delicadeza meu rosto enquanto seus olhos me investigam. – Você está machucada? – ele pergunta, tirando as mãos do meu rosto e as passando pelo meu corpo. Nego com a cabeça, e ele puxa minhas mãos do meu peito, tirando a tesoura de mim e a jogando longe. Depois ele me puxa para si. Evan enterra o rosto no meu pescoço, me segurando tão apertado que minha respiração sai num chiado estrangulado.

– Ev – suspiro junto à pele de seu pescoço.

– Droga, querida. Porra... – O aperto aumenta. Sinto lágrimas pinicarem meu nariz por uma razão totalmente diferente. Não tenho como, não agora, negar meu amor por ele. Não tenho como negar que, em seus braços, me sinto segura.

– Me deixe colocar uma roupa nela. A polícia chegou – JJ diz com delicadeza, e Evan relaxa os braços enquanto recua, olha para JJ por sobre o ombro e anui. Então seus olhos se voltam para mim. Uma sensação de pânico começa a me tomar quando imagino Evan me deixando, e, sem pensar, meus dedos agarram a camisa dele. Seus olhos descem para minhas mãos, depois sobem para reencontrar os meus e seu rosto relaxa.

– Estou bem aqui, querida. Não vou a lugar nenhum. Vá com a JJ e vista alguma coisa.

– Eu estou bem. Não preciso – sussurro, sentindo as mãos começarem a tremer.

– Ele pode vir conosco, meu bem – JJ diz, colocando a mão no meu rosto para chamar minha atenção. Volto os olhos para Evan, e ele sinaliza com a cabeça para eu ir com JJ, depois tira minhas mãos de sua camisa, beija as duas e me ajuda a levantar.

A planta da casa de JJ é completamente diferente da minha. Sua sala de estar se abre para a cozinha, e todos os quartos ficam em um corredor, nos fundos da casa. Dois de um lado, com um banheiro no meio, e um do outro. JJ me leva à suíte máster. Evan vem logo atrás. Eu a sigo até o closet.

– Escolha o que quiser, meu bem, depois venha até a sala. Vou lá para garantir que o Brew não afugente os policiais.

– Obrigada – sussurro, e a mão dela vem mais uma vez, tocando meu rosto. Então JJ sai, me deixando com Evan no closet.

Encontro uma calça de moletom em uma das prateleiras e, trêmula, a seguro diante de mim.

– Me deixe te ajudar – Evan murmura, tirando-a da minha mão, ajoelhando-se à minha frente e segurando-a aberta, como um pai faria para a filha.

Ele coloca minha mão em seu ombro, desliza a calça pelas minhas pernas por baixo da toalha, amarra o cordão na cintura e então se levanta. Pego o maior agasalho de moletom que encontro. Apesar de já passar de oito da noite, o ar está quente e úmido, mas quero me sentir coberta. Tirando a toalha de mim, ele segura o agasalho sobre minha cabeça, usando a mesma técnica de pai, me ajudando a colocar os braços nas mangas.

Depois que estou vestida, seus dedos vêm parar embaixo do meu queixo, que ele levanta para que meus olhos encontrem os dele. Ele me observa por um bom tempo, então se inclina, passando seu nariz no meu antes de aproximar brevemente sua boca, seus lábios tocando os meus.

– Eu vou ficar com você – ele diz. Engolindo em seco, concordo com a cabeça e baixo os olhos para o chão. – Diga que ele não encostou em você – Evan vocifera baixo, e meus olhos pulam para os dele. Seus olhos me encaram, furiosos e angustiados.

– Não encostou. Ele não fez nada. Eu... Não... Eu não... Ele só ficou olhando para mim. Eu nem... eu nem sei o que ele estava fazendo ali – explico, colocando a mão em seu peito. O coração dele está batendo tão forte que posso senti-lo na minha mão, ainda que eu esteja tremendo.

– Você conseguiu ver o rosto dele?

– Não, ele estava de máscara. – Engulo em seco, fechando os olhos. Aqueles olhos verdes estão gravados no meu cérebro. – Ele tinha olhos verdes, de um verde incomum...

– June! – alguém grita, me interrompendo, e eu saio do closet, sentindo Evan às minhas costas. Meus olhos vão para o chão quando meu pai irrompe no quarto. No instante em que me vê, seu rosto demonstra alívio.

– Pai – sussurro quando ele me abraça.

– Junina – ele murmura com a voz sofrida, e seus braços me apertam.

– Estou bem – tento tranquilizá-lo.

– Que diabos aconteceu? – ele pergunta, recuando para me observar.

– Deixe ela contar para os policiais. Você pode ouvir enquanto a June conta para eles, assim ela não tem que repetir – Evan diz, e os olhos do meu pai vão de mim para ele. Papai aperta os lábios.

Merda.

– Existe algum motivo para você estar aqui? – papai pergunta para Evan, e eu sinto meus músculos ficarem tensos.

– Sim – Evan murmura, mas não diz mais nada, apenas sustenta o olhar do meu pai.

– Pai, é melhor eu...

– Você vai me dizer qual é o motivo? – papai pergunta, me ignorando, e eu olho para Evan, torcendo para ele deixar pra lá.

– A June e eu estamos juntos – ele declara, ignorando meu olhar. O olhar do meu pai vem para mim e volta para Evan quando este continua: – Nós não tempos tempo para isso agora. A June tem que falar com os policiais, depois precisa descansar. Ela está abalada.

Alguma coisa passa pelo rosto do meu pai, mas ele se vira e murmura algo por sobre o ombro:

– Venha. A sua mãe precisa ver com os próprios olhos que você está bem, e você tem que falar com os policiais, então vamos logo com isso.

Ele sai antes que eu possa falar qualquer coisa.

– Evan...

– Agora não, querida. Depois. Agora você precisa contar para os policiais o que aconteceu.

Crispando os dentes, solto um suspiro e assinto. Pegando minha mão, ele me conduz para fora do quarto de JJ e me leva pelo corredor.

– Que merda, Junina! – meu pai exclama, saindo para a varanda dos fundos de sua casa e fechando a porta atrás de si.

Eu sabia que isso iria acontecer, mas estava honestamente tentando adiar. Foi por isso que, assim que chegamos à casa dos meus pais, eu saí pela porta dos fundos na esperança de conseguir algum tempo para pensar numa explicação.

Antes, Evan me acompanhou até a sala de estar de JJ, onde três policiais de uniforme e minha mãe me esperavam. Mamãe estava mais assustada do que eu. Sentei no sofá, acompanhada de Evan, que manteve o braço ao redor da minha cintura, e contei aos homens o que tinha acontecido. Não demorou muito, e não foi surpresa saber que eles não podiam fazer nada. Minha caixa de joias tinha sumido, junto com meu notebook, mas a porta da frente não estava trancada. A pessoa que entrou fez só isso: entrou e pegou minhas coisas.

Meu pai soltou um rugido quando ouviu que eu não tinha trancado a porta nem armado o alarme, e Evan teve quase a mesma reação, só que seu braço ficou muito tenso – tão tenso que eu sabia que apareceriam cinco pequenos hematomas sobre minhas costelas, marcas dos dedos dele. Depois que os policiais saíram, JJ e Brew, que fizeram a gentileza de nos deixar usar a casa deles, ofereceram cerveja. Para minha surpresa, papai e mamãe aceitaram a oferta, mas Evan foi atrás dos policiais, me dizendo que logo voltaria e me beijando antes de sair.

Não sei dizer quanto tempo ficamos lá até Evan, Jax e Sage chegarem, e, quando chegaram, senti que não estavam exatamente felizes. Foi quando Evan, sem rodeios, pediu para meu pai me levar para a casa dele, que pela manhã ele apareceria para me pegar, levar para casa e depois para o trabalho.

Dá para dizer que fiquei em estado de choque. Primeiro, meu pai não é um homem fácil. Ele tem um fraco por suas garotas – minha mãe, minhas irmãs e eu –, mas, fora isso, não aguenta desaforo. Com toda a certeza ele não deixaria – nem quando eu era mais nova – um cara lhe dizer o que fazer com relação às suas garotas. Mas ele deixou Evan, e eu juro que vi seus lábios se retorcerem quando isso aconteceu. Olhando para meu pai na varanda da casa dele, percebi que ele não estava bravo, mas contrariado, e, honestamente, estou preocupada demais com o que

Evan está fazendo para pensar na reação do meu pai à notícia de que tenho um namorado – algo que nem eu mesma aceitei ainda.

– Pai, por favor, não.

– Não? – ele repete, se encostando no parapeito que circunda a varanda.

– Eu já sei o que você vai dizer.

– É mesmo? E o que é? – ele pergunta e eu o encaro, sem saber, na verdade, o que ele vai dizer.

A reação dele à declaração de Evan foi muito surpreendente, então estou perdida. Só sei que não quero ouvir o que ele vai me dizer, seja o que for.

– Esse garoto tem os seus demônios – ele comenta em voz baixa, e eu prendo o lábio inferior entre os dentes enquanto passo os braços ao redor da minha própria cintura. Não estou surpresa que ele saiba, mas, ao mesmo tempo, estou. – É muita coisa para assimilar, Junina, e não quero que você se machuque.

É um pouco tarde para isso, penso, mas não digo nada. Só olho para ele.

– Você o ama? – ele pergunta, cruzando os braços sobre o peito. Dando de ombros, com medo demais para admitir para ele ou para mim mesma, eu o observo fechar e abrir os olhos. – Estou preocupado com você. Como eu disse antes, o Evan é um homem bom, mas eu vejo nele a mesma coisa que via em alguns dos meus irmãos do exército. Um monstro vive dentro dele, querida, e não sei se ele é forte o bastante para enfrentar esse monstro.

– Eu vou ajudar o Evan com esses demônios – sussurro, sentindo a garganta fechar. Eu sei que preciso fazer isso por ele. Sim, o que ele fez comigo foi horrível, mas eu o conheço (ou conheci), e sei o tipo de homem que é. Ele merece ter alguma coisa boa para compreender que não existe nada de errado com ele. – Tem... tem muita coisa que você não sabe, pai.

– Então me conte.

Lambendo os lábios, vou até uma das espreguiçadeiras e me sento, apoiando a cabeça nas mãos. Sinto meu pai se aproximar, sua presença ao meu lado, e seu braço envolve meus ombros, me puxando para ele.

– Na primeira vez que o vi, juro que meu mundo parou – murmuro, deixando as mãos caírem nas minhas pernas e entrelaçando os dedos. – Isso foi há cerca de três anos. – Olho para o quintal. – Nós éramos inseparáveis. Cada momento livre que eu tinha, nós ficávamos juntos. – Sorrio ao lembrar do tempo tranquilo que tivemos, só nós dois conversando, rindo, nos abraçando. Só sendo nós dois.

– O que aconteceu?

– Você vai ficar bravo – digo, sincera, porque sei que vai ficar. Nenhum pai quer descobrir que sua filha se casou sem nem ter mencionado que estava namorando alguém.

– Pode ser, mas você sabe que eu te amo. Nada que você possa fazer vai mudar isso.

– Nós nos casamos – eu confesso em voz baixa, sentindo o corpo dele ficar tenso. – Ele ia entrar nos fuzileiros. Queria começar uma vida comigo, queria ir para a escola, então se alistou em busca de uma vida melhor para ele e para mim. No dia em que ele ia partir, nós fomos até o cartório e nos casamos.

– Não acredito, June.

– Eu sei. – Fecho os olhos bem apertado. – Não sei o que aconteceu. No começo estava tudo bem. Quando ele estava em treinamento, nós nos comunicávamos com frequência por carta e, quando ele podia, por telefone. Ele devia ter voltado para casa de licença depois do treinamento, e eu planejava trazê-lo para conversar com vocês.

– Isso não aconteceu – papai geme, com a voz apertada.

– Não, não aconteceu – confirmo. – Eles o mandaram para o Afeganistão. Os telefonemas pararam logo depois disso. Tentei descobrir com a mãe dele o que estava acontecendo, mas ela não sabia ou não quis me dizer nada. Depois eu soube que ele estava no Alabama. Evan não veio me ver, e a mãe dele me procurou para me dar os documentos do divórcio.

– O quê? – papai estoura e se levanta, e eu puxo sua mão, fazendo-o sentar de novo.

– Eu fiquei magoada, tão magoada que assinei os documentos. Depois eu soube pela Ashlyn que ele conseguiu um emprego com o Jax, e ela me contou o que aconteceu com ele enquanto estava fora.

– Não é desculpa, Junina.

– Você está certo, mas ao mesmo tempo está errado – tento explicar em voz baixa, apertando sua mão. – Eu não sabia de muita coisa, coisas que ele não me contou. O pai dele era violento, a mãe, alcoólatra. O irmão dele estava preso e os amigos morreram. Não sei os detalhes do que aconteceu enquanto ele estava fora, já que nós recomeçamos a nos ver faz pouco tempo, mas não consigo deixar de pensar que todas essas coisas bagunçaram a cabeça dele, e o monstro que você vê é resultado disso.

– Não me importo nem um pouco, querida. Esse homem não merece uma segunda chance.

– Ele disse que não queria me sujar. – Essa frase ficou comigo nos últimos dias. Havia algo de muito errado nela, muito. Eu não... nem consigo começar a entendê-la.

– O quê?

– Ele falou que eu era boa demais para ele, que não queria me sujar. Eu não sei o que isso significa. Não entendo bem o que aconteceu conosco, mas sei que ele me amava. Eu *sei* que amava, e eu sou capaz de arrancar os olhos de quem tentar me dizer que isso não é verdade.

– Calminha, Junina – papai murmura, me puxando para mais perto, e sinto seus lábios no alto da minha cabeça. – Não posso dizer que estou feliz com isso.

– Eu imaginei que você não ficaria – murmuro de volta, passando os braços em torno de sua cintura.

– Estou bravo por você não ter conversado comigo a respeito dele. Estou muito decepcionado com você.

Aahhh! Por que essa afirmação *estou decepcionado com você* é muito pior do que a ira dos pais?

– Eu sei.

– Sua mãe também não vai ficar feliz, amorzinho.

Fechando os olhos, apoio a têmpora no ombro dele e assinto, porque sei que ele tem razão. Minha mãe não é só minha mãe, ela é uma amiga; eu normalmente conto tudo para ela. Eu sei que vai ficar ainda mais decepcionada comigo do que meu pai, porque não confiei neles para contar o que estava acontecendo.

– Nós te amamos, desde sempre, e vamos te amar para sempre. Um dia, quando tiver seus próprios filhos, você vai entender. Então, nós podemos ficar contrariados com as suas decisões, mas isso não quer dizer que você não vai ter sempre o nosso apoio.

– Eu sei – concordo, e ficamos em silêncio por mais alguns minutos.

– Você quer contar para a sua mãe ou quer que eu conte?

Eu quis perguntar se ela precisava mesmo saber, mas mesmo sem perguntar eu sei que a resposta é sim.

– Pode deixar que eu conto – resmungo.

– Boa ideia. Vou pegar vinho para vocês, e aí você conta depois que ela tomar umas taças.

– Obrigada, pai.

– Disponha – ele murmura, beijando o topo da minha cabeça, e então se levanta.

– Você sabe que eu também te amo, né, pai? – arrisco, inclinando a cabeça para olhar para ele.

– Sei. – Ele sorri antes de se dirigir à porta.

– Até que foi tudo bem – sussurro para o quintal, na esperança de que a conversa com minha mãe não termine com ela em lágrimas.

Infelizmente, não tenho tanta sorte assim. Quando contei a minha mãe que Evan e eu fomos casados, ela só tinha tomado uma taça de vinho. Ela chorou por uma hora, e então me disse – igualzinho ao meu pai – que estava decepcionada comigo. Quando terminamos de conversar e eu me levantei para ir dormir, ela estava tão bêbada que meu pai teve que carregá-la para a cama.

Mas ela me disse, em sua bebedeira, que Evan era gostoso.

– Ahn... o que nós estamos fazendo aqui? – pergunto a Evan, que desliga a picape e depois se encaminha para a clínica veterinária da minha irmã.

– Nós vamos arranjar um cachorro para você – Evan responde, e minha cabeça vira de repente para ele.

– O quê?

– Você tem o melhor sistema de alarme do mercado, mas até um sistema de alarme só funciona se você o ligar.

– Sério? – Passo as mãos pelo rosto. Meu pai me passou um sermão sobre o alarme a noite passada e esta manhã. – Eu concordei em ligar o alarme.

– Você ainda vai ligar o alarme, mas também vai ter um cachorro.

– E um gato?

– Um cachorro fica de guarda 24 horas por dia. Um cachorro vai te avisar se alguém estiver tentando entrar na casa, e um cachorro vai te proteger se alguém conseguir entrar. Agora vamos. – Ele salta da picape e bate a porta, depois vem até o meu lado.

– Não sei se é uma boa – digo assim que ele abre minha porta, se debruça sobre mim, solta meu cinto de segurança e me ajuda a sair.

– Tudo bem, eu sei – ele responde, pegando minha mão e me conduzindo até a clínica.

Assim que chegamos à porta, July a abre com um sorriso no rosto, seu olhar alternando entre Evan e eu.

– Você disse que estaria aqui vinte minutos atrás.

– Tive que pegar minha picape – é a resposta de Evan enquanto ele me puxa pela porta.

Quando saí do trabalho, eu imaginava que precisaria encarar minha casa sozinha, mas Evan estava lá, me esperando do lado de fora em sua picape. Ele não me deixou entrar, só pegou minha mão e me fez subir na Fera – uma picape tão descolada por dentro quanto é por fora. Bancos de couro preto com costura em linha branca, revestimento em madeira preta, acabamento cromado em todos os lugares que podem ser cromados, um sistema de som matador e todos os acessórios que se possa imaginar. Não perguntei o que nós faríamos nem aonde iríamos. Só estava sinceramente feliz por não ter que ficar sozinha em casa, e, ainda que não admitisse, estava feliz por passar algum tempo com ele.

– Você está bem? – minha irmã pergunta, me examinando enquanto passamos pela porta.

– Sim. Bem, eu estava. Agora já não sei.

– Por quê? – ela pergunta e franze a testa, me observando.

– Parece que eu preciso de um cachorro. – Paro e olho para Evan, que está conversando com Kayan na recepção. – Um grande – murmuro, e os olhos dela se acendem, um sorriso brincando em seus lábios.

– Ah. – O olhar dela passeia pelo meu rosto e se suaviza, então ela se aproxima. – Tem certeza de que está bem?

Soltando um suspiro, eu confirmo com a cabeça.

– Estou bem. Tomei um susto ontem. E é provável que eu não queira ficar sozinha por algum tempo, mas vou ficar bem.

– Tentei ligar para você.

– Meu celular continua no fundo da banheira.

– Quê?

– Caiu na banheira. Preciso comprar um novo. Vou tentar fazer isso hoje.

– Quando eu liguei para a casa dos nossos pais, ontem à noite, o papai disse que você estava conversando com a mamãe.

– É – eu respondo baixo.

– Você contou para eles? – ela sussurra, olhando para Evan, depois para mim.

– Contei – admito, e, embora tenha sido uma droga contar para eles, fico feliz por ter me livrado desse peso.

– Como foi?

– Como eu esperava. O papai ficou decepcionado comigo e a mamãe foi a mamãe: ficou decepcionada e magoada.

– O papai conversou com o Evan? – ela pergunta e eu nego com a cabeça. Quando Evan veio me pegar na casa deles, esta manhã, para me levar para minha casa, para eu me aprontar para o trabalho, eu esperava que papai o puxasse de lado para conversar. Isso não aconteceu. Tudo que o meu pai disse foi "Reconheça as coisas boas na sua vida, filho, e não estrague tudo de novo". Ao ouvir isso, Evan balançou a cabeça. Parecia que minha mãe queria dizer mais alguma coisa, mas meu pai a manteve a seu lado, não lhe dando chance de falar. A coisa toda foi estranha, mas tive a sensação de que meu pai me ouviu ontem à noite, e compreendeu, a seu modo paterno, o que eu disse a respeito de Evan; pelo menos eu espero que tenha me ouvido.

– O papai gosta do Evan, ou gostava – ela murmura. Depois, continua: – Precisei fazer uma cirurgia de emergência, mas o Wes me ligou para contar o que estava acontecendo.

– Como o Wes soube? – pergunto, mas é Evan quem responde ao passar o braço pelos meus ombros.

– Eu avisei os rapazes quando chamei Jax e Sage e pedi que dessem uma força.

– O quê? – questiono, inclinando a cabeça para olhar para ele.

– A gente não sabia se o sujeito ainda estava por perto, então achei bom pedir para eles fazerem uma varredura na região.

– Isso não é trabalho da polícia?

– Os policiais da cidade são na maioria bons, mas poucos. A cidade está crescendo mais que o departamento de polícia. Aparecem mais drogas e pequenos crimes o tempo todo; eles estão sobrecarregados.

É verdade. Nossa cidade, que era pequena, começou a se expandir nos últimos dez anos, desde que uma grande montadora de automóveis chegou. Agora há mais empregos, mais gente, mais casas e mais crimes.

– O cara estava a pé. Assim é fácil fugir de uma viatura, mas não tão fácil evitar um cara numa Harley, ou um sujeito numa picape igual a tantas que passam por aqui.

– Como você sabe que ele estava a pé?

– Querida, seu vizinho de parede é o Brew. Ele tem dois irmãos que moram no seu quarteirão, e todos estão sempre ligados.

Tudo bem, eu não sabia disso. Mas eu tinha acabado de me mudar, então ainda não tinha tido a chance de convidar os vizinhos para conhecer minha casa e me apresentar para eles.

– Ah – foi tudo o que eu consegui dizer, e, quando o fiz, vi Evan sorrir, depois aproximar seu rosto e tocar sua boca na minha suavemente.

– Kayan disse que eles têm alguns cachorros que podem servir para nós. Se nenhum deles der certo, tem outro abrigo não muito longe da cidade.

– Eu quero um gato – repito e ele meneia a cabeça.

– Você não vai adotar um gato.

– Lembra quando eu disse que você era irritante? – Olho feio para ele.

– Lembro – ele responde com um sorriso.

– Bem, agora isso é ainda mais verdade.

Seus olhos vasculham meu rosto e seu sorriso fica maior.

– Por mais fofa que você esteja agora, não temos o dia todo para discutir.

– Irritante – resmungo, e July ri enquanto nos leva até os fundos da clínica para ver os cachorros.

Capítulo 7

EVAN

— Ele é meio assustador, não acha? – June pergunta quando abro a tampa traseira da picape. – Quero dizer, ele é branco como a neve, mas parece que acabou de matar alguém.

Rindo, fecho a tampa depois que o cachorro salta para dentro e me viro, me encostando na lateral do veículo.

– Ele manchou o pelo com comida. Não matou ninguém. – Eu sorrio e os olhos dela baixam para minha boca, depois sobem para encontrar os meus.

– Eu sei, mas ainda assim parece que matou. – Ela tem razão. O cachorro de sessenta quilos é totalmente branco, mas o pelo ao redor da boca está manchado de um vermelho intenso, fazendo parecer que acabou de arrancar a garganta de alguém. Espero que isso, o tamanho e o latido façam as pessoas pensarem duas vezes antes de entrar na casa de June sem ser convidadas. June, que era contra a ideia de adotar um cachorro, deu uma olhada para o akita grandão e começou a falar com ele como se fosse um bebê no instante em que July o mostrou para nós.

– Ele precisa de um nome. – Envolvo o pescoço dela com as mãos e inclino sua cabeça para trás.

– Bisteca. – Ela sorri, colocando as mãos no meu peito, então inclina a cabeça para o lado, pondo pressão numa das minhas mãos enquanto rio. E eu reparo, não pela primeira vez, que ela costuma parar para me ver rindo. Algo que ela não fazia antes, mas que produz um efeito nada desagradável no meu peito sempre que acontece.

– Bisteca? – eu repito e ela sorri, dando de ombros.

– Bisteca ou... vamos ver... Neve. Eu gosto dos dois, mas acho que Bisteca é mais descolado.

– Acho que você deve pensar melhor nisso. – Sorrio e encosto a boca na dela.

– Ele já vai ter dificuldade para se adaptar, já que está indo para uma casa nova. Se daqui a pouco tiver um nome novo também, vai ser ainda mais difícil. Não quero chamá-lo de "cão" por uma semana e, quando ele estiver respondendo a esse nome, eu o batizo de novo – ela diz de uma vez só. Quando termina, estou apertando os lábios para não rir.

– Mas Bisteca? Você acha mesmo que é um bom nome? – eu pergunto e ela olha para o céu, como esse estivesse pensando a respeito, depois me encara de novo.

– Que tal Fofinho ou Harry?

– Agora você está falando besteira. – Meneio a cabeça. – Que tal Matador?

– Quê? – Ela franze o nariz.

– Vamos chamar o cachorro de Matador.

– Que tal um nome que não assuste todo mundo, como Ninja?

– Ninja?

– Bem, ele é um akita. Acho que é uma raça japonesa. Então, Ninja parece bom.

– É melhor que Bisteca, Neve, Fofinho ou Harry – eu murmuro e ela se aproxima, me dando um sorriso deslumbrante.

– Então é Ninja. – Ela fica na ponta dos pés, beija o lado de baixo do meu queixo e recua, sorrindo.

– Então vai ser Ninja, querida – assinto. Colocando os polegares sob o maxilar dela e inclinando sua cabeça, eu a beijo mais uma vez, com muito carinho.

Colocando uma mão no quadril dela, eu a direciono para a porta, que abro, ajudando-a a entrar.

– Ninja, meu garoto, você é um meninão tão bonzinho – eu a ouço dizer para o cachorro, que late quando fecho a porta. Correndo para o lado do motorista e sentando diante do volante, dou a partida na Fera, saio da vaga e do estacionamento.

– Nós podemos parar na loja de celulares da cidade? – ela pergunta, e eu verifico o trânsito na estrada e entro. – Parece que o truque do arroz não vai funcionar no meu telefone, porque ele passou a noite mergulhado na água – June continua e eu olho para ela, pegando sua mão e a colocando na minha perna.

– Acho que você tem razão. Vamos parar no caminho para sua casa, e aproveitamos para comprar ração e acessórios para o Ninja.

– Contei para os meus pais que nós fomos casados – ela diz como quem não pretendia dizer, então tenta tirar a mão da minha coxa, mas eu a seguro com mais força.

– Fico feliz que você tenha contado. – Aperto a mão dela com delicadeza. Eu já conhecia o pai dela. Ele estava me esperando no complexo quando voltei, depois de levá-la ao trabalho pela manhã. Ele me disse que ficaria de olho, e que esperava que eu conseguisse enfrentar o que tinha me feito deixar a garota dele da primeira vez. Ele não me deu um selo de aprovação, mas isso também não me surpreendeu. Vou ter que conquistar o respeito dele, e tenho a sensação de que não vai ser fácil. – Eu devia ter contado para eles sobre você, sobre nós, antes – ela sussurra depois de um instante de silêncio, e eu balanço a cabeça.

– Nós dois devíamos ter feito as coisas de um jeito diferente.

A mão dela se vira debaixo da minha, e June entrelaça seus dedos nos meus.

– Eu não tinha vergonha de você, e não achava que você não era bom o bastante para mim. Não sei o que eu pensava na época, mas não era isso.

– Eu sei, querida – concordo em voz baixa, então a escuto rir quando Ninja enfia a cabeça entre nós e apoia a mandíbula no ombro dela, onde fica até pararmos na loja de celular.

– Preciso fazer uma ligação. Vá na frente que eu já vou – digo para ela, encontrando um lugar em frente à porta dupla, para poder observá-la enquanto estou no celular.

– Você não precisa vir. Não vou demorar – ela responde, soltando o cinto e pegando a bolsa no piso.

– Eu vou – repito, e ela revira os olhos antes de sair da picape e entrar na loja.

Pego o celular, aperto "Ligar" e o levo à orelha. Meu irmão me ligou ontem. Não somos próximos já faz algum tempo. Um ano antes de eu entrar para os fuzileiros, ele foi preso por posse de drogas com intenção de venda. A vida dele começou a se parecer com a dos meus pais, e eu não queria ter nada a ver com aquela merda. Um mês atrás ele foi solto depois de cumprir a pena. Quando nos falamos, há poucos dias, ele me disse que estava pensando no que fazer da vida, e eu disse que, se estivesse limpo, poderia ficar comigo.

Ouvindo a ligação ir parar na caixa postal, observo June através da vitrine.

– Nem por um cacete – murmuro quando um cara sai de trás do balcão olhando para a bunda dela. Digo para Ninja ficar e saio da picape, entrando na loja antes que meu cérebro tenha um momento para registrar aonde meus pés estão me levando.

– Então a única diferença é a câmera frontal? – ouço June perguntar enquanto examina o telefone que tem na mão, virando-o e observando a tela.

– Não. – O vagabundo ao lado dela sorri como se ela fosse uma gracinha e se aproxima. – São muitas as diferenças. A câmera frontal é só uma delas.

– Não sei. – Ela morde o lábio enquanto estuda o telefone. – Não estou com vontade de pagar quatrocentos dólares por um celular que é basicamente o mesmo que eu tinha, o qual veio de graça quando assinei o contrato – ela afirma e eu chego ao seu lado. Vejo os olhos do cara saírem do telefone na mão dela para o peito de June. Ouço um rugido e percebo que sou *eu* rugindo.

Os olhos dele voam até mim, e seu pomo de adão sobe e desce.

– Ahn... – ele pigarreia enquanto passo a mão ao redor da cintura de June e a puxo para mim, mantendo meu olhar fixo no dele.

– Nós vamos levar o telefone – eu declaro e sinto que June está me olhando, mas a ignoro e pego minha carteira, tiro a mão de sua cintura, saco o cartão de crédito e o entrego ao vendedor.

– Você não vai pagar o meu celular – ela reclama, mas eu continuo a ignorá-la, mantendo o olhar no homem à minha frente.

– Pegue um aparelho no estoque e configure. Nós esperamos aqui.

– Ah... – Ele engole em seco, olha de um para outro de nós, depois sussurra: – Claro. – E desaparece, sem dizer mais nada, nos fundos da loja.

– Sério, Evan? – A mão dela vai até a minha, em sua cintura, e tenta soltar meus dedos. – É melhor eu te dar um porrete para você me bater na cabeça.

– Você quer que eu seja acusado de lesão corporal? – pergunto, procurando os olhos dela com os meus.

– O que foi? – Ela franze a testa e eu baixo o rosto, olhando para a camisa dela.

– Ele deu uma conferida na sua bunda quando você entrou, depois nos seus peitos enquanto eu estava do seu lado.

– Isso não é verdade – ela resmunga, se inclinando para a frente.

– Querida, ele conferiu sim, e esse tipo de coisa não é legal, ainda mais quando eu estou aqui, bem do seu lado.

– Você está sendo ridículo. Ele só estava trabalhando. – Ela faz um gesto de pouco-caso.

Agarrando-a pelo pulso, eu a puxo, obrigando-a a trombar comigo, então passo os braços ao redor da cintura dela, puxando-a para mais perto antes de encostar a boca em sua orelha.

– Fico feliz que você não repare quando um homem está secando você. Fico grato por você não ser o tipo de mulher que quer chamar atenção dos homens, mas isso não muda o fato de que ele estava flertando com você, e... – eu a aperto – ...e dando uma conferida no seu corpo enquanto eu estava bem ao seu lado.

– Esse papo de homem das cavernas é irritante – ela sussurra, recuando e olhando para mim.

– Você é minha. – Eu me inclino na sua direção e rosno: – *Minha.* – Recuo e a encaro de novo. – Seus peitos são meus. Sua bunda é minha. Me chame do que quiser.

Os olhos dela sustentam os meus por um longo tempo antes de June se mover para a esquerda quando ouvimos o vendedor balbuciar.

– Eu... ahn... já configurei o aparelho.

Dou mais um aperto em June e pego a sacola da mão dele, entregando-a para ela. Pegando meu cartão de volta, assino o iPad na mão do vendedor, coloco o braço ao redor dos ombros dela e a tiro da loja. O tempo todo ela está resmungando baixinho alguma coisa sobre o fato de os homens alfa serem irritantes.

– Não – declaro, parando ao pé da cama, meneando a cabeça e cruzando os braços sobre o peito.

– O quê? – June pergunta, olhando para mim por baixo dos cílios escuros, tentando parecer inocente. Mas ela sabe muito bem do que estou falando.

– Sem chance, querida. Ele não vai dormir na cama conosco.

– Mas ele vai se sentir sozinho. – Ela faz beicinho e eu balanço a cabeça de novo, então olho para Ninja.

– Sai. – Estalo os dedos, então olha para June, depois para mim, dá uma bufada de indignação e salta da cama. Para ao meu lado, esperando que eu faça carinho nele, e vai para a porta.

– A cama é grande o bastante para todos nós – ela argumenta e eu dou um passo na sua direção, pondo uma mão de cada lado dela na cama, forçando-a a reclinar.

– Você quer que ele me veja chupar você? – pergunto, e ela arregala os olhos.

– Não – ela suspira, de repente sem ar.

– Achei que não quisesse. – Eu me inclino e a beijo, depois recuo. – Quando eu estiver com você na cama, ele não vai estar.

– Você acha mesmo que precisa ficar aqui?

– Acho. Agora você pode ter um sistema de segurança e um cachorro, mas eu tenho uma arma e você vai ficar mais segura com a minha cabeça no travesseiro ao seu lado.

– Você sabe usar uma arma? – ela pergunta, e eu estudo seu rosto por um momento, tentando decidir o quanto devo contar para ela, o quanto posso revelar sobre mim. Quero que nosso relacionamento dê certo, então subo na cama, me ajeito entre suas pernas e coloco meu rosto perto do dela.

– Sei sim. Fui o melhor da minha turma. Quando me mandaram para o Afeganistão, eu era um dos melhores da minha unidade.

– Você... Já atiraram em você? – ela pergunta em voz baixa, colocando uma mão sobre meu coração e a outra no meu rosto.

– Atiraram. – Vendo os olhos dela se encherem de lágrimas, sinto uma dor no peito, porque sei que essas lágrimas são para mim, lágrimas que eu não mereço.

– Você... – Ela para, lendo meu rosto. – Você já atirou em alguém? – O tom dela é hesitante enquanto observa meus olhos.

– Já atirei, querida – digo, um pouco mais alto que um murmúrio.

Ela levanta o rosto e o esconde no meu pescoço.

– Sinto muito – ela sussurra.

– Eu também, linda. – Eu nos rolo para o lado, deixando-a sobre mim, então levanto sua blusa e passo os dedos em suas costas.

– Por que você não voltou para mim? – ela pergunta depois de um instante, e meu corpo fica tenso. Eu me obrigo a relaxar, me forçando a ser honesto.

Passando a mão nas costas dela, seguro seu rosto bem perto enquanto conto a verdade.

– Eu não conseguia te olhar nos olhos. Fiz muita merda. Escondi muita coisa de você. Eu não queria que nada disso te atingisse, que nada sujasse o que nós estávamos construindo antes disso. Eu não deixei você ver como a minha família era estragada; que a minha mãe bebia para pegar no sono, só para acordar e tomar uma cerveja; que o meu pai ficava furioso e descontava em mim, só porque eu estava perto. Eu pensava que, se pudesse construir uma vida para nós, uma vida que eu conquistasse, que fosse boa para você, boa para os nossos filhos, então nada disso importaria. Então eu fui para o Afeganistão e... – Paro de falar. Não quero que ela saiba como eu fodi tudo.

– O quê? – ela pergunta, apertando minha mão e afastando o rosto. – O que aconteceu com você?

Fecho os olhos. Ainda consigo ver os rostos sem vida na minha mente enquanto revivo a sensação de não conseguir trazê-los de volta.

– Por favor, fale comigo – ela implora com delicadeza.

– Nós estávamos procurando um alvo. Entramos numa das casas em que ele tinha sido visto. Nós fizemos a revista, mas estava vazia. Eu sabia que tínhamos deixado passar alguma coisa, então voltei. O que nós não sabíamos era que, enquanto estávamos revistando a casa, alguém tinha posto uma bomba debaixo do nosso Humvee. Perdi todos eles.

– Você também podia ter morrido – ela sussurra, cobrindo a boca com dedos trêmulos.

– Eu podia ter ajudado os caras. Eu devia ter garantido que eles verificassem o veículo.

– Você podia ter morrido – ela repete, baixando a testa até meu peito.

– A mulher do Daralee tinha acabado de ter uma garotinha – sussurro, abraçando-a. – O jeito como ele falava dela, parecia que era o primeiro cara a ser pai de uma menininha. O Jabson tinha uma namorada na cidade dele. Ele estava planejando pedir a menina em casamento. Os dois estavam juntos desde os doze anos. O Denson tinha acabado de perder a mãe, que estava com câncer, e o pai dele mal estava se aguentando. Ele ia voltar para casa dali a três dias. Todos morreram e eu fui o único sobrevivente. Por que eu posso viver a minha vida quando a deles acabou? – faço a pergunta que já fiz para mim mesmo um milhão de vezes.

– E eles iriam querer que você parasse de viver? – ela indaga depois de um longo momento, e eu ouço as lágrimas em sua voz.

– Não sei – respondo com dificuldade, puxando-a para mais perto, então rolo para o lado e enterro o rosto no pescoço dela. – Eu me odiei porque me sentia grato por poder voltar para você. Quanto mais eu pensava nisso, mais eu sabia que não ia conseguir encarar você de frente. Não quando meus rapazes nunca mais iriam poder ver suas famílias e as mulheres que eles amavam. – O corpo dela arqueia em minha direção, e suas lágrimas fluem em maior quantidade. – Sinto muito por ter deixado você, linda. Eu sinto tanto.

– Eu também sinto – ela chora, e suas lágrimas molham minha pele. – Sinto por você estar enfrentando isso sozinho, e sinto muito não ter lutado por você.

– Meu Deus. – Fecho os olhos bem apertado e a abraço com força. Sentindo o peso mudar na cama, levanto a cabeça e vejo Ninja encostar seu corpo nas costas de June. Ela demora algum tempo para se acalmar. Quando tira o rosto do meu pescoço, seus olhos vermelhos e úmidos encontram os meus. Nenhum de nós diz nada, mas vejo amor brilhando para mim ali. Aproximando-me, eu a beijo suavemente e me viro para o lado, ficando de costas.

– O Ninja pode dormir com a gente? – ela propõe depois de alguns minutos. Em vez de responder, eu apago o abajur e a puxo para perto.

– Boa noite – ela sussurra, se aninhando em mim.

– Boa noite, querida – murmuro, sabendo que vou demorar para pegar no sono. Vou demorar muito.

– Depressa, querida – resmungo, enfiando nela uma vez após a outra, cada estocada me levando para mais perto do clímax.

– Ev – ela murmura, entrelaçando as pernas nas minhas costas, cravando as unhas nos meus ombros.

– Depressa, linda – peço, beliscando seu mamilo, deslizando a mão por sua pele molhada até a barriga, chegando ao clitóris.

– Ah... – ela geme, e eu movo minha mão, rapidamente, até atrás de sua cabeça, antes que acerte a parede azulejada, enquanto o corpo dela se fecha com força em torno do meu pau. Levando as duas mãos à bunda dela, eu a seguro com firmeza enquanto gozo com tudo, enterrando o rosto no pescoço dela.

– Eu vou chegar muito atrasada – ela sussurra, e eu sorrio na pele de seu pescoço, então afasto o rosto e nossos olhares se encontram.

– Querida – murmuro, e seu lábio inferior desaparece entre os dentes. Rindo, eu a levanto, tirando-a do meu pau e a colocando de pé.

– Eu não queria molhar o cabelo. Agora vou ter que secar, e isso vai demorar um ano – ela resmunga, pegando o sabonete líquido.

– Está querendo dizer que não valeu a pena? – pergunto, beijando o lado de seu pescoço, tirando o frasco dela, despejando um pouco do sabonete na minha mão e envolvendo seus seios.

– Eu não disse que não valeu a pena – ela suspira.

Sorrio antes de murmurar:

– Então pare de reclamar.

– Não estou reclamando. Só estou dizendo que vou me atrasar.

– Não vai, não – retruco, passando as mãos na barriga dela, depois entre as pernas.

– Você disse que ia ser uma rapidinha, mas então fez aquela coisa com a boca e depois me comeu contra a parede. Você não foi rápido – ela resmunga, mas solta um lamento quando meus dedos passam por seu clitóris.

– Continue reclamando, querida. – Mordo sua orelha, enfio dois dedos nela e uso o polegar para massagear de novo o clitóris.

– Ah, meu Deus – ela suspira, gozando alguns segundos depois nos meus dedos. Beijando o lado do pescoço dela, espero o fim de seu orgasmo para terminar de lavá-la. Eu a tiro do chuveiro, ignorando o olhar maléfico que ela me dá. Saindo dois minutos depois, sorrio ao vê-la pisando duro, nua, com o secador nas mãos.

– Quer um café? – pergunto, observando seus peitos balançarem enquanto ela joga o cabelo de um lado para outro.

Resmungando um "sim", ela me observa pelo espelho enquanto amarro uma toalha na minha cintura e depois me coloco atrás dela.

Deslizando as mãos pela cintura dela, envolvo seus seios e beijo sua orelha.

– Pare de bancar a brava – peço, puxando seus mamilos.

– Ev. – Ela inspira fundo e nossos olhos se encontram no espelho.

– Não me olhe desse jeito, a não que você queira que eu te coma nessa pia. Aí você vai se atrasar de verdade. – Os olhos dela se aquecem, eu seguro meu sorriso e me inclino para beijar seu pescoço, onde murmuro: – Já volto com o seu café.

Vou na direção da cozinha com Ninja logo atrás. Abro a porta dos fundos para ele, coloco ração na tigela, verifico sua água e ligo a cafeteira. Me apoiando na bancada, esperando a cafeteira terminar o ciclo, meus olhos encontram um envelope no balcão, junto com a correspondência que June trouxe ontem. Pegando-o, eu o viro e vejo que a carta foi encaminhada para ela de seu antigo apartamento, e o endereço do remetente é uma prisão no Alabama, a mesma em que Lane está detido enquanto seu processo está em andamento.

Abrindo o envelope, tiro um maço grosso de papéis e rilho os dentes enquanto leio. A maior parte da carta é um pedido de desculpas por envolvê-la. Depois ele explica que fez isso para que ela terminasse com ele, porque Lane não queria atingi-la com aquele negócio sujo; que na verdade estava tentando protegê-la. Mas a última página me deixou furioso. Ele dizer que a ama e que sabe que June sente o mesmo *não* é uma coisa em que eu queira pensar. Amassando o papel na mão, vou até a porta dos fundos, abro-a para Ninja e me dirijo ao banheiro, levando a carta comigo.

– Pensei que você fosse me trazer café – ela diz, desligando o secador. Indo até o lado dela, abro a carta sobre a penteadeira. Ela baixa os olhos para o papel, passa-os pela primeira página, aperta-os e os levanta para os meus. – Você abriu minha correspondência? – Franze a testa, me estudando.

– Abri. – Eu me encosto na parede, cruzando os braços sobre o peito.

– Por quê?

– Eu queria ver o que ele tinha para dizer – bufo. – Ele não devia fazer nenhum contato com você, então achei que podia ser importante. Não é.

Ela estuda meu rosto, depois pergunta:

– Você está bravo?

– Claro que estou.

– Por quê? – ela pergunta, parecendo atônita.

– Um homem dizer para a minha mulher que a ama é o tipo da coisa que me deixa bravo.

– Talvez nós devêssemos discutir nosso relacionamento – ela murmura, colocando o secador no balcão ao lado da pia, depois recuando o tronco e cruzando os braços sobre os seios.

– Você é minha. Não tem o que discutir para saber a quem você pertence.

– Eu não fui sua por muito tempo, Evan. Você me abandonou. Eu não tive escolha. Precisei seguir com a vida.

– Você sempre foi minha – rosno, me inclinando para a frente. – Você sabe que era minha.

– Com quantas mulheres você ficou enquanto eu era "sua"? – ela pergunta em voz baixa. Aperto os olhos e recuo.

– Nenhuma – rosno e passo as mãos pelo cabelo. – Droga. Você acha que, se eu não podia ficar com você, ia ficar com alguma outra? Para quê? Passar o tempo? Me divertir? Não, porra.

Os enormes olhos dela me encaram e seus lábios se abrem antes de June sussurrar.

– Quê?

– Querida, eu não ia me conformar com alguém se não podia ter você – digo, tentando falar com delicadeza.

– Você... – Ela faz uma pausa, depois aponta para o meu peito. – Você não ficou com ninguém depois de mim? – ela pergunta, apontando para si mesma. Fecho os olhos por um instante, depois os abro.

Estendendo a mão, eu a seguro pela cintura e a puxo para mim.

– Eu amo você, só você – declaro com firmeza, baixando minha testa até a dela.

– Mas...

– Sem "mas". Poxa, eu podia não estar mais casado com você, mas isso não mudou meus sentimentos.

– Meu Deus – ela suspira, colocando as mãos no meu peito e se inclinando para a frente.

– Você amava esse cara? – pergunto em meio aos dentes cerrados, sem querer saber a resposta, mas precisando dela mesmo assim.

– O quê? – Ela pisca, recuando.

– Você amava *esse cara*?

– Não. – Ela sacode a cabeça e se inclina mais para trás, passando as mãos pelo meu peito e segurando nas laterais do meu pescoço. – Como eu podia amar alguém se você continuava no meu coração? – ela lança, suave, deslizando os dedos até meu queixo.

– Você ficou um bom tempo com ele – digo, e o rosto dela amolece.

– Eu estava tentando seguir com a vida, mas ele não era você.

– Merda. – Eu a aperto junto a mim.

– Não fique bravo comigo.

– Eu estou bravo comigo mesmo, por ele ter tido uma chance com você, bravo pra caralho porque as minhas ações permitiram que um homem como ele pudesse respirar o mesmo ar que você – rosno, rilhando os dentes.

– Ev – ela sussurra, e meus olhos focam nos dela. – Não podemos voltar no tempo. – Ela meneia a cabeça e aperta com mais força os seios no meu peito. – Se nós ficarmos sempre voltando ao passado, vamos ignorar o fato de que, pela primeira vez em muito tempo, estamos seguindo com a vida. E juntos.

– É. – Encosto minha testa na dela.

– Eu queria que as coisas tivessem sido diferentes.

– Eu também, linda – concordo, me afastando para dar um beijo em sua testa, seu nariz e, então, sua boca. – Você precisa se arrumar para o trabalho – eu a lembro.

– Você está bem? – ela pergunta, ignorando meu aviso.

– Sim, querida – respondo, e ela estuda meu rosto por um longo tempo.

– Que bom. – Se esticando, ela beija meu queixo, se afasta e vai até o closet. Seguindo até o quarto, visto meu jeans e minha camiseta, depois vou até a cozinha preparar o café. Levo a xícara para ela, depois pego o celular e ligo para Jax, informando-o de que Lane fez contato. Volto à cozinha para pegar café para mim, e espero June terminar de se arrumar para que eu possa levá-la ao trabalho.

– Você acha que a pessoa que invadiu a minha casa vai voltar? – June pergunta, e eu olho para ela antes de me voltar para a frente quando o semáforo muda para verde.

– Acho que não, querida – respondo com delicadeza, apertando de leve sua mão.

Passei a noite da invasão com as antenas ligadas, falando com qualquer um que conseguisse encontrar. Ninguém viu nada. Ninguém ouviu nada. Ninguém sabia de nada. Foi uma frustração atrás da outra. Estávamos nos movendo às cegas. Nenhum de nós sabia por que alguém iria aparecer de máscara na casa dela e, vendo-a vulnerável, nua na banheira, não faria nada. Se o cara só entrou lá para roubar, podia ter levado muito mais. Não fazia sentido... *Ainda* não fazia sentido.

– É tudo tão estranho – ela sussurra depois de um instante, e eu aperto mais uma vez sua mão, parando em frente à escola.

Colocando a Fera em *park*, eu me inclino e ponho a mão na lateral do pescoço dela, puxando-a para mais perto de mim.

– Tire isso da cabeça, está bem? – Os olhos dela me estudam durante um instante, depois ela concorda com a cabeça e olha por sobre o meu ombro. Passo os dedos pelo cabelo dela, puxo-a para mais perto e seu olhar se volta para o meu.

– Eu venho às quatro para te pegar.

– Está bem – ela anui, e eu mordo seu lábio inferior.

– Vamos jantar fora.

– Está bem – ela repete, sorrindo desta vez.

– Vejo você às quatro, querida. – Eu me inclino para a frente, beijando-a com suavidade, depois solto seu cinto de segurança e a deixo ir. Ela coloca a mão no trinco da porta atrás de si, se atrapalha e se joga em mim outra vez, enfiando as mãos no meu cabelo. Seus lábios chegam aos meus e eu a deixo conduzir por um segundo antes de assumir o beijo, o que faço por completo, com a língua. Quando tiro minha boca da de June, vejo suas pálpebras baterem várias vezes até se abrirem. Ela sorri.

– Tenha um bom dia de trabalho.

– Você também. – Retribuo o sorriso e a observo mexer no trinco de novo. Ela precisa tentar algumas vezes, mas acaba conseguindo abrir a porta e sair, e eu espero até ela entrar para sair com a picape e ir para o escritório.

– Você está vivo – Sage exclama quando abro a porta e entro.

Ignorando-o, olho para Jax.

– Você ligou para o seu tio e falou da carta? – pergunto.

– Telefonei para ele logo depois que conversei com você. Ele vai mandar uma mensagem para o advogado do Lane – Jax informa, servindo café numa xícara e mexendo, depois olha para mim e Sage.

– Estou pensando em contratar alguém para administrar o escritório. Não tenho tempo para retornar as ligações e cuidar da papelada. Vocês concordam com isso?

– Demorou – Sage resmunga, sentando numa das cadeiras. – Já pensou em alguém?

– Ainda não, e não comentem nada com a minha mãe. A última coisa de que precisamos é que ela venha assumir o escritório.

– Eu adoro a tia Lilly.

– Você quer a minha mãe se metendo nos seus negócios o tempo todo? – ele pergunta para Sage, que olha para mim e sorri.

– Ela vai querer café o tempo todo – Sage diz. – Mas duvido que vá fazer biscoitos.

– Minha mãe não serve – Jax declara. – Vou procurar por aí e ver se aparece alguém.

– Tanto faz – Sage resmunga, recostando-se. – O que nós temos para hoje?

– Preciso da papelada da compra da casa da June – digo, indo até a geladeira e pegando um shake.

– Por quê? – Sage pergunta, e eu olho dele para Jax.

– Eu quero saber de quem ela comprou a casa. Essa situação não está muito clara para mim. Estou imaginando se o invasor não estava procurando outra pessoa, deu de cara com a June, ficou surpreso e caiu fora.

– Você conseguiu falar com o Brew? – Jax pergunta. Fecho a geladeira e olho para ele.

– Essa é minha próxima parada.

– Pode muito bem ser coisa do Lane tentando assustar a June – Jax diz, me estudando.

– Não, ele não faria isso. O Lane não faria nada que pudesse afastá-la da vida dele. Eu li a carta que ele escreveu para ela, e o Lane acredita que está fazendo o que pode para protegê-la. Ele disse que terminou com ela para que a June não fosse envolvida nas suas sujeiras. Por mais que isso me deixe puto, eu acredito nele.

– A June sabe que você leu a carta? – Sage pergunta, e eu arrasto os olhos de Jax para ele.

– O que você acha?

– Não sei. Você parece guardar muita coisa para si mesmo.

– Sage – Jax chama a atenção do outro, e Sage desvia o olhar de mim para encarar o primo.

– Você sabe tão bem quanto eu que ele – Sage aponta o queixo para mim – não tem sido franco. Quem pode dizer que não foi o Evan que mandou alguém invadir a casa da June para bancar o herói e reconquistá-la?

– Sério? – pergunto.

– Só estou falando. Seria um plano perfeito. Há algumas semanas ela não queria nada com você, e de repente você está dormindo na cama dela, comprando um cachorro... sendo domesticado.

– Vá se foder.

– Não cara, vá você se foder – ele diz, levantando de sua cadeira. Jax se coloca entre nós dois quando eu avanço.

– Recuem – Jax ordena, olhando de um para o outro.

– Nós conhecemos o Evan há mais de um ano e ainda não sabemos nada sobre ele – Sage grunhe, e eu vou na direção dele, parando quando a mão de Jax toca meu peito.

– Você tem razão; não me conhece – digo em voz baixa. – Você não sabe o que eu já vi ou fiz. Não tem a menor ideia. – Eu me inclino para a frente. – E eu não preciso provar merda nenhuma para você. – Eu me viro e saio do escritório, batendo a porta atrás de mim.

Entrando na picape, sigo na direção da rua de June. Ao ver a moto de Brew na entrada da casa dele, desligo a Fera, saio e atravesso o jardim para perguntar a respeito do antigo proprietário da casa de June, mas o que quero mesmo é trocar a picape pela moto e sair por aí.

Capítulo 8

JUNE

— Olhando para a porta do quarto, sento com as pernas cruzadas e pego minha loção na mesa de cabeceira. Ao colocar um pouco nas mãos e esfregá-las, deixo o pensamento voar enquanto espero que Evan entre no quarto. Algo está errado. Não sei o que é, e não sei o que fazer a respeito, mas senti no instante em que Evan me pegou no trabalho. Mesmo sem ele dizer nada, eu soube, só de olhar para seu rosto, que algo tinha acontecido.

Quando perguntei se estava bem, ele só disse, "Estou", engatou *drive* e me levou para casa. Eu tinha pensado que poderíamos conversar sobre o que o estava preocupando quando saíssemos para jantar, mas ao chegarmos a minha casa, ele me disse que Wes e July estavam a caminho para me fazer companhia enquanto ele ia cuidar de alguns assuntos. Quando ele falou isso, perguntei do jantar, e ele respondeu que teríamos que deixar para outro dia.

Não foi muito depois disso que July e Wes apareceram, e, assim que eles chegaram, Evan saiu, me dando um beijo rápido antes de ir embora. Não gostei disso. Desde que forçou sua reentrada em minha vida, ele tem sido assim, com minhas coisas e meu espaço, mas deu para sentir a distância que ele colocava entre nós como se fosse algo físico.

Minha irmã reparou, mas não tocou no assunto. Wes também notou, e, ainda bem, ficou igualmente de boca fechada, mas dava para ver que eles queriam perguntar a respeito. Agora, sentada na minha cama, sinto o coração bater forte dentro do peito e um enjoo tomar meu estômago. Nunca imaginei que Evan e eu ficaríamos juntos de novo, mas, desde o momento em que ele reapareceu, meus sentimentos por ele voltaram com juros – na verdade, talvez nunca tenham sumido.

Sentindo a cama se mover e Ninja focinhar minha mão, olho para onde ele está deitado, perto do meu quadril, e passo os dedos por sua pelagem macia, suspirando. Eu não queria um cachorro, mas não vou mentir dizendo que não gosto de ter um. Ninja grudou em mim como cola desde que cheguei em casa, e sua presença constante não me deixa me sentir sozinha. Olhando do cão para a porta, vejo luzes na sala de estar e ouço os passos suaves vindo na direção do quarto. Sinto que me preparo para o que está por vir, me sentando um pouco mais ereta na cama.

– Ei – eu sussurro, estudando Evan, que para no vão da porta.

– Ei – ele devolve, também sussurrando, então vem na minha direção e para ao pé da cama, baixando os olhos para meu quadril. – Ninja, desce – ele ordena. O cão dá uma bufada mas salta da cama, parando para ganhar um carinho antes de sair do quarto.

– Ahn... – Faço uma pausa, observando-o deixar a arma na mesa de cabeceira, depois tirar a camisa, que joga na cadeira no canto do quarto. Vejo-o soltar o cinto e os quatro botões da calça jeans, expondo uma cueca boxer justa que fica muito bem nele.

– Evan – digo em voz baixa, vendo o jeans dele atravessar o quarto voando e aterrissar na cadeira.

– Estou morto de cansado – ele murmura, caindo na cama, estendendo o braço e apagando a luz.

– Ahn... – eu repito, piscando no escuro.

– Durma, June.

Tudo bem, é verdade que Evan e eu discutíamos com certa frequência da primeira vez que ficamos juntos. Algumas discussões foram acaloradas, outras foram só implicância, mas nunca fomos dormir sem resolver os problemas.

Nem uma só vez.

– O que está acontecendo? – pergunto, ainda sentada na cama.

– Estou cansado – ele murmura e, ao ouvir isso, sinto meu receio começando a se transformar em raiva.

Acendendo a luz do meu lado, vejo os olhos dele me procurarem. Monto em sua cintura e aproximo meu rosto do dele.

– Que diabos está acontecendo?

– Nada. Durma – ele diz, colocando as mãos na minha cintura.

– Durma? – eu repito, estudando-o, e ele me olha de um jeito que me faz rilhar os dentes.

– Querida, nós estamos de pé desde as seis. Já passa da meia-noite. Estou morto.

– Quem sabe não é melhor você sair da minha cama e ir dormir na sua? – sugiro, de um jeito que não parece apenas uma sugestão.

– Não comece com as suas merdas – Evan grunhe, sentando e me tirando de cima dele, me colocando deitada na cama ao seu lado.

Ficando de joelhos, empurro o peito dele e grito.

– *Você* não comece com as suas merdas. De manhã você não conseguia tirar as mãos de mim. Depois cancela o jantar e agora volta para casa quase sem olhar na minha cara? – Inclino meu corpo para a frente. – Eu não preciso desse tipo de sofrimento na minha vida. Não preciso de joguinhos nem desse vaivém.

– Eu tive uma droga de dia – ele ruge, e eu meneio a cabeça. Não me importa, nem um pouco.

– Você me deixou! Casou comigo e prometeu que as nossas vidas estariam interligadas até o fim dos tempos, mas depois me deixou. Então, me desculpe, eu não dou a mínima se você teve um dia ruim. Não ligo nem um pouquinho, porque eu estou aqui. Como uma tonta, estou aqui. Então, se você teve uma droga de dia, vamos conversar a respeito. Você não pode me ignorar! – grito.

– Querida – ele diz delicadamente, e eu vejo seu rosto amolecendo e suas mãos vindo até mim.

– Você não vai fazer isso comigo de novo – sussurro. – Você não pode voltar, me fazer te amar de novo e então decidir que, como teve um dia ruim, não consegue lidar comigo.

– June. – Ele tenta me tocar de novo, mas eu recuo, ficando longe de seu alcance.

– Eu odiei você – murmuro, saindo da cama. – Ou pelo menos eu consegui me fazer acreditar que era capaz de seguir com a vida. Não vou fazer isso de novo, Evan. Não vou te perder de novo. Não com você bem na minha frente – choramingo, tentando segurar as lágrimas.

– Meu irmão invadiu a sua casa – ele diz, e meus pulmões congelam, meus lábios se abrem e meu coração dá cambalhotas dentro do peito.

– O quê? – sussurro depois de um instante.

– Merda – ele rosna, passando as mãos pelo rosto. – Da última vez que nos falamos, ele estava tentando se endireitar. Eu disse que ele podia vir para o Tennessee, mas que precisava estar pronto para viver de um jeito limpo, arranjar um trabalho de verdade e se comportar bem.

– Ev – balbucio, dando um passo na direção dele, mas parando quando seus olhos se travam nos meus. – Hoje ele apareceu no complexo, dizendo que estava pronto para começar do zero e resolver seus problemas.

– Querido. – Eu me aproximo.

– Dez minutos depois que eu deixei meu irmão se instalar no meu quarto, recebi uma ligação de um policial me informando que as suas coisas tinham aparecido em uma loja de penhores da cidade. Fui até lá verificar e assisti ao vídeo do circuito interno de segurança. Resumindo, a porra do meu irmão está no vídeo vendendo as suas coisas.

– Ah, não – exclamo, caindo sentada na lateral da cama.

– Eu passei o dia todo sabendo que, por minha causa, você tinha sido atingida de novo.

– Não é sua culpa.

– Ele me seguiu até a sua casa! – Evan vocifera, passando a mão pelo cabelo. – A droga do meu irmão invadiu a sua casa e assustou você!

– Eu estou bem. Ele só levou alguns objetos. Não foi grande coisa – digo em voz baixa, me levantando e ficando ao alcance dele, mas paro quando seus olhos ficam sombrios.

– Não foi grande coisa – ele repete em um tom que nunca ouvi antes, um tom que me faz pensar que devia ter escolhido minhas palavras com mais cuidado. – Você saiu correndo da sua casa enrolada na toalha, segurando uma tesoura junto ao peito. Estava fora de si de medo.

– Tudo bem, foi ruim, mas eu estou bem e o que aconteceu não foi sua culpa. Você não disse para ele invadir minha casa e não o ajudou a invadir. – Ponho minhas mãos em seu peito e me aproximo. – Pare de se culpar. – Os olhos dele descem para o meu rosto, e seus braços me enlaçam, apertados, me mantendo próxima. – Você devia ter me contado – eu o repreendo de leve.

– Eu não queria que isso te afetasse.

– Sim. Bem, quando você age feito um babaca, isso meio que me afeta – aponto o óbvio, vendo seus lábios se retorcerem, mas qualquer sinal de bom humor deixa seu rosto enquanto ele diminui a distância mínima entre nós e nossos hálitos se confundem.

– Você está me amando de novo? – ele pergunta, e eu sinto meu corpo enrijecer.

– Evan. – Empurro o peito dele; não estou pronta para isso de novo, nem perto.

– Está tudo bem, querida. Eu espero – ele diz baixinho, me segurando com mais firmeza.

– E... – Não consigo nem dizer o nome dele antes de sua boca estar na minha e de suas mãos estarem no meu traseiro, me levantando. Automaticamente, minhas pernas o enlaçam pela cintura pouco antes de eu estar deitada na cama e o corpo dele estar sobre o meu. – Eu pensei que você estivesse cansado – suspiro, e as mãos dele deslizam do meu traseiro para as costas da minha camisola, puxando-a pela minha cabeça.

– Não estou mais – ele murmura pouco antes de sua boca voltar à minha, sua língua entrando enquanto suas mãos passeiam pela minha barriga, indo parar entre minhas pernas. O primeiro toque dos dedos dele no meu clitóris faz com que eu desgrude minha boca da dele e arqueie as costas, pressionando a cabeça no colchão.

– Eu quero ver os seus olhos, linda.

Encostando o queixo no peito, nossos olhos se encontram e eu o observo descer pelo meu corpo com beijos. Seus ombros largos afastam minhas coxas, e sua boca fica a um hálito do centro do meu prazer. Levantando os quadris na direção dele, eu o vejo sorrir e então baixar o rosto e enterrar a língua em mim. Perco seus olhos quando os meus se fecham e um gemido sobe pela minha garganta.

– É por isso que você não usa calcinha na cama, June? – ele pergunta, encostado em mim. – Você queria a minha boca no meio das suas pernas? Você queria que eu te chupasse, querida?

Pressionando meu núcleo na boca dele, eu o ouço rir antes de ele encontrar meu clitóris, e tiro as mãos do lençol, levando-as ao seu cabelo. Minhas pernas tentam ficar rígidas.

– Olhe para mim – ele manda, e eu solto um lamento de decepção com a perda daquela tortura doce. – Olhe.

Meus olhos se abrem de repente e minha cabeça se ergue quando dois dedos mergulham em mim e se curvam, acertando meu ponto G. Eu me apoio nos cotovelos, gemendo, e assisto à boca dele voltar ao trabalho.

– Estou tão perto – sussurro. Minhas pernas começam a tremer, e meus olhos, a fechar. A mão livre dele desliza pelo lado interno da minha coxa, passa pela minha barriga e então seus dedos polegar e médio encontram meu mamilo duro. Só com isso, eu me acabo. O orgasmo que se formava explode, entrando no meu sangue como um incêndio, queimando cada parte do meu corpo de dentro para fora. Caindo de costas, eu me seguro nos lençóis e tento recuperar o fôlego enquanto meu corpo volta ao normal.

– Seu gosto é bom – ele grunhe, e eu abro os olhos e vejo os dedos da sua mão direita ao redor da minha perna, colocando-a ao redor da cintura dele. – Muito bom.

Os dedos dele, molhados com minha essência, passam pelos meus lábios.

Sua boca desce sobre a minha. Passa entre meus lábios, seu gosto misturado ao meu estimulando minhas papilas enquanto ele me penetra fundo.

Arrancando minha boca de seus lábios, meus dedos se enterram em seus músculos e eu arfo com a sensação de estar preenchida por Evan, de ser aberta e rodeada por ele de todas as maneiras.

Tirando minhas mãos de seus bíceps, ele entrelaça nossos dedos, colocando-os acima da minha cabeça, investindo com mais lentidão. O rosto dele chega ao meu pescoço, onde ele sussurra, delicado:

– Eu sempre vou te amar o bastante por nós dois. *Sempre.*

A sinceridade na voz dele faz lágrimas inesperadas subirem pela minha garganta e me obriga a apertá-lo com minhas pernas, segurar suas mãos com mais firmeza e virar minha cabeça para ele, abrindo minha boca quando a dele cobre a minha. Posso estar com medo demais para dizer a Evan como me sinto, mas meu corpo é dele, assim como meu coração. A boca dele larga a minha e ele deita de costas.

– Monte em mim, querida.

Em nossa nova posição, mordo meu lábio e apoio as mãos no peito dele.

– Ev – suspiro, levantando só um pouco.

– Ah, querida. – Os quadris dele batem nos meus, me fazendo arfar de novo. Nessa posição ele está tão fundo que posso senti-lo tocando meu útero. Inclinando o corpo para trás, movimento os quadris, ofegante, enquanto suas mãos se movem, uma envolvendo meu seio, a outra parando entre minhas pernas, onde seu polegar massageia meu clitóris. Minha cabeça cai para trás, meus olhos se fecham e minhas mãos vão para trás, se apoiando nas coxas dele.

– Ah... – ele grunhe, aumentando a velocidade do polegar. – Olhe para mim. – Minha cabeça vai para a frente e eu forço meus olhos a se abrirem para encontrar os dele. – Você está linda recebendo o meu pau, querida.

Gemendo, eu me esforço para sustentar o olhar dele, mas sinto o clímax chegando, e sei que vai ser imenso.

– Goze para mim, June. Goze no meu pau.

– Ev – choramingo, meus olhos se fecham e meu corpo cai para a frente.

Suas mãos seguram meus quadris com firmeza enquanto os dele batem com força em mim, fazendo meu orgasmo ganhar vida própria. Colocando-me de costas, os quadris dele bombeiam os meus com rapidez e força. Eu grito e perco o ar. Minha cabeça levanta e eu grudo no peito dele com os dentes. O rugido de Evan preenche o quarto, e suas investidas diminuem de ritmo para uma... duas... três... quatro... cinco estocadas, e então ele se enterra dentro de mim. Minha boca solta a carne dele e eu caio na cama, exausta, sem ar e completamente saciada.

– Cacete, eu podia, de verdade, viver dentro de você – ele grunhe, pressionando ainda mais os quadris nos meus.

– Eu amo o seu pênis – murmuro, sentindo o corpo dele chacoalhar. Meus olhos se esforçam para se abrir, e, quando conseguem, vejo que ele está se segurando para não rir. – O que é tão engraçado? – pergunto, franzindo a testa. A cabeça de Evan treme e ele baixa o rosto para poder me dar um beijo rápido nos lábios.

– Você ama o meu pênis? – ele pergunta e eu enrugo o nariz, porque dá para ver que está tentando não rir. – Ninguém chama de pênis, querida.

– Hum, é o que ele é – digo, empurrando seu peito, o que ele ignora ao se deitar sobre o cotovelo, afastando meu cabelo da testa.

– Pau. Você ama o meu pau. – Ele sorri.

– Tanto faz – murmuro, revirando os olhos e empurrando seu peito, sem sucesso.

– Só os profissionais da saúde chamam isso de pênis.

– Tudo bem, eu amo o seu pau.

O sorriso dele fica convencido. Ele tira o pau de dentro de mim, só para enfiá-lo de novo.

– É, você ama. Está encharcada.

– Você é tão cheio de si – murmuro.

– Errado. Você é que está cheia de mim. – Ele pressiona mais os quadris em mim enquanto passa o nariz pelo meu.

– Está na hora de eu parar de falar com você – resmungo, e a cama e eu tremem quando ele enterra o rosto no meu pescoço para rir. Senti-lo rindo enquanto continua dentro de mim é algo que nunca senti antes, e se torna algo que passo a adorar no mesmo instante. – Está tarde – eu o lembro, e seu rosto recua, pairando sobre o meu.

– Eu te amo – ele diz com delicadeza, passando os dedos pelo limite do meu cabelo. – Nunca vou parar de te amar, querida.

– Ev – suspiro, lutando com as lágrimas que queimam minha garganta.

– Eu vou esperar que você encontre o amor de novo. Eu esperaria para sempre por você. – Ele se aproxima, tomando minha boca com a dele antes que eu possa responder. Quando solta minha boca, sai de dentro de mim devagar, me levando consigo. Ele nos acomoda na cama, com meu rosto em seu peito e seus braços me envolvendo com firmeza. Fechando os olhos, me pergunto por que o irmão dele fez o que fez, e então imagino onde ele está agora.

– Ev – eu chamo baixo, e ele estende a mão para apagar a luz.

– Sim?

– Seu... – Eu paro, não querendo provocá-lo depois da reação que teve antes.

– O que foi? – ele pergunta, se aninhando em mim.

– Seu irmão está bem?

– Ele está preso – Evan diz, sem parecer nem um pouco chateado. Na verdade, não há emoção em sua voz.

– Sinto muito – sussurro, me apertando junto a ele.

Evan vira o corpo para mim, e seus braços ficam tão tensos que o ar foge dos meus pulmões.

– Não sinta – ele grunhe, chegando tão perto que posso sentir sua respiração na minha pele – pena dele. – Tudo bem, com certeza havia emoção aí. Os braços dele relaxam, mas seu rosto continua perto quando Evan continua. – A cagada foi dele. E esta não foi a primeira vez. Está acabado entre nós. Ele vai voltar para a cadeia, onde é provável que passe mais alguns anos. Ele teve a oportunidade de consertar a vida, mas continuou a aprontar.

– Mas é seu irmão – digo com cuidado. Sou próxima das minhas irmãs. E também do resto da família; não consigo me imaginar cortando os laços com nenhuma delas.

Os dedos dele mexem no meu cabelo, depois deslizam pelas minhas costas.

– Minha família não é como a sua, querida – ele argumenta. – Meu irmão e eu não temos um relacionamento como o que você tem com suas irmãs. Eu já tentei com ele, várias vezes ao longo dos anos. Eu sei que ele faz as besteiras que faz pelo jeito como nós crescemos, entendi as razões pelas quais ele fez as cagadas antes, mas ele não é mais um garoto e eu não vou mais arranjar desculpas para ele. Não permito que você se sinta mal pelo meu irmão.

– Quem sabe...

– Eu quero que você escute – ele me interrompe antes que eu possa sugerir que talvez seu irmão precise de ajuda. Ajuda de verdade, não do tipo que a cadeia oferece. – Eu quero que você escute enquanto eu falo. Vai parecer frieza demais, mas é a verdade. Ele nunca vai mudar. Ele vai usar a nossa infância como desculpa para esse comportamento idiota pelo resto da vida, e isso é com ele.

– Mas...

O polegar dele aperta meus lábios, e seu rosto se aproxima ainda mais do meu.

– Não. Eu te amo, querida, e te conheço. Eu sei que você vê sua família e o jeito como vocês se relacionam e pensa que pode ser assim com todo mundo, mas não é. Algumas pessoas têm o mesmo sangue correndo nas veias, mas esse sangue não significa nada no fim das contas. Quando invadiram a sua casa, não pensei nem por um instante em pedir ajuda ao meu *sangue*. Eu chamei os meus *irmãos*. E, assim que eu chamei, eles vieram. *Isso* é lealdade. *Isso* é amor e respeito. *Essa* é uma ligação mais forte que o sangue. Está me entendendo? – Evan pergunta, e eu concordo com um movimento de cabeça no escuro. – Ótimo. – Ele tira o polegar dos meus lábios.

– Como você conheceu o Wes e os rapazes? – pergunto, me referindo ao marido de minha irmã July, que também é o presidente do motoclube The Broken Eagles. Os homens que Evan, obviamente, considera seus irmãos. July me explicou que Wes e seus amigos estiveram todos juntos no exército. Eles saem juntos nos fins de semana, cuidam de suas motos e carros e fazem o mesmo pelos amigos. Wes veio visitar a mãe, que mora em Nashville, e, quando viu o lindo estado do Tennessee, decidiu que, quando todos terminassem de servir, era ali que iria se instalar. Ele abriu uma oficina de carros e motos.

– Assim que voltei e fui dispensado, procurei um amigo meu, Colton. Ele era da nossa unidade, mas foi enviado de volta para uma cirurgia depois que levou um tiro no peito e outro nas costas, duas semanas antes de a nossa unidade ser destruída. O Colton estava num centro de reabilitação em Nova York, mas me pôs em contato com o pai dele. A família dele tem um bar de motociclistas perto de Chattanooga. Eu não sabia o que ia fazer. Só sabia que, fosse o que fosse, precisava ser longe do Alabama, do meu pai e da minha mãe – Evan diz, me puxando um pouco mais para perto. – Eu também não queria me arriscar a ver você.

Isso doeu. Entendi o motivo, mas ainda assim doeu. Ainda consigo lembrar da dor que senti quando ele estava no Alabama e não veio me ver. Lembro com tanta nitidez que parece que foi ontem.

– Nós estávamos seguindo em frente, querida – ele sussurra, e eu fecho os olhos bem apertado e faço que sim com a cabeça. – Eu trabalhava no bar fazia uma semana quando Harlen apareceu. Nós conversamos o tempo todo em que ele ficou no balcão. Antes de ir embora, ele me deu o seu telefone e nós conversamos um pouco mais. Durante uma das nossas ligações, ele explicou que fazia parte de um motoclube, e que a maioria dos membros era formada por veteranos. Ele me convidou para acompanhá-los no fim de semana e eu aceitei a oferta. Não foi muito depois disso que o Wes me apresentou para o Jax.

– Fico feliz que você tenha esse grupo – digo em voz baixa. Fico feliz que, depois da infância problemática que ele teve, e do que aconteceu com ele no Afeganistão, Evan tenha esses amigos que considera irmãos, gente com quem ele pode contar.

– Eu também, querida.

– E o Colton, está bem agora? – questiono, imaginando se Colton percebe que sua vida foi poupada pelo que aconteceu com ele.

– Agora está, mas foi difícil. Ele não estava lá, mas também perdeu homens que considerava irmãos. Teve que reaprender a andar, passou um ano fazendo fisioterapia. A noiva de longa data quis terminar enquanto ele passava por tudo isso, então o Colton não ficou bem, mas voltou para casa, está se adaptando e trabalha no bar do pai. Da última vez que nos falamos, ele parecia feliz.

– A noiva de longa data terminou *enquanto* ele estava reaprendendo a andar? – bufo, sem conseguir compreender.

– Ela é uma vagabunda e provou isso. Não sei os detalhes. Nós não falamos dela. Só sei que ele está de saco cheio dela de um jeito que não tem como consertar. Não dá para culpá-lo. Ela devia ter ficado com ele ou esperado até ele estar de pé, literalmente, antes de passar essa rasteira no cara. Eles não estavam só saindo; estavam noivos e falando em começar uma família. Isso prova o tipo de mulher que ela é.

– Uau, que vaca – murmuro enquanto os braços dele me apertam.

– Pois é.

– Melhor para ele. Se livrou desse relacionamento.

– É, querida, melhor para ele. O Colton é um cara bom, tem uma família de respeito, então acho que vai ficar bem.

– Ótimo – sussurro.

– Você vai conhecê-lo. Vamos tirar um dia para passear e ir conhecer o Colton e os pais dele.

– Vamos na sua moto? – pergunto, esperançosa.

– Você quer ir de moto? – ele quer saber. Ponho a mão no seu peito e jogo meu corpo sobre o dele.

– Lembra quando você passou aqui na rua de moto? – pergunto, e o sinto ficar rígido, mas sua resposta é uma afirmação contida.

– Lembro.

– Naquela noite eu passei uma eternidade me aliviando. Fiquei tão excitada que nem consegui dorm... – Antes que eu possa terminar, ele me põe de costas e cobre minha boca com a dele, e então faz mais coisas comigo. Coisas que terminam comigo gritando o nome dele, e ele grunhindo o meu dentro da minha garganta, provando que a realidade com Evan é muito melhor que a fantasia.

Quando acordo, sinto calor nas costas, joelhos dobrados junto aos meus e uma mão, que sei que pertence a Evan, aninhada no meu peito. É sábado e tudo que eu quero é dormir, mas sei que preciso levantar para deixar Ninja sair e alimentá-lo, então desentrelaço com cuidado meus dedos dos de Evan e deslizo para fora da cama. Assim que estou livre, vou ao banheiro e faço minhas necessidades, escovo os dentes e pego um agasalho no closet, e também uma bermuda de moletom, vestindo-os antes de sair do banheiro.

Paro um segundo para admirar Evan na minha cama – o lençol à altura da cintura, os braços fortes e o peito largo à mostra, bem como suas tatuagens. Lutando contra o desejo de voltar para a cama e moldar meu corpo ao dele, saio do quarto e fecho a porta com cuidado atrás de mim.

– Ei, garotinho – sussurro quando Ninja olha para mim de seu lugar no sofá e boceja. – Vamos sair. – Passo pelo sofá e abro a porta dupla de vidro.

Ele mantém os olhos em mim e solta uma bufada contrariada, que tenho certeza que significa *É muito cedo para levantar*. Alonga o corpo, as patas da frente chegando ao chão primeiro, depois desliza lentamente do sofá, como se tivesse todo o tempo do mundo. Rindo, eu lhe faço carinho quando chega perto de mim. Deixo a porta aberta para ele voltar e vou até a cozinha para fazer café.

Sentada na varanda dos fundos em uma cadeira dobrável, com os pés apoiados no corrimão de madeira e uma xícara de café nas mãos, olho por cima do ombro quando a porta é aberta. Vejo Evan sair segurando uma xícara de café. Ele veste apenas um short folgado.

– Oi – ele me cumprimenta, o cabelo desgrenhado e o rosto ainda amarrotado de dormir.

– Oi. – Meus olhos se arrastam por seu abdômen e peito, assimilando-o. Existe muito mais Evan hoje do que antes, e todo ele é incrivelmente gostoso. Vindo na minha direção, ele se dobra e toca minha boca com a dele.

– Não gosto de acordar sem você – ele diz, com suavidade, junto aos meus lábios.

– Eu queria deixar você dormir – respondo com a mesma suavidade, então rio quando Ninja se enfia entre nós e empurra Evan, que é obrigado a se afastar um passo de mim.

– Estou vendo que vamos ter problemas – ele ri, passando a mão na cabeça de Ninja.

– Ele é meu garoto. – Sorrio, acariciando o focinho de Ninja, e este se esquece no mesmo instante de Evan, se aproximando de mim.

– Garoto? – Evan pergunta.

Olho para o Ninja e sorrio.

– Isso mesmo.

Evan baixa os olhos para minha boca e meneia a cabeça.

– Vá buscar a sua bola – ele murmura para Ninja, depois coloca sua xícara na beirada da varanda e pega uma das cadeiras dobradas que estão encostadas na casa. Ele a abre ao lado da minha e encaixa seu corpanzil nela, fazendo o metal barato ranger e chiar debaixo de seu peso.

– Acho que as minhas cadeiras não foram feitas para você – comento, e ele se inclina para a frente a fim de pegar o café, fazendo a cadeira ranger de novo.

– Hoje nós vamos pegar minha picape, arrumar umas cadeiras de quintal que me aguentem e buscar as minhas tralhas no complexo – ele diz quase para si mesmo, pegando a bola que Ninja lhe traz.

– Nós vamos? – pergunto, e os olhos dele vêm vasculhar meu rosto, então ele pega a xícara com a outra mão, me segurando pelo pescoço e me puxando para perto, até estarmos respirando o mesmo ar.

– Nós vamos seguir em frente e vamos fazer isso juntos. Eu sei que você ainda tem dúvidas a nosso respeito, mas eu não tenho. Nós vamos cuidar das suas dúvidas e acertar tudo, querida.

– Minhas dúvidas? – sussurro enquanto os olhos dele vasculham meu rosto de novo.

– Você quer que eu vá embora? – ele pergunta, e eu sinto meu coração ir parar na garganta com a ideia de Evan partindo. Os olhos dele se travam nos meus e sua voz fica mais grave quando seus dedos apertam minha pele. – Eu tenho amor o bastante para nós dois. Não importa se você não me ama. Não vou te dar espaço. Você é minha, June. Já é minha há muito tempo, e eu quero agora o que nós já poderíamos ter tido.

– Você... – eu paro, passo a língua pelos lábios, e os olhos dele caem na minha boca. – Você acha que nós devemos ir mais devagar?

– O que vai mudar se nós formos mais devagar? – ele pergunta, e é uma boa pergunta, tão boa que me incomoda, porque eu sei, pela determinação nos olhos dele, que nada vai mudar. Além do mais, desde que ele voltou, não consigo imaginar outra vida.

– Meu pai vai me matar – balbucio. Ele sorri e se aproxima, roçando os lábios nos meus, então recua e toma um gole de café.

– Ele vai se acostumar – Evan diz, tirando a bola da boca de Ninja e a jogando de novo. – Bom, ele já não gosta de mim, então que se dane.

– Ele gosta de você – retruco. Ou pelo menos meu pai *gostava* dele. Agora não tenho muita certeza, mas, vendo que ele está bem, sei que meu pai não o odeia.

– Querida – ele murmura, parecendo achar graça –, seu pai me disse que, se eu fizesse merda de novo, ele iria cortar o meu pau e me fazer comê-lo.

– Ah. – Estremeço e o vejo rir. Tomando um gole de café, me pergunto quanto tempo vai demorar para meu pai se conformar.

– Ele vai se conformar – Evan garante, lendo meus pensamentos.

– Minha família é um pouco superprotetora – suspiro.

– Eu entendo. Vai ser a mesma coisa quando nós tivermos filhas.

– Ev – sussurro, segurando minha xícara com mais força. Da primeira vez que ficamos juntos, nós conversávamos sobre começar logo uma família. Eu queria ser mãe enquanto ainda era jovem, e queria pelo menos três filhos, se não mais. Evan queria o mesmo que eu.

– Nós nos atrasamos, querida, mas eu já procurei nas suas coisas e não encontrei nenhum anticoncepcional. Nós não usamos nenhum tipo de proteção esta noite. – As palavras dele me deixam atônita, e não estou preparada quando suas mãos me pegam de novo, me puxando para perto mais uma vez. – Quando eu disse que nós estávamos seguindo em frente, eu quis dizer em tudo.

Minha respiração fica irregular e um nó se forma no meu estômago. Não sei o que estou sentindo, mas não é pânico nem medo; é algo diferente, algo inesperado. Finalmente, consigo dizer a palavra "Quê?", mas é só isso que sai antes de ele me beijar de novo e recuar, tomando outro gole de café.

– Vai dar tudo certo – ele diz, como se não fosse nada, pegando a bola que Ninja deixa cair ao seu lado e a jogando no jardim.

– Você está louco? – pergunto quando recupero a voz.

– Estive louco por um tempo, querida. Eu não conseguia respirar. Nem isso eu conseguia fazer direito. Faz três dias que eu finalmente consegui respirar direito, e desde então estou respirando bem. Então, não querida, não estou louco.

Tudo bem. Eu sinto o que vai acontecer. Eu sei que vai acontecer, então viro o rosto para o lado e inspiro fundo pelo nariz, tentando reprimir as lágrimas, mas não funciona. Solto um soluço e, antes que tenha chance de disfarçar, minha xícara de café é tirada da minha mão e Evan me pega, me colocando no seu colo. Chorando no pescoço dele, eu o agarro apertado, e então grito quando a cadeira em que estamos cede e nós dois caímos no chão.

– Você está bem? – ele pergunta, me deitando de costas, longe da cadeira quebrada.

– Estou. – Eu rio, então rio mais alto quando Ninja me lambe o rosto e eu o empurro. – Eu disse que as minhas cadeiras não foram feitas para você – reclamo com suavidade, enquanto os olhos dele mudam e seus quadris descem sobre os meus.

– Você é tão linda, a mulher mais linda que eu já vi – ele sussurra, me pegando desprevenida. Suas mãos vêm e seguram meu rosto, e seus polegares acariciam minhas faces onde as lágrimas tinham passado pouco antes. – Mesmo chorando você é linda de morrer. – Seus lábios roçam os meus, mas eu puxo a cabeça para trás e cubro a cabeça quando Ninja começa a lamber nossos rostos.

– Acho que nós precisamos levantar. – Dou risada.

– Vamos. Nós temos um dia cheio pela frente, e esse dia vai começar no chuveiro. – Ele levanta, me puxando consigo e me levando pela mão para dentro de casa. Fecha a porta depois que Ninja entra.

– Eu vou para o chuveiro sozinha. Não quero molhar o cabelo – informo, e Evan aperta os dedos entre os meus enquanto seus olhos descem do meu cabelo para o meu corpo.

– Desculpe. Não é só o seu cabelo vai ficar molhado.

– Evan, estou falando sério – ameaço, tentando fazê-lo soltar minha mão.

– Eu também, querida – ele murmura, me puxando pelo corredor, pelo quarto, até o banheiro.

Ainda que me aborreça admitir, ter que usar o secador depois do banho valeu muito a pena.

Capítulo 9

JUNE

Entrando no bar, minha mão apertada na de Evan, eu espero que meus olhos se ajustem à penumbra. Evan manteve a palavra do sábado anterior e me trouxe num passeio de moto para conhecer seu amigo Colton em Chattanooga. Bem, na verdade ele me levou em muitos passeios de moto ao longo da última semana, mas, honestamente, acho que é porque toda vez que ele me leva montada na garupa, quando nós chegamos em casa eu é que monto nele.

Não sei pilotar motocicleta como minha irmã July e não quero aprender, mas estar agarradinha às costas de Evan, ter toda aquela potência no meio das pernas e sentir o cabelo ao vento e o sol nos esquentando é algo que passei a desejar.

Muita coisa aconteceu nas últimas duas semanas. Evan se mudou para minha casa naquele primeiro sábado em que ficamos juntos. Nós fomos até o complexo e pegamos as coisas dele – não que ele tivesse muitas. Apenas algumas roupas, umas armas, que eu ignorei enquanto ele guardava, e duas fotografias gastas nas bordas e não emolduradas.

A primeira foto era de Evan comigo, que ele tirou com o celular um dia em que estávamos juntos em seu apartamento no Alabama. Eu estava sem blusa, porque nós estávamos nos pegando para valer na cama dele. Meu corpo estava junto às costas dele, meu queixo em seu ombro. Eu sorria para a câmera com as bochechas coradas e os lábios inchados. Evan me disse que eu estava linda e que ele precisava capturar o momento.

Então ele rolou de lado para pegar o celular na mesa de cabeceira e eu o segui, grudada nele. Tinha me esquecido desse momento até ver a foto.

A outra era uma foto do dia em que nos casamos. Eu estava usando um vestidinho de verão branco, com sandálias nude de tiras; ele vestia um jeans escuro e uma camisa azul-escuro. Nós dois estávamos de perfil, o rosto dele descendo na minha direção, sua mão na minha cintura, a minha nas costas dele. A certidão de casamento aparece na minha outra mão.

Quando vi essas fotos, eu chorei. Eu sabia que ele tinha dito que sempre foi meu, mas, vendo essas fotos, as bordas gastas e o papel amarrotado de tanto ser manipulado, eu soube que ele *sempre* me manteve consigo. Depois que me controlei, deixamos as coisas dele na minha casa e fomos à loja de jardinagem do bairro comprar móveis para o quintal, tudo de madeira escura com almofadas coloridas: cadeiras, mesa e uma churrasqueira, porque "nós precisamos de uma"... Ou melhor, *Evan* precisava de uma churrasqueira, porque não tenho a menor vocação para fazer churrasco. Toda as vezes em que tentei no passado, a carne passou do ponto ou ficou queimada, completamente incomível.

Depois que voltamos para casa nesse dia, ficamos juntos, só nós dois, e fizemos o mesmo durante o resto da semana – sendo preguiçosos, sendo um casal e implicando e discutindo sobre o que assistir na TV e o que cozinhar para o jantar – mas fizemos isso juntos. As coisas entre nós estavam voltando aos eixos, e tudo parecia bom. Não... Tudo parecia fantástico, ainda que continuasse sendo um pouco assustador.

Sentindo a mão de Evan apertar de leve a minha, volto dos meus pensamentos e inclino a cabeça na direção dele. Os olhos dele observam meu rosto por um momento e eu sei que ele me entende quando sorri e baixa o rosto para perto do meu.

– Vamos arranjar um quarto para passar a noite – ele sussurra. – Amanhã à tarde nós voltamos para casa.

– Parece ótimo para mim – respondo, estremecendo e lambendo o lábio de baixo.

Ele baixa o rosto para me beijar e, quando se afasta, viro a cabeça ao ouvir uma voz ribombar:

– Minha nossa. Cacete. Evan?

Olhando na direção do bar, vejo um homem muito atraente sair de trás do balcão e vir na nossa direção com um sorriso enorme e os braços estendidos.

– Colton. – Evan sorri, e meus olhos se voltam para o cara.

Santa gostosura.

Quero dizer, eu tenho meu próprio gostoso, um homem que é a definição de gostosura, mas este cara é lindo. Alto e definido, com o cabelo escuro e olhos ainda mais escuros rodeados por cílios espessos. Seu maxilar é quadrado, sombreado pela barba por fazer, que acentua seus lábios grossos e os dentes brancos e alinhados. Vendo-o sorrir, não consigo entender como a vaca da ex dele pôde abandoná-lo.

– Que bom te ver, cara – Evan resmunga, me soltando para poder abraçar o amigo.

– Cacete, cara, faz tempo demais – Colton diz enquanto bate com firmeza nas costas de Evan durante o abraço. Quando eles se soltam, o braço de Evan passa ao redor dos meus ombros, me puxando para seu lado.

– Quero que você conheça a June – Evan me apresenta, e os olhos de Colton vão de Evan para mim.

– Prazer. – Eu sorrio, então o sorriso dele fica maior e ele me puxa dos braços de Evan, me levanta e me abraça tão apertado que meus flancos doem com a pressão.

– Cacete, cara, você não estava mentindo. Ela é linda de verdade.

Tudo bem, isso foi gentil e a sensação é muito boa.

– Você pode parar de tocar nela agora – Evan resmunga, e eu mordo o lábio, tentando não rir.

– Ah, estou vendo que você é um vagabundo egoísta. – Colton ri e me coloca no chão.

– Em se tratando dela, sempre – ele diz, me puxando de volta para seu lado. – Você tem tempo para uma cerveja ou está trabalhando?

– Eu tenho tempo. – Ele sorri e bate nas costas de Evan mais uma vez, meneando a cabeça antes de se virar na direção do bar, para onde nós o seguimos. – O que vocês querem beber? – ele pergunta, e nós sentamos em duas banquetas.

– Para mim, o que estiver gelado – Evan responde. – Para a June, uma Miller Lite. – Apertando a cintura de Evan, me encosto nele. Eu sei que parece bobagem, mas adoro o fato de ele se lembrar do que eu gosto de beber, como eu tomo o café, de que comidas eu gosto ou não gosto, todas essas coisas sem importância que acabam tendo muita importância, porque mostram que a pessoa com quem você está gosta o suficiente de você para prestar atenção aos pequenos detalhes a seu respeito.

– Gia, amor, venha aqui – Colton chama, olhando para a direita, e eu acompanho seu olhar até a porta aberta de um escritório, onde uma garota pequena e cheia de curvas, muito bonita, com cabelo escuro longo e ondulado, pele morena e extraordinários olhos verdes, está parada junto a uma mulher mais velha que se parece muito com Colton.

– Um dia eu vou matar o seu filho – ouço a garota, que deve ser Gia, resmungar. A mulher ao lado dela ri alto, diz algo que não consigo ouvir e a empurra na nossa direção.

– Você chamou? – Gia pergunta quando se aproxima, e Colton sorri para ela.

– Gia, este é o Evan. Nós servimos juntos nos fuzileiros, e esta é a esposa dele, June – Colton diz e eu sinto um aperto no coração, mas não um aperto bom. Não sou mais a esposa de Evan, e, embora eu saiba disso há muito tempo, e parecesse ter aceitado a situação, ouvir o que eu já fui acaba comigo.

– Prazer em conhecer vocês. – Ela sorri, mostrando duas covinhas, uma em cada bochecha.

– O prazer é meu. – Retribuo o sorriso. Evan aponta o queixo para ela.

– Essa é a sua garota? – ele pergunta.

– Ela mesma – Colton responde, sorrindo quando Gia responde "Não", se virando e inclinando muito a cabeça para fazer uma careta para ele.

Rindo, olho de um para outro e vejo Colton dar um sorriso irônico para ela.

– Amor, nós já discutimos isso – ele murmura.

– É o que eu estou dizendo! – ela exclama, jogando os braços para cima. – Nós já discutimos isso e você continua não me ouvindo. – Num átimo, a mão dele a pega pela nuca, puxando-a para perto, e a boca de Colton desce sobre ela, beijando-a profundamente, de língua. Quando ele enfim tira seus lábios dos dela, as mãos de Gia passam de empurrá-lo a puxá-lo para perto.

– Minha nossa – sussurro, mais uma vez pensando no que diabos a ex dele estava pensando.

– Eu já falei para você parar de me beijar – ela suspira, piscando para ele, suas faces corando.

– E eu já te disse, amor, que isso nunca vai acontecer – ele sussurra de volta, beijando-a mais uma vez, desta vez rapidamente, só um toque de sua boca na dela.

– Não ligue para eles – brinca a mulher que se parece com Colton, vindo bloquear nossa visão dos dois ao se debruçar sobre o bar para dar um tapinha na bochecha de Evan. – Eu estava com saudade, garoto.

– Eu também, tia Rose – Evan diz, passando o braço ao redor dos meus ombros. – Quero que você conheça a June.

– June – ela repete em voz baixa, olhando para mim.

– Prazer. – Sorrio, e os olhos dela se movem entre nós dois, antes de parar em Evan mais uma vez.

– Você reconquistou a sua garota? – Ela me dá um sorriso materno que me faz gostar ainda mais dela.

– É, eu resolvi deixar de ser idiota – Evan responde e Rose ri, depois meneia a cabeça.

– O Kirk vai ficar feliz – ela murmura, ainda sorrindo.

– Onde está o velho?

– Em casa. Ele ficou no bar até tarde. Deve chegar daqui a umas duas horas, se vocês quiserem esperar. Se não, podem dar uma chegada em casa. Ele deve estar na garagem, mexendo na moto.

– Nós vamos ficar um pouco por aqui – Evan diz e ela sorri, dando mais um tapinha no rosto dele. Eu sei que Evan é mais próximo da mãe do que do resto da sua família, e por próximo eu quero dizer que ele conversa com a mãe, mas ela não dá as caras a menos que esteja querendo alguma coisa. Então eu fico feliz por ele ter construído relacionamentos com pessoas que são saudáveis e normais, relacionamentos de duas mãos, em que ele não precisa fazer todo o esforço.

– Aqui. – Colton coloca uma garrafa de cerveja na minha frente e uma caneca de chope diante de Evan, então se apoia no bar, cruzando os braços sobre o peito.

– E aí, vocês estão bem? – Evan pergunta, olhando na direção do escritório, onde Gia desapareceu junto com a mãe de Colton.

– Não podíamos estar melhor. Bem, nós podíamos, mas Roma não foi construída num dia. – Ele dá de ombros, sorrindo, e Evan ri, meneando a cabeça.

– Isso eu consigo entender. – Evan olha para mim e o sorriso de Colton fica afetuoso.

– Cara, é mesmo ótimo ver você – Colton diz baixo, as palavras com mais significado do que apenas rever o amigo depois de muito tempo. Elas são ditas de um modo que me faz saber que ele entende, mais do que ninguém, que, se Evan não tivesse voltado para revistar aquela casa no Afeganistão, não estaria sentado aqui hoje.

– Você também, irmão – Evan diz. Os dois se entreolham por um bom tempo. Depois eles pigarreiam e desviam o olhar. Encostando meu corpo em Evan, dou um beijo em seu queixo crispado. Os olhos dele baixam para os meus e seu rosto amolece, junto com o maxilar.

Você está bem?, pergunto sem som, e ele anui, depois dá um beijo na minha testa. As palavras *Eu te amo* ficam presas no fundo da minha garganta enquanto me endireito na banqueta e tomo um gole da cerveja. Eu me sinto dividida entre a necessidade de contar para ele como me sinto e a necessidade de segurar essas palavras. Meu estômago fica embrulhado toda vez que penso em dizer essas três palavras em voz alta, como se, ao anunciá-las, pudesse acordar e me dar conta de que tudo isso era apenas um sonho.

– Está tudo bem, querida? – Evan pergunta junto à minha orelha, me tirando dos meus pensamentos.

– Está. Desculpe, eu estava viajando – murmuro, depois meus olhos param em Colton e percebo que ele está me observando intensamente. Dou um sorriso para ele, que retribui, mas desta vez ele não sorri com os olhos.

Ah, bem...

Tomando outro gole de cerveja, eu me aproximo de Evan e o escuto conversar com Colton. De vez em quando eu rio, quando eles me contam histórias de coisas que fizeram juntos, ou coisas que aconteceram quando estavam nos fuzileiros. Quando o pai de Colton chega e se apresenta, olho ao redor. Eu não tinha reparado em quanto tempo se passou, nem em como o bar ficou cheio. Deve haver pelo menos cem pessoas aqui dentro, se não mais.

– Eu já volto – digo para Evan, saindo da minha banqueta.

– Tudo bem, querida, não demore.

– Sim, senhor – resmungo, revirando os olhos. Os dele ficam sombrios com minha resposta. Antes que eu perceba o que está acontecendo, estou de novo em suas garras, e a boca dele está perto da minha orelha.

– Vou me lembrar de usar isso hoje à noite. – As palavras dele vibram no meu ouvido, fazendo um arrepio descer pela minha coluna e parar, formigando, entre minhas pernas.

– Ev. – Meus olhos se fecham quando os dentes dele pinçam o lobo da minha orelha, fazendo com que eu agarre na camisa dele para não cair de cara no chão.

– Vá e volte para mim. – Ele sorri, parecendo convencido.

– Para de me provocar – sussurro, saindo de perto dele, ouvindo sua risada às minhas costas enquanto vou até o banheiro. Entrando no das mulheres, encontro Gia parada, esperando pelo único boxe, os braços cruzados sobre o peito, olhando feio para uma morena alta que está lavando as mãos.

– Oi. – Eu sorrio quando os olhos dela me encontram.

– Oi. – O rosto dela se suaviza, e ela recua quando a porta do boxe abre e uma garota com cabelo loiro comprido sai cambaleando e ri ao trombar em Gia.

– Nós precisamos mesmo de um banheiro para funcionários – ela murmura, olhando da garota que está na pia para a outra que saiu cambaleante do boxe.

– Então, você e o Colton? – comento, com uma batida no ombro dela e um sorriso no rosto, atribuindo a pergunta às cinco cervejas que tomei desde que cheguei.

Os olhos de Gia encontram os meus, mas, antes que ela possa responder, uma das garotas junto à pia sussurra para a amiga – alto o bastante para que nós possamos ouvir:

– Você sabe que a Lisa e o Colton almoçaram juntos ontem?

Virando meu corpo na direção delas, arregalo os olhos e sinto o maxilar ficar tenso quando a outra responde.

– Eu sei. A Lisa disse que está tão feliz por estar usando de novo o anel que ele deu para ela.

– Não – murmuro para mim mesma. Eu me sinto participando da vida de Colton, como se fosse uma novela na televisão, e ele, o protagonista, enquanto Lisa é a vaca que arma as conspirações e transa com o irmão dele. Não que ele tenha um irmão, ou que eu o conheça, mas, depois de ouvir a história que Evan me contou, se ele voltar com a ex, eu mesma vou dar uma surra em Colton.

– Quem é você? – a morena pergunta, tirando os olhos de seus lábios, nos quais está aplicando brilho, para os meus no espelho.

– O Colton não almoçou com ela – digo, sem responder à pergunta e sem ter ideia se no dia anterior ele almoçou ou não com a ex. Pelo que eu sei, poderia ter almoçado, mas pelo modo como seus olhos seguiam Gia pelo bar, não acho que seja verdade.

– Ele almoçou. A Lisa contou para nós – a loira diz, se virando para mim.

– Bem, a Lisa é mentirosa e burra – retruco, olhando para o lado e vendo Gia fuzilar as duas garotas.

– Quem é você? – a loira pergunta de novo, se virando para mim e cruzando os braços sobre os peitos obviamente falsos.

– Não importa quem eu sou.

– Ora, se você está chamando a Lisa de mentirosa, então importa – a morena afirma, se virando para apoiar a amiga.

– Por que vocês estão aqui? – Gia pergunta, olhando de uma para outra. – Vocês não costumam ficar por aqui, e, pelo que eu soube, nem deveriam estar no bar.

– Duvido que o Colton vá expulsar as amigas da noiva dele. – A loira revira os olhos.

Tudo bem, eu estou oficialmente louca, ou talvez tenha bebido cerveja demais – embora não me sinta nem um pouco bêbada –, mas essas garotas estão me tirando do sério.

– Ele não é noivo dela – rosno.

– É, sim. – A loira vem para a frente e cutuca meu peito com um dedo.

Ai, caramba, isso não.

– Você me tocou? – pergunto, incrédula.

– Toquei, e o que você vai fazer? – ela esbraveja, dando um passo na minha direção.

Indo para a frente, abro a boca para responder, mas salto para trás quando "Que porra está acontecendo aqui?" ecoa no banheiro. Pondo Gia atrás de mim, meus olhos voam para a porta, onde Colton está parado – parecendo furioso.

– Graças a Deus você está aqui. Esta garota louca estava dizendo que você e a Lisa não estão juntos! – a morena exclama, apontando para mim de modo dramático.

– June, venha cá – eu ouço, e meus olhos seguem além do ombro de Colton e encontram o olhar frio de Evan.

Merda.

– Eu já disse uma vez para vocês, e esta é a última vez. Caiam fora e fiquem fora. Vocês não são bem-vindas no meu bar – Colton vocifera entredentes, e eu contenho o desejo de mostrar a língua para as garotas e falar "Eu avisei!".

– Mas... – uma das garotas começa.

– Agora! – Colton ruge, fazendo as duas estremecerem e se moverem rapidamente pelo pequeno espaço que Colton e Evan lhes deixam.

– Gia, querida, você está bem? – Colton pergunta, e eu me viro para ela, vendo que seu rosto está irritado, mas seus olhos, rasos de lágrimas.

– Estou bem. – Ela se mexe, dando as costas para Colton, entrando no boxe e fechando a porta.

– June – Evan repete, e meus olhos alcançam os dele.

– Me dê cinco minutos e eu saio.

– Se você não sair e eu tiver que voltar, nós vamos ter problemas.

– E aonde você acha que eu vou? – pergunto, e essa não deve ser a coisa certa a dizer, pois o maxilar dele treme com a minha pergunta. – Eu já saio – suspiro e depois olho para Colton. – Vou ver se ela está bem. – Fecho a porta, fazendo-o sair do banheiro.

– Ele já foi? – Gia indaga, depois de um instante, de dentro do boxe.

– Já.

– Nossa, eu detesto essas garotas – ela diz, abrindo a porta e se aproximando da pia.

– São mentirosas – xingo, esperando que ela já saiba disso.

– Eu sei – ela concorda, a voz suave, e lava as mãos. – Eu não devia deixar que elas me atingissem, mas não consigo evitar. A Lisa está o tempo todo aparecendo aqui ou telefonando. Eu ando tão ocupada que nem consigo pensar nela com o Colton. Não que eu queira, mas... – Ela dá de ombros.

– Eu entendo – balbucio, delicada, apertando seu ombro com carinho ao passar por ela para entrar no boxe, onde faço o que preciso rapidamente.

– Como você sabia que elas estavam mentindo? – Gia pergunta enquanto lavo as mãos depois de sair do boxe.

– Ahn... Não sei se você reparou, mas o Colton não tira os olhos de você. Não dá para imaginar que um homem tentando reconquistar a ex teria tanto interesse em outra mulher – eu observo o óbvio e ela baixa o rosto, que fica corado.

– Ele me deixa louca. – Ela meneia a cabeça, fechando os olhos, depois os abre para me fitar.

– Ele é lindo – eu elogio e sorrio. Gia tenta se segurar, mas não consegue. Ela tenta disfarçar o sorriso escondendo o rosto atrás das mãos e rindo, mas eu sei que a satisfação está lá.

Quando afasta as mãos, vejo por que Colton está obcecado por ela. Gia é frágil; algo nela precisa de proteção. E, para um sujeito que colocou a vida em risco por seu país, aposto que ele não consegue resistir à ideia de protegê-la.

– Obrigada por me apoiar.

– Ah, por favor. Foi divertido e, falando sério, não conheço muito o Colton, mas meu palpite é que ele não é o tipo de cara que se abandona. Só que a ex dele é uma idiota e fez isso do pior jeito possível. Agora ela percebeu que foi estúpida, mas a perda dela é sua vitória, amiga.

– Você devia vê-la – Gia sussurra, fazendo minhas sobrancelhas se juntarem.

– Quem?

– A ex. Ela parece uma modelo da Victoria's Secret.

– Você já se olhou no espelho? – pergunto. Quero dizer, sendo bem sincera, Gia é linda e, francamente, combina com Colton.

– É sério! Ela é, tipo, perfeita, e eu, bem... – Ela para. – Sou eu. Eu não entendo. Além do mais, tem todo tipo de coisa acontecendo, e eu detesto envolver o Colton e a família dele.

– Uma coisa que eu sei a respeito dos homens – eu começo e seguro a mão dela – é que eles não fazem nada que não querem. E, querida, na real, você é linda. Não tem com que se preocupar.

– Pode ser – ela murmura, depois olha para a porta quando esta se abre e uma mulher entra. – É melhor eu voltar para o bar.

– Espere. Me dê o seu número. Se você quiser conversar, pode me ligar. Quando quiser.

– Sério?

– Claro. Nós, garotas, temos que nos apoiar. – Eu sorrio de novo e tiro o celular do bolso. Adiciono o número dela aos meus contatos e nós saímos juntas do banheiro. Quando chego ao balcão, vou diretamente até Evan, sentando na banqueta ao seu lado.

– Que diabos aconteceu? – ele pergunta, se aproximando de mim, mas eu observo Colton, que olha, preocupado, atrás de nós, onde imagino que Gia esteja atendendo as mesas, como fazia antes.

– Depois eu conto – respondo, mudando minha atenção de Colton para Evan. Os olhos dele estudam meu rosto, então ele assente e segura minha nuca com sua mão quente, me puxando para perto e beijando minha testa.

– Você está bem? – ele pergunta ao se afastar.

– Ótima – respondo, sorridente.

– Você é um pé no saco. – Ele sorri e eu me aproximo, colando minha boca na dele, ignorando seu comentário.

– Ah, meu Deus – sibilo, segurando no cabelo de Evan enquanto sua boca me devora, minhas costas nuas encostadas na parede do quarto do hotel, ele ajoelhado à minha frente, ainda todo vestido. Assim que entramos no quarto, ele foi rápido em me deixar nua, e foi mais rápido ainda em me dar um orgasmo. E agora eu sigo para o segundo.

– Vamos, querida. Eu preciso entrar em você – ele grunhe, enfiando dois dedos no fundo, me fazendo ficar na ponta dos pés.

– Quase lá – suspiro. – Estou quase lá.

– Porra – ele rosna, colocando minha perna sobre seu ombro, me abrindo ainda mais. Minha cabeça bate na parede e eu grito quando outro orgasmo me dilacera e me faz cambalear. Antes que eu volte à Terra, meu corpo cai na cama e Evan paira sobre mim. Puxando a camisa dele pela cabeça, minhas mãos chegam ao seu peito, depois ao abdome.

– Preciso de você dentro de mim – digo, me atrapalhando com a fivela do cinto enquanto os lábios dele estão no meu mamilo, chupando forte. – Ah, não – choramingo quando os dedos dele chegam ao meu mamilo esquecido, puxando a ponta, fazendo minhas mãos perderem o cinto dele e minhas costas arquearem.

Soltando meu seio, ele se deita de costas. Suas mãos terminam de soltar o cinto e o botão de seu jeans.

– Boca no meu pau, querida – ele grunhe, fazendo um arrepio percorrer minha coluna quando arqueia os quadris, se expondo todo. Eu o ajudo a se livrar das botas e da calça. Ele levanta os joelhos e envolve a base do pau com a mão, subindo e descendo uma vez. Eu me movo entre suas coxas abertas e passo a mão ao redor da dele, deslizando por toda a sua extensão, sustentando seu olhar. – Me dê essa boca.

Eu me debruço sobre ele; nossas mãos se movem juntas e eu passo a língua em seus lábios. A mão livre dele agarra o cabelo na parte de trás da minha cabeça, me puxando para um beijo profundo. A mão dele então se fecha com mais energia e me força a descer um palmo, depois aplica mais pressão enquanto faz meu rosto descer. O poder desse gesto faz a umidade se espalhar entre minhas pernas.

Lambendo a ponta, deslizo a boca para baixo até encontrar nossas mãos. A mão dele sai debaixo da minha e a cobre enquanto reviro a língua e o engulo todo.

– Caramba, essa boca... – ele murmura, e minha mão livre sobe pela coxa dele, envolvendo com delicadeza suas bolas enquanto minha outra mão acompanha o deslizar da minha boca. Eu o sinto ficar tenso, então sua mão no meu cabelo aperta mais uma vez e ele me afasta de seu pau.

– Eu ainda não terminei – reclamo.

– Você pode continuar depois – ele murmura, passando o braço pelas minhas costas.

– Eu ia terminar agora – insisto enquanto ele me deita de costas, joga minhas pernas ao redor dos seus quadris e entra em mim com tudo.

– Você pode continuar depois – ele repete, saindo.

– Depois – concordo, puxando sua boca para a minha. A língua dele entra e sua mão se mexe entre nós, parando no meu clitóris.

Ah, isso.

– Você está encharcada, querida – ele geme. Levanto os quadris da cama e ele vai mais fundo.

– Eu sei – respondo, passando as mãos nas costas dele e agarrando sua bunda, sentindo seus músculos se contraírem enquanto ele afunda em mim. – Eu vou gozar – sussurro, enterrando o rosto no pescoço de Evan, que circunda meu clitóris mais rápido e bate os quadris nos meus com tanta força que fico sem ar.

– Segure.

– Não consigo – choramingo, enfiando as unhas na pele dele.

– Segure, querida.

– Ev, não consigo! – grito, tentando, tentando de verdade me segurar, mas, do jeito que a tensão está crescendo, eu sei que não vou conseguir represar o orgasmo quando ele vier.

Sem chance.

– Porra, querida, goze – ele rosna e eu gozo. Com força quando os dedos dele beliscam meu clitóris. Meu corpo todo arqueia e minhas pernas ficam rígidas; ele dá mais duas investidas antes de se plantar bem dentro de mim.

Com a respiração pesada, meus braços e pernas o prendem com mais força, e meu rosto vai até o ombro dele, pressionando-o ali enquanto ondas de prazer me sacodem. Minha pele parece desfeita, meus membros parecem de gelatina.

– Você está bem? – ele pergunta, dando um beijo no meu pescoço, apoiando o cotovelo na cama, passando a mão pelo meu cabelo.

– Estou – sussurro, relaxando e olhando para ele.

– Que bom – ele também sussurra, e seu rosto fica suave quando as próximas palavras deixam sua boca. – Eu vi, querida.

– Viu o quê? – pergunto, observando-o e pensando como ele é lindo.

– O que você tem medo de dizer. O que tem medo de admitir para si mesma... para mim.

– Ev... – Lágrimas enchem meus olhos e meu coração acelera.

– Eu sei que já está aí. Talvez nunca tenha ido embora, mas, agora que eu vi, eu quero.

– Eu... – Fecho os olhos, desejando poder fazê-lo compreender o que estou sentindo, por que tenho tanto medo.

– Eu não vou embora. Também não vou deixar que você vá. – Ele passa os dedos pelo meu cabelo de novo, e meus olhos se abrem para encontrar os dele.

– Eu acredito em você. – E acredito mesmo. Eu vejo pelo modo como ele olha para mim, sinto na maneira como ele me toca. E sei, bem no fundo, que ele está dizendo a verdade, mas ainda assim eu tenho medo.

– Odeio que você não tenha mais meu sobrenome. O Colton acabou comigo quando apresentou você como minha mulher, porque eu sabia que não era verdade.

– Eu também não gosto – reclamo, e ele nos coloca deitados de lado, interrompendo nossa conexão, então me posiciono para ficar jogada sobre ele.

– Ele não sabia. A mãe e o pai dele sabiam, porque eu trabalhei no bar com eles, que acabaram arrancando a verdade de mim, mas ele não sabia.

– Foi uma droga, mas tudo bem. Ele é legal. Dá para ver por que vocês dois são amigos.

– Ele é um cara bom – Evan afirma, passando os dedos pela minha coluna. Meus olhos começam a se fechar. Os três orgasmos que eu tive, o toque dele e o som de seu coração em meu ouvido me embalam rumo ao sono. – Vou casar com você de novo, querida – ele diz em voz baixa, e essas palavras ecoam dentro de mim. Adormeço sorrindo.

Capítulo 10

EVAN

Jogo a bola para Ninja no quintal, tiro o celular do bolso ao ouvir o toque e suspiro fundo quando vejo quem está ligando. Andei evitando essa ligação ao longo da semana, mas sei que preciso acabar com isso.

– Alô – atendo e pego a bola mais uma vez; Ninja sai em disparada antes mesmo de eu lançá-la.

– Eu liguei várias vezes – minha mãe diz, e dá para perceber o toque de bebedeira em sua voz até pelo telefone.

– Andei ocupado.

– Ocupado demais para sua família? – ela pergunta, sarcástica, e eu rilho os dentes. Já houve um tempo em que eu não queria outra coisa além de ajudar minha família, arrumar o que havia de errado entre nós, mas aprendi bem cedo que isso era impossível. – Seu irmão está na cadeia – ela me diz, e sinto voltar aquela raiva que senti quando assisti aos vídeos dele penhorando as coisas de June fervendo nas veias.

Ela sentada no sofá de JJ, enrolada apenas numa toalha, segurando uma tesoura junto ao peito – essa é uma visão que vai me assombrar por muito tempo.

– E? – pergunto enquanto Ninja cutuca minha perna com o focinho, depois olha para a bola que largou aos meus pés, querendo que eu a pegue.

– Você não liga? – ela pergunta.

– Ele invadiu a casa da June, roubou as coisas dela e depois penhorou. Então, estou cagando e andando.

Ouço a exclamação furiosa da minha mãe do outro lado da ligação.

– Ele é seu irmão! Seu sangue! – ela grita, e eu a imagino andando de um lado para outro da salinha de estar de sua casa, passando a mão pelo cabelo, ofendida, ou indo até a cozinha para pegar a garrafa de vodca no armário.

– Ele tem o meu sangue, mas não é meu irmão – replico em voz baixa.

Silêncio da parte dela, e então...

– Foi difícil para ele. Você... você foi embora. E seu pai é duro com ele. Sempre foi duro com vocês dois.

– Pare de arrumar desculpas para ele – rosno. – É, eu sei que meu pai é difícil. Eu sei que ele é um babaca, mas também dá para ver *por quê*.

– Você está concordando com as coisas que ele fez, o jeito como tratou seu irmão e eu? – ela pergunta, incrédula.

– Você é uma bêbada – sussurro, ouvindo que ela inspira fundo. Nenhum de nós tinha dito isso, mas todos sabíamos que era verdade. Um segredo sujo. Uma coisa que todos nós negávamos ou que evitávamos falar desde sempre. – O Jay é um drogado, e você negar os seus próprios problemas junto com ele não ajuda nada. Acredito que nosso pai não deveria ter batido em nós com aquela raiva quando éramos mais novos, mas você era parte do problema, parte do problema dele e parte do problema do Jay. Vocês são todos tóxicos e, juntos, formam uma combinação mortal.

– Ah, agora você é bom demais para nós? A June te aceitou de volta e você não liga mais para sua família?

Cacete. Desde que me dou por gente, sempre foi a mesma merda – culpa e manipulação até eles conseguirem o que querem, seja o que for.

– Vou começar minha família com a June – explico em voz baixa.

– Não acredito que você vai fazer isso – ela sussurra. – Não consigo acreditar que você vai dar as costas para nós.

– Não quero meus filhos convivendo com a sujeira em que vocês vivem. Você, como mãe, deveria ter me protegido do meu pai, e ele deveria ter me protegido de você e da sua bebedeira. Nenhum dos dois fez nada disso, mas *eu* vou proteger *meus* filhos de todos vocês.

– Eu não sou uma bêbada.

– Você bebe todo dia, *todo* dia. Nem sabe o que é estar sóbria.

– Se eu fosse uma bêbada, como iria conseguir ficar no mesmo emprego durante quinze anos?

– Por que eu estou falando disso agora? Não vou discutir essa merda com você e, honestamente, mãe, você precisa admitir isso para si mesma. Você precisa de ajuda.

– Então é assim? Você cansou de nós? – ela pergunta e, cacete, como eu não queria ter chegado a este ponto. Mas não dá para ter a presença venenosa deles na minha vida. Eu posso não ter conseguido fazer nada para me proteger deles enquanto crescia, mas não vou deixar June e os filhos que nós tivermos terem contato com o tipo de vida tóxico que eles levam. Não vou deixar que sofram o que eu sofri, acreditando que é normal as pessoas só aparecerem quando precisam de alguma coisa, para depois desaparecerem até precisarem de algo mais.

– Primeiro você acerta a sua vida, depois nós conversamos. Mas eu não vou ajudar a tirar o Jay da cadeia, e, se você for inteligente, também não. Ele precisa crescer.

– Eu gostava da June, mas estou percebendo que não devia ter gostado – ela vocifera, e sinto meu estômago apertar.

– Ela é a melhor coisa que já aconteceu na minha vida, a única coisa pura e boa que eu já tive. Você devia ficar feliz por mim – protesto, depois tiro o celular da orelha e encerro a ligação.

Cacete.

Levando a mão à nuca, meus olhos baixam para minhas botas, então sinto mãos deslizando pela minha cintura e o corpo quente de June encostar nas minhas costas. Tirando a mão do pescoço, eu cubro as dela.

– Você está bem? – ela pergunta, delicada.

– Claro que sim – respondo de pronto. Tê-la de volta em minha vida, sabendo o futuro que estamos construindo, faz todo o resto parecer realmente insignificante.

Ela vem para a minha frente e minhas mãos descem para seus quadris enquanto ela observa meus olhos.

– Essa ligação pareceu... – Ela faz uma pausa e olha para cima antes de me encarar de novo. – Meio triste.

– A única coisa triste é que minha mãe nega o fato de que a família dela está despedaçada e que ela tem responsabilidade nisso. É triste mesmo, querida – concordo, apertando a mão dela.

– Sinto muito – June sussurra, encostando a cabeça no meu peito, e só isso basta para me fazer amá-la ainda mais.

– Isso tinha que acontecer. Andei evitando essa ligação e essa conversa por um tempo.

– Só peguei a última parte – June confessa, como se eu fosse ficar bravo por ela estar ouvindo minha ligação, o que não estava.

– Então você ouviu a parte mais importante. A menos que um milagre aconteça e minha mãe procure ajuda, ela está fora da minha vida para sempre.

June inclina a cabeça para trás e nossos olhares se encontram; ela parece confusa.

– Eu... quando nós estávamos juntos... – Ela faz outra pausa. – ...sua mãe não parecia um problema para você.

– Eu não tinha muito contato com ela, querida. – Aperto a mão dela depois a puxo até uma das cadeiras e a sento no meu colo. – Eu tinha a minha casa – digo, colocando as mãos na cintura dela. – O Jay estava preso e meu pai fazia o que sempre fez, ou seja, andava por lugares desconhecidos. Quando não está com eles, minha mãe não bebe tanto, mas nunca está sóbria. – June aloja a cabeça debaixo do meu queixo e dobra as pernas; seus joelhos ficam encostados no meu flanco e seus braços, ao redor da minha cintura.

– Ela já tentou procurar ajuda? – ela pergunta, e eu passo a mão em sua pele macia, descendo a partir da barra do short até o joelho.

– Até onde eu sei, ninguém nunca disse para minha mãe que ela tem um problema.

– Como pode? – June pergunta baixo, pondo a mão no meu peito, aprumando-se e virando no meu colo para me estudar.

– No começo ela escondia bem, mas depois ficou normal, para nós, encontrar garrafas de vodca vazias debaixo da pia da cozinha ou no banheiro, atrás das coisas. E garrafas cheias, escondidas com cuidado em lugares que ela achava que nós não íamos encontrar. Nós sabíamos que ela estava escondendo a bebedeira, e imagino que, assim como eu, meu pai e meu irmão não queriam ser a pessoa que iria dizer para minha mãe que todos nós sabíamos o que ela estava fazendo.

– Até hoje – June diz, se encostando em mim e passando o dedo no meu lábio inferior.

– Até hoje – confirmo, pegando sua mão e beijando seus dedos, e então levo a mão até sua nuca, puxo-a para perto e beijo sua testa. Depois, coloco sua cabeça debaixo do meu queixo e a aperto junto ao peito.

– Você acha que chamar a atenção dela para isso pode fazer sua mãe despertar? – June pergunta, delicada, depois de alguns instantes.

– Provavelmente não, mas faz algum tempo que eu aprendi a não dizer que algo nunca vai acontecer – respondo com a mesma delicadeza, e o corpo dela fica tenso antes de relaxar e se fundir mais ao meu. – O que você quer para o jantar, linda? – pergunto, querendo tirar meus problemas da cabeça dela. Eu sei que June está assustada. Dá para sentir seu medo. Eu o vejo emergindo em seus olhos e seu corpo às vezes, mas sei que não existe nada que eu possa fazer a não ser esperar e deixar que ela veja que eu não vou embora.

– Eu não sei. O que você quer fazer? – ela pergunta, então se ergue quando o celular dela toca dentro de casa. – Eu estava procurando. – Ela beija meu queixo e sai do meu colo. Meneio a cabeça; sei que ela está falando do celular; June nunca está com ele, sempre o deixa em algum lugar do qual não se lembra.

Assobio para chamar Ninja, que está andando ao longo da cerca e cheirando o chão. Ele levanta a cabeça e vem correndo para casa, onde entra pela porta aberta. Entrando na casa, fecho a porta atrás de mim e vejo June vir na minha direção pela cozinha, segurando o celular junto à orelha.

– Hum, claro, dá para fazer isso – ela murmura antes de perguntar: – Que horas? – Ela concorda com a cabeça. – Tudo bem, a gente se vê. – Ela encerra a ligação, tira o celular da orelha e o atira nas proximidades do sofá, para perdê-lo mais uma vez.

– O que houve? – pergunto, sentindo minhas sobrancelhas se juntarem.

– Meus pais vão reunir todo mundo na casa deles daqui a uma hora, e querem nossa presença também – ela diz, apressada, depois morde o lábio. – Acho que nós não precisamos mais nos preocupar com o jantar.

Merda.

Eu sabia que isso iria acontecer. Os Mayson são unidos. Eu já tinha percebido isso através das histórias que a June me contou da primeira vez que estivemos juntos, e aprendi ao vivo quando me mudei para esta cidade. A diferença entre aquela época e agora é que antes eu tinha que aguentar os tios e primos dela – e até o pai, uma vez – me contando o que a June aprontava. Agora eles sabem que nós estamos juntos, e sabem que estivemos *muito* juntos, do tipo casados, antes. Imagino que esta noite vá ser tensa. Os homens da família dela, como seu primo Sage, com quem ainda estou puto, são protetores. Eu sei que não é só uma reuniãozinha. Eles querem ver, em primeira mão, June e eu juntos.

– Você quer que eu diga que nós não podemos ir? – Sentindo suas mãos no meu peito, desço os olhos para ela. Eu estava tão perdido nos meus pensamentos que nem percebi que June tinha se aproximado.

– Não, querida – murmuro, apoiando as mãos nos quadris dela.

– Tem certeza? Eu não ligo.

– Tenho certeza – respondo, rápido. Os olhos dela analisam meu rosto. Ela abre e fecha a boca, como se fosse dizer algo e depois pensasse melhor. Então encosta o rosto no meu peito e passa os braços ao redor da minha cintura.

– Vai ser divertido, eu prometo.

– Não tenho muita certeza disso, querida.

Ela inclina a cabeça para trás e seu lábio inferior desaparece mais uma vez entre os dentes.

– Nós não precisamos ir – ela insiste.

– Você ama sua família? – pergunto, e o rosto dela amolece quando sinaliza que sim com a cabeça. – Então nós precisamos ir. Não vou deixar que eles fiquem entre nós. – Eu sei que ela sabe do que estou falando. Eu devia ter feito tudo de outra forma antes, mas desta vez não vou cometer os mesmos erros.

– Nós podemos sair mais cedo, se a coisa ficar... – Ela faz uma pausa e me dá um sorrisinho. – Intensa.

Ignorando o comentário, eu a puxo para mais perto, até seu corpo ficar todo encostado em mim.

– Você pode me compensar à noite – suspiro em sua boca.

– Isso eu posso fazer – ela responde, se apertando em mim.

– O que você quer, minha linda? – sorrio para ela, observando suas pálpebras semicerradas.

– Me beija – ela murmura, pressionando o corpo no meu, ficando na ponta dos pés, mas ainda não perto o bastante para alcançar minha boca. Deslizando o braço ao redor da cintura dela, eu a puxo para cima e desço minha boca até a dela, beijando-a até ouvi-la gemer, então afasto a boca e encosto a testa na dela, inspirando fundo para tentar me controlar.

– Vamos cancelar – ela diz e eu abro os olhos, achando os dela.

– Vamos nos aprontar – ordeno, rindo e me aprumando. – Vou dar comida para o Ninja.

– Tudo bem mesmo, por mim, nós não irmos – ela insiste, deslizando as mãos pelo meu peito até o pescoço, pondo pressão aí.

– Querida, por mais que eu queira trepar com você, e eu quero muito trepar neste momento, não posso – murmuro e agarro seus punhos, tirando-os do meu pescoço.

– Mas...

– Vá se arrumar. – Eu a beijo rapidamente e me afasto, antes que a jogue sobre o ombro e a leve para a cama, que é o que eu quero fazer, ainda mais quando ela me olha com as pálpebras pesadas, com os mamilos duros debaixo da regata fina e os lábios inchados do meu beijo. – Querida! – rosno.

– Eu vou me arrumar – ela diz, abrindo bem os olhos.

– Boa ideia. – Sorrio, observando-a rebolar enquanto vai na direção do quarto.

– Pegue aqui – Sage diz, estendendo uma cerveja para mim enquanto senta na cadeira ao lado da minha. Desde nosso confronto que não conversamos, a menos que seja sobre trabalho. Continuo puto com as merdas que ele disse, embora o entenda.

– Obrigado – resmungo, pegando a cerveja, e olho para onde June está, em pé, falando com a mãe.

– Olhe – Sage começa, e meus olhos vão de June para ele. Eu o vejo vir para a frente, apoiando os cotovelos nos joelhos. – Eu sei que você a ama, e, como continua vivo, isso significa que *todos nós* sabemos que você a ama – ele diz e eu arqueio uma sobrancelha. Ele estreita os olhos. – Estou tentando pedir desculpas.

– É isso que você está fazendo?

– Não vou pedir desculpas por me preocupar com ela.

– Você me acusou de fazer uma armação para reconquistar a June – relembro em voz baixa, fazendo o possível para manter a serenidade. Não seria bom eu começar a trocar socos com ele no quintal dos pais de June com toda a família presente.

– É, aquilo foi foda. Não falei sério, mas, cá entre nós, você é tão cheio de segredos com tudo.

– Eu já deixei você na mão ou te coloquei em perigo? – pergunto, e ele nega com a cabeça. – Não sou do tipo de cara que senta para contar a história da minha vida para todo mundo.

– Nós nos conhecemos há um bom tempo, cara – ele diz, a voz também baixa.

– É verdade – eu concordo e tomo um gole da cerveja. – E aí, você quer abrir seu coração ou quer me deixar falar primeiro? – pergunto, levantando a sobrancelha.

– Deixe de ser babaca – ele diz se aproximando.

– Me fale da Kim. – Os olhos dele se estreitam, e Sage se recosta na cadeira. Ele gosta de dizer que não falo sobre mim, mas faz o mesmo. Kim é uma mulher que trabalha no salão de beleza ao lado do nosso escritório. É também a mulher com quem ele transou uma vez e depois dispensou. Agora ela é a mulher que arrumou um namorado, a mulher que, sempre que está por perto, Sage procura com os olhos e crispa o maxilar. E ela é a mulher que ele quer mas não pode ter.

– É assim tão óbvio? – ele pergunta, me surpreendendo com a pergunta.

– Se por "óbvio" você quer dizer que eu consigo ver que você está puto por ter deixado a Kim escapar, então, sim, é bem óbvio.

– Merda – ele resmunga, passando a mão pela cabeça, parecendo incomodado por alguém perceber que ele está gostando dela.

– Ela vai voltar, irmão. Você pode não ver, mas ela olha para você toda vez que nós saímos do escritório.

Dando de ombros, ele se inclina para a frente mais uma vez e me encara antes de falar em voz baixa.

– Você parece tranquilo. Em todo esse tempo em que nos conhecemos, você nunca pareceu estar tranquilo. Então, eu fico feliz de ver isso. E a minha prima está feliz, por sua causa. Você é o que ela precisa, e estou vendo que ela é o que você precisa.

– Ela é mesmo – concordo, olhando para June do outro lado da piscina. Ela vira a cabeça, seus olhos encontram os meus e eu a vejo sorrir.

– Estamos de boa, agora? – ele pergunta. Tiro o olhar de June e me volto para ele.

– Estamos.

– Que bom. Agora eu preciso te dar um aviso como amigo. O tio Asher está vindo para cá – ele diz, levanta e se afasta.

Jesus.

– Eu pensei que você não viesse – Asher diz, sentando na cadeira que Sage acabou de deixar.

– Como eu disse quando você apareceu no complexo, não vou desistir dela, e, como ela ama vocês, não vou fazer a June sentir que tem que escolher entre mim e a família – respondo, sustentando seu olhar. Eu queria estar aqui neste momento? Não mesmo, mas eu sei que a June ia ficar decepcionada se nós não viéssemos, e quero vê-la feliz. E, se eu tiver que ficar no quintal dos pais dela por algumas horas para conseguir isso, que seja.

– Quando era garotinha, ela estava sempre em movimento – ele diz, se recostando na cadeira e colocando a cerveja no apoio de braço.

– Perdão? – digo, sem entender o que ele disse.

– A June, quando era criança, estava sempre fazendo alguma coisa. Ela não conseguia ficar parada por mais do que alguns minutos por vez. Enquanto as outras garotas gostavam de sentar para assistir a um filme, a June tinha que estar fazendo alguma coisa, experimentando alguma novidade. Eu e a mãe dela ficávamos preocupados. Nós não acreditávamos que ela algum dia iria se contentar em ficar muito tempo no mesmo lugar. O primeiro ano dela na faculdade foi igual. Não passava uma semana sem que ela ligasse para nós dizendo que queria mudar de curso ou ir para uma faculdade diferente. Mas então ela parou. Nós não soubemos o que aconteceu ou o que a fez se acalmar. Só sabíamos que alguma coisa tinha acontecido – ele diz, e então senta mais à frente, apoiando os cotovelos nos joelhos. – Foi você – ele continua. – Eu não percebi até alguns dias atrás, mas você a acalma, faz a June manter os pés no chão. Minha avó costumava dizer: "Não deixe de dar valor às coisas boas que te acontecem só porque acredita que elas vão acontecer de novo". Acho que você entende isso melhor do que a maioria das pessoas – ele murmura, e um calor profundo esquenta meu peito antes de se espalhar pelo corpo, dificultando minha respiração.

– Eu amo a June – afirmo.

– Isso é ótimo, porque ela te ama – ele resmunga, parecendo tão aborrecido que me faz ter que segurar um sorriso. Fechando os olhos, ele massageia a testa, depois se recosta e me dá um olhar penetrante. – Um dia, quando você for pai, vai entender como é doloroso ser substituído por outro homem.

Depois de dizer isso, ele levanta e anda até a outra borda da piscina, em direção a June e à mãe dela. Assim que chega perto delas, puxa June para si e a beija na testa. Eu a vejo mexer a boca, mas não consigo entender o que está dizendo, então ele aponta o queixo na minha direção. June olha para mim e seu rosto se enternece, depois ela olha para o pai e o abraça apertado.

– E aí?

Tirando meus olhos de June, olho para cima e vejo tio Nico.

– Oi. Tudo bem? – estendo a mão e aperto a dele.

– Ótimo. – Ele estala o pescoço e se senta. – Eu ia ligar para você amanhã, mas, já que estamos aqui, achei que podíamos conversar.

– O que houve?

– Preciso de ajuda num caso.

– Você já falou com o Jax? – pergunto e ele meneia a cabeça, depois baixa a voz.

– Não quero muita gente nisso, e ele não tem os contatos de que eu preciso.

– O que foi? – questiono, dou um gole na cerveja e me recosto.

– Os Broken Eagles – ele diz.

– De jeito nenhum – rosno, sacudindo a cabeça.

Ele se aproxima de mim e sua voz fica mais grave.

– É um dos novos recrutas deles. Não posso falar com o Wes sobre isso. Ele vai perder a cabeça e acabar com o meu caso.

– Peça para outro. – Meneio a cabeça e tiro meus olhos dele. De jeito nenhum vou agir pelas costas dos homens que me apoiam sempre que eu preciso.

– Você sabe que não tem mais ninguém para eu pedir ajuda – ele responde, tranquilo, e eu suspiro, sabendo que tem razão. – Não posso arriscar que alguém mais fique sabendo disso até eu ter um caso sólido, e para isso eu preciso manter esse cara onde está.

– Você sabe que está me pondo numa posição difícil pra cacete com meus irmãos, não sabe? – pergunto, e os olhos dele vão para onde June e seus pais estão. – Quem é?

– Você está comigo ou não? – ele joga e eu fecho os olhos, contrariado.

– Se a merda começar a feder, vou avisar meus irmãos, e nós vamos cuidar disso internamente.

– Vou ignorar o que você acabou de dizer – ele murmura, depois abre um sorriso assustador. – Eu disse para o Asher que minha sobrinha está em segurança com você, seu maluco. – Ele parece estar orgulhoso quando dá um tapinha no meu ombro.

– Quem é? – eu repito, e ele me olha por um instante.

– Jordan.

– Por que isso não me surpreende? – resmungo. Eu não gostava do babaca antes mesmo de ele dar em cima de June. Sempre pareceu haver algo de estranho nele, algo que se mostrou para mim assim que ele se juntou a nós, mas que não consegui identificar. – O que ele está aprontando?

– Ele está ligado a um clube de Nashville, os Southern Stars. Eles estão envolvidos em tudo: prostituição, armas, drogas. É só escolher e eles arrumam. Pelo que eu descobri até agora, mandaram o Jordan para cá para ficar de olho em algum clube que eles pudessem dominar para expandir os negócios.

– Caralho – exclamo, sentindo o ódio me agitar. Ao contrário de alguns dos outros clubes da região, os Broken Eagles estão limpos. Não lidam com drogas, armas nem prostituição, e ficariam putos se soubessem que algo assim está acontecendo no clube.

– Vamos nos encontrar no começo da semana para discutir os detalhes – ele avisa, olhando por cima do meu ombro com um sorriso. Viro a cabeça e vejo June vindo na nossa direção.

– Está tudo bem? – ela pergunta, olhando do tio para mim.

Estendo a mão e pego a dela, puxando-a para o meu colo, ignorando a tensão em seu corpo.

– Está tudo bem – asseguro, apertando sua cintura.

– Estamos na casa dos meus pais – ela diz, olhando para mim por sobre o ombro.

– É – eu concordo, beijando seu ombro.

– Sério, meu...

– Relaxe. – Eu a aperto de novo e sustento seu olhar até ela estreitar os olhos.

– Você é tão mandão – ela resmunga, relaxando junto ao meu corpo e me fazendo sorrir.

– Preciso ir – Nico anuncia, levantando e segurando no meu ombro. Ele se inclina, beija a cabeça de June e murmura: – Seja uma boa garota. – Depois, ele se afasta.

– O que o meu pai disse? – ela pergunta, baixando a cabeça para me encarar depois que seu tio está longe.

– Nada.

– Hum – ela murmura. – E o meu tio, o que ele falou?

– Nada, querida.

– Então você não vai me contar? – ela exclama, e eu ponho os dedos no queixo dela, puxando-o para mim.

– Não tem nada para contar. Está tudo bem.

Os olhos dela estudam meu rosto antes de ela anuir e relaxar junto a mim. Alguns minutos depois, July e Wes se aproximam e sentam no lugar que Nico deixou. Pouco tempo depois disso, nós nos despedimos e vamos para casa.

– Ev – June choraminga, enfiando a vagina na minha boca enquanto deslizo as mãos pelas coxas dela, mantendo-as abertas.

– Goze para mim, linda – murmuro, enfiando o polegar nela. As costas dela se arqueiam, saindo da cama, e seus calcanhares afundam nos meus ombros quando ela goza, gritando. O vestido branco que ela usou para ir à casa dos pais me atormentou desde o momento em que ela saiu do banheiro com ele. No caminho de volta, ela só complicou as coisas quando deixou a mão passear por cima do volume no meu jeans. Assim que estacionamos diante da casa, fui até o lado dela, na minha picape, joguei-a sobre o ombro, ouvindo-a rir como uma boba, e a carreguei para dentro de casa. Direto para o quarto. Eu a joguei na cama, fiquei de joelhos e enfiei o rosto entre as pernas dela para fazê-la pagar por me provocar. Para puni-la, eu não a deixei gozar. Até agora.

Antes de June, para mim tanto fazia chupar uma mulher. Não me divertia; eu chupava só para satisfazer a parceira. Mas agora eu passo horas me divertindo: o jeito como o corpo de June se contorce, os sons que ela faz, o sabor, tudo é excitante.

Dando uma última lambida, limpo o queixo na parte interna da coxa dela e me levanto, tirando a camisa pela cabeça e a jogando no chão. Tiro as botas, a calça e a cueca. Puxando o vestido dela pela cabeça, me ajeito entre suas coxas, mantendo nossos olhares travados. June entrelaça minha cintura com suas pernas longas. Minha mão desliza para lhe envolver o seio esquerdo, e minha boca desce para cobrir o direito. Apertando o seio com a mão, eu paro, percebendo que não tem mamilo.

– Que cacete? – minha testa se franze e eu afasto o rosto do peito dela, encarando um adesivo cor de pele que cobre o bico.

– Ah, esqueci totalmente disso – ela murmura, inclinando o rosto para me olhar, os olhos carregados de desejo, os lábios inchados, as faces coradas; tudo revela o quanto ela está excitada. – Arranque isso daí – ela sibila, colando os quadris nos meus.

– Mas que merda é essa? – insisto, segurando a borda do adesivo e o retirando como um Band-Aid. Me arrependo do gesto quando ela grita e cobre o peito com a mão.

– Agora o outro – ela diz, e eu vejo que está rindo. Tirando o outro devagar, tento jogar longe os adesivos, mas eles grudam nos meus dedos e eu preciso insistir várias vezes até eles me largarem. A essa altura, o corpo dela chacoalha sem controle debaixo do meu. – Ah, não. – Ela ri. – Você não devia ter visto isso.

– Agora é tarde – digo, segurando seu seio. A risada dela para no mesmo instante e suas costas se arqueiam, pressionando o seio na minha mão. Descendo a boca sobre o outro, lambo o mamilo, me afasto e sopro a superfície, vendo-a enrugar.

– Chega de provocar – ela geme, passando os dedos pelo meu cabelo.

– Já parei – eu concordo, puxando o mamilo com a boca e apertando o outro. O chiado que ela solta faz meu pau, já duro, virar pedra. Lambendo seu pescoço, passo o braço por sua cintura e uso o outro para jogar sua perna para trás de mim, enquanto deslizo para dentro de seu calor úmido e apertado. Não existe nada melhor do que ela. Rilhando os dentes, resisto ao impulso de gozar de imediato, o que acontece toda vez que entro nela.

– Cacete – solto entre os dentes crispados, sentindo os músculos dela me apertarem. – Abra a boca – ordeno, e June abre os olhos. Meus dedos delineiam seus lábios antes de meu polegar mergulhar em sua boca. Seus lábios se fecham ao redor, os dentes o apertam e sua língua lambe a ponta, fazendo minhas bolas endurecerem. – Solte. – Os lábios dela se abrem, eu fico de joelhos e coloco esse polegar no clitóris dela, rodeando-o lentamente.

– Eu pensei que você tivesse parado de provocar – ela ofega, passando as pernas ao redor dos meus quadris, movendo os dela no mesmo ritmo do meu polegar. Ignorando seu comentário, passo a mão livre em sua barriga, mantendo os olhos na nossa conexão e na umidade que cobre meu pau sempre que sai. Nossa, cada parte dela é linda de verdade. Envolvendo seu seio, aperto o mamilo; as paredes da vagina dela me apertam ainda mais. – Ev... eu... – As mãos dela vêm para o meu peito, descem pelo meu abdômen, e seus dedos tocam meu pau, que entra e sai dela. – Você é tão gostoso – ela suspira, e meus olhos sobem por seu corpo para encontrar os dela.

– Se entregue, linda – peço com delicadeza, e os dentes dela capturam seu lábio inferior enquanto suas pernas se retesam junto com o núcleo, que me envolve.

Caindo para a frente, acelero os quadris, depois me perco dentro de June. Rolando para o lado para tirar meu peso de cima dela, eu a puxo comigo e escuto sua respiração se acalmar. Passo a mão na pele de suas costas.

– Preciso deixar o Ninja sair – ela diz, meio adormecida, e eu sorrio para o teto.

– Daqui a pouco eu solto ele.

– Também preciso me limpar – ela murmura, apertando o rosto no meu peito.

– Eu também cuido disso daqui a pouco – respondo, beijando-a no alto da cabeça.

– Também preciso armar o alarme – ela sussurra, e parece que está falando enquanto dorme.

– Pode deixar comigo, querida.

– Eu te amo – ela murmura, e seu corpo amolece junto ao meu. Por instinto, meu braço a aperta, e meus pulmões são comprimidos pelo peso dessas três palavras.

– Eu também te amo, linda – murmuro, embora saiba que ela não pode me ouvir.

Capítulo 11

JUNE

— Eu te amo – digo, olhando para mim mesma no espelho. – Eu te amo – repito e vejo minhas sobrancelhas se juntarem. É óbvio que eu consigo dizer as palavras em voz alta, ainda que, toda vez que tenha tentado dizê-las para Evan, elas tenham ficado presas na minha garganta. – O que há de errado com você? – exclamo, mas não consigo nenhuma resposta do meu reflexo.

Soltando um suspiro de frustração, tiro os bobes do cabelo e os jogo de qualquer jeito na pia. Na última semana, Evan tem dito "Eu te amo" cada vez mais, e, sempre que ele diz, eu imploro às palavras para que saiam, mas elas não saem. Alguns minutos atrás ele veio por trás de mim para dizer que ia sair e beijou meu ombro, suspirando "eu te amo" na minha pele. Eu quis responder "também te amo", mas não consegui. Então simplesmente fiquei parada ali, feito uma idiota, olhando para ele, que sorria para mim pelo espelho.

– Você sabe que ele não vai embora, então este se tornou um problema *seu*, não mais dele – brigo com meu reflexo, tiro a toalha e a jogo em cima da pia, depois pego um novo par de protetores de mamilo. Ao colocá-los, sorrio ao lembrar de quando Evan os encontrou da última vez que os usei. Depois de grudá-los, vou até o armário e pego meu pretinho básico no gancho perto da porta. Eu o visto e me viro para olhar no espelho.

O vestido é um dos que comprei, meses atrás, para noites como esta – jantar e drinques com as garotas. A parte de cima é de renda preta com um V pronunciado na frente e outro igual nas costas. A saia é feita de um tecido preto transparente com forro também preto, terminando no meio da coxa. Se eu tivesse peitos, não ia conseguir usar este vestido, porque não tem como esconder um sutiã debaixo dele. Então, pelo menos desta vez, sou grata por ter peitos pequenos.

– Com quem você estava falando?

Dando um gritinho, eu me viro, colocando a mão no peito, e fuzilo com o olhar minha irmã December, que está parada na entrada do closet também usando um vestidinho preto. O dela é tão justo que revela cada uma de suas curvas.

– Não venha se esgueirando assim – reclamo. Tinha me esquecido por completo que não estava sozinha em casa.

– Eu não me esgueirei. Cheguei normalmente – ela diz, pondo as mãos nos quadris e me analisando. – Então, com quem você estava falando? Sua casa é assombrada? Você tem um fantasma que está tentando convencer do seu amor?

– Cale a boca – eu rosno, pego minhas sandálias de camurça preta na prateleira e passo pisando duro por ela.

– O que está acontecendo? – April pergunta, e eu solto um gemido.

– Não tem nada acontecendo – respondo e me pergunto se o vestido dela deveria ser usado em público. O tomara que caia preto não deixa nada para a imaginação, e é tão curto que, se ela se curvar, todo mundo vai ver um espetáculo.

– Ahn... Tudo bem. – Ela franze a testa e seu olhar voa de mim para December, que dá de ombros.

– Nós não tínhamos uma reserva? – eu as lembro enquanto elas se entreolham.

– Nós temos – July diz, entrando no quarto com um vestido parecido com o meu, só que sem o V profundo. – O Wes acabou de estacionar e está esperando lá fora. Vocês estão prontas? – Ela olha para nós três.

– Sim, totalmente – minto. Eu não queria sair hoje, mas minhas irmãs e primas estão na cidade e nós tínhamos planejado esta noite há meses, o que significa que é a noite das garotas, quer eu queira, quer não. – Onde está a May? – pergunto, calçando as sandálias.

– Esperando na sala de estar – December responde, me observando com atenção. Ignorando-a, vou até a penteadeira, pego meu perfume e o borrifo atrás das orelhas.

– Aonde o Evan foi? – April pergunta, e meus olhos buscam os dela no espelho enquanto ponho os brincos.

– Ele saiu com Harlen e os caras. Acho que vão ficar no complexo – digo e olho para July. – O Wes vai ficar com eles?

– Vai. Depois que ele nos levar vai se encontrar com os rapazes. – Ela sorri.

– Beleza, então nós vamos ficar à vontade – April comemora e ri, e eu conheço esse riso. Ele significa que nós vamos nos meter em confusão antes de a noite acabar, se não tomarmos cuidado.

– Eu não vou ficar bêbada – murmuro para ela, que junta as sobrancelhas.

– Vai sim.

– Não vou, não. – Sacudo a cabeça. Ela põe as mãos nos quadris e estreita ainda mais os olhos.

– Você vai, sim.

– Nós precisamos mesmo discutir quem vai ficar bêbada? – December pergunta, exasperada, se jogando na minha cama e resmungando como nós somos cansativas.

– Nós discutimos sobre tudo – July observa, e é a mais pura verdade. É como uma regra não escrita no manual das irmãs.

Discutireis cada coisa sob o sol quando na presença de vossas irmãs.

– As garotas vão nos encontrar no restaurante? – indago, mudando de assunto antes de começarmos a discutir sobre discutir, que é algo bem possível de acontecer.

– Elas já estão lá nos esperando – July confirma, referindo-se a Ellie, noiva de Jax, e a nossas primas Ashlyn, Hannah, Willow e Harmony. Só vai faltar Nalia, que está no Colorado com a mãe e provavelmente só volta para casa no Natal.

– Tudo bem, então vamos – eu suspiro quando termino de colocar os brincos.

– Pelo menos finja que está animada – ouço uma delas murmurar atrás de mim, mas ignoro o comentário e saio do quarto em direção à sala de estar, onde encontro May usando um vestido preto comprido de amarrar no ombro. Ela está no sofá abraçada a Ninja.

– Eu preciso de um homem na minha vida – May diz quando nos vê.

– Talvez, se você não rejeitasse todo cara que dá em cima de você, pudesse ter um homem – April diz, pegando sua bolsa no sofá.

– E você, talvez, se não desse para todo cara que conhece, não seria uma vagabunda – May responde, e April a fuzila com os olhos. April e May moram juntas e sempre foram mais melhores amigas do que irmãs, então não me surpreende mais a beligerância constante entre elas.

– A gente pode fingir que se dá bem só esta noite? – December pede, olhando para nós com o mesmo olhar ameaçador que nossa mãe nos dava quando éramos pequenas e nos comportávamos mal.

– Mas tudo isto é a gente se dando bem – July argumenta, e não está errada. Quando não nos damos bem, nós rolamos no chão, uma puxa o cabelo da outra... Algo que ainda fazemos de vez em quando.

– Vamos logo – resmungo, enfiando minha bolsa preta debaixo do braço e seguindo na direção da porta, escutando as garotas vindo logo atrás de mim.

– Jesus – Wes grunhe da calçada, onde está esperando do lado de fora da SUV. Se eu não soubesse que ele ficaria puto, iria rir da sua expressão. – Querida, onde está o resto do seu vestido? – ele pergunta. July ri e dá uma voltinha.

– Este é o meu vestido completo. – Ela sorri, enquanto as narinas dele se dilatam e as mãos se fecham.

– Acho que é melhor eu ir com vocês.

– Você não vai com a gente – April declara, abrindo a porta de trás. – É a “noite das garotas”, não a “noite das garotas e de um marido gostoso mas chato” – ela conclui pouco antes de entrar no carro.

– Desculpe, querido, você não foi convidado – July sorri e põe as mãos no peito de Wes, se esticando para tocar a boca dele com a dela.

– Você vai estar tão encrencada quando voltar para casa – ele resmunga e eu rio, mas paro quando ele me olha. – Aposto que o Evan não viu você com esse vestido.

– Evan não liga – murmuro, e ele levanta uma sobrancelha, fazendo com que eu me pergunte se deveria usar algo diferente. – Ele não liga – insisto, embora não tenha muita certeza de que isso é verdade ao passar por Wes rumo à porta de trás, ignorando a risadinha que ele dá enquanto sento ao lado de December e sou acompanhada por May.

– Você disse as regras para ela? – ele pergunta a July ao assumir o volante.

– As regras são que não existem regras – April diz, e Wes vira a cabeça para olhar feio para ela.

– Claro que existem regras.

– Não sei como a July te aguenta – April acusa, fuzilando-o.

– Vamos logo. Eu prometo que nós não vamos arrumar nenhum problema – December avisa, e os olhos de Wes vão até ela.

– As regras – Wes começa, ignorando a bufada de April enquanto ele dá ré para sair da minha entrada de carro – são que vocês não devem aceitar bebida de ninguém. Não percam de vista seus copos e fiquem juntas como se estivessem coladas.

– As regras dois e três são aceitáveis, mas a regra número um está vetada – April retruca e eu começo a rir, mas mordo o lábio quando os olhos de Wes encontram os meus pelo espelho.

– Ou vocês obedecem às regras, ou vão ter que me obedecer, pois eu vou ficar lá de babá. Vocês escolhem.

– Tanto faz – April rosna baixinho, mas é esperta o bastante para não dizer mais nada. O resto da viagem transcorre em silêncio, e, quando nós chegamos ao restaurante, todas saímos para a calçada e esperamos por July, que está conversando com Wes, com muitas reviradas de olhos e muitos movimentos de mão diante do que ele está lhe falando, seja o que for.

– Ele é tão mandão. Como é que ela aguenta isso? – April pergunta ao vermos Wes colocar a mão na nuca de July e puxá-la para si até ficar com a boca a um centímetro da dela.

– Você sabe que quando encontrar um cara é provável que ele seja um milhão de vezes pior? – May pergunta, e é provável que esteja certa. Vai ser necessário um tipo de homem diferente para domar April.

– Eu acho fofo que o Wes se preocupe – December sussurra, encostando o ombro no meu.

– É a sua cara. – April revira os olhos para mim, depois vai até o carro e bate na janela do motorista, gritando: – Solte-a. Está na hora.

Para nossa surpresa, Wes deixa July sair, baixa a janela e olha para cada uma de nós.

– Comportem-se e lembrem-se das regras.

– Vai ficar tudo bem.

July sorri e Wes retribui.

– Comporte-se, querida – ele murmura antes de partir.

– Até que enfim, caramba! Pensei que ele nunca iria embora – April resmunga baixo, passando o braço pelo de July e a levando para dentro do restaurante, seguida por todas nós.

– Como estão as coisas entre você e o Evan? – December pergunta assim que nos sentamos.

– Está tudo bem.

– Graças a Deus ele não é maluco como o namorado desta aqui – April diz, apontando o polegar para July.

– É evidente que você ainda não conheceu o Evan. – July sorri e eu dou de ombros. Adoro o fato de ele ser protetor e possessivo, e não ligo para o que isso diz a meu respeito como mulher.

– Ele não inspecionou a roupa dela, então é claro que não é um psicótico possessivo como o Wes.

– Meu vestido é tão ruim assim? – pergunto, e todos os olhos da mesa se viram para mim, todos dizendo a mesma coisa: "Você está fazendo essa pergunta a sério?". – Tudo bem – murmuro e olho para o vestido. Eu sei que é um pouco ousado, mas não acho que seja tão provocante.

– Só estou dizendo que, se o Evan te vir nesse vestido, você vai se dar bem. – July sorri e meus olhos param em Ellie, noiva do Jax. Ela passa as mãos em seu vestido bem apertado, corando quando nossos olhos se encontram.

– Agora conte por que você estava falando com o espelho – December exige e eu a fuzilo com o olhar.

– Eu não estava falando com o espelho.

– Como assim, falando com o espelho? – May questiona e eu solto um suspiro frustrado. É melhor acabar logo com isso.

– Não consigo dizer "eu te amo" para o Evan. Toda vez que tento falar que eu também o amo, as palavras não saem.

– Por que não? – Harmony pergunta e eu me volto para ela.

– Não sei. Sempre que eu tento, não consigo. As palavras literalmente não saem da minha boca.

– Você está se apegando a alguma raiva – July diagnostica, e eu nego com a cabeça.

– Não estou. Eu o perdoei. Por completo – retruco e procuro o garçom. Preciso de vinho. Muito, muito vinho.

– Quem sabe não é melhor você escrever e mostrar para ele? – April sugere.

– Não dê ouvidos a ela. – May faz uma careta e olha para April como se a irmã fosse louca.

– Não diga para ela não me dar ouvidos – April vocifera, olhando feio para May.

– Vai acontecer quando você estiver pronta para se declarar – July me tranquiliza, se encostando em mim. Eu concordo com a cabeça, embora saiba que está na hora. Está me matando ele não saber como eu me sinto, e não quero que ele pense que eu não o amo. Talvez eu devesse *mesmo* escrever num pedaço de papel e entregar para ele.

– Chega de falar de homens. Vamos beber – Ashlyn pede, e April se debruça sobre a mesa, cumprimentando a prima com uma batida de mão.

– Isso! Chega de falar de homem – April concorda.

Como se estivesse esperando a deixa, um rapaz se aproxima da nossa mesa.

– Meu nome é Cori e vou ser seu garçom esta noite. O que eu posso trazer para vocês beberem? – ele oferece, parando junto à ponta da mesa.

– Tequila – Ashlyn pede. Quando a encaro, ela dá de ombros e murmura: – Se você soubesse como foi o meu dia, entenderia.

– É o Dillon de novo? – July pergunta, e Ellie ri. Ashlyn olha feio para ela, depois se volta para July.

– Nós não falamos mais o nome dele – ela rosna. – De hoje em diante, ele não existe.

– Quem é Dillon? – Willow quer saber, e July se abana antes de responder.

– O Dillon é um deus greg...

– O Dillon é um babaca que não existe fora do escritório, onde eu, infelizmente, tenho que me sujeitar à sua babaquice – Ashlyn responde, cortando July, e eu faço um lembrete mental para perguntar a July sobre Dillon, ou ir até o escritório de Ashlyn para eu mesma dar uma olhada nele. É óbvio que a história é maior do que Ashlyn está revelando.

– Hum... então todas vão beber tequila? – nosso garçom pergunta, interrompendo a conversa, e todas rimos.

– Tequila para todas! – April exclama.

Inclinando a cabeça para trás, olho para o teto, sabendo exatamente como esta noite vai terminar. Só espero não me arrepender pela manhã.

– Puta que pariu. – Virando a cabeça na direção da voz grave e trovejante de Evan, uma voz que eu reconheceria em qualquer lugar, eu sorrio, ouvindo risinhos surgirem à minha volta.

– Oi, querido – suspiro, girando o tronco para ele na minha cadeira.

– Você está de porre? – ele pergunta, baixando os olhos da minha boca para o meu vestido. Noto que os olhos dele ficam tensos.

– Estou. – Sorrio e aperto os lábios, depois me inclino ainda mais para a frente e sussurro alto: – Eu só paguei um drinque. – Levanto um dedo e aponto para os copos à minha frente. – Todos os outros foram de graça. – Sorrio. – Não é demais?

– De graça? – As sobrancelhas dele se juntam e ele cruza os braços sobre o peito, olhando para a mesa, onde há pelo menos dez copos, sendo quatro vazios.

– De graça – eu confirmo e olho para minhas garotas ao redor da mesa, reparando que todas ficaram em silêncio. Também reparo que a mesa está rodeada por homens, entre eles um Wes com cara de puto e Jax. – Ahn... Todas nós ganhamos bebidas de graça – explico em voz baixa, querendo dividir a culpa quando tenho a sensação de que falei a coisa errada.

– A noite das garotas acabou – Jax intervém.

Olho para ele e lanço as mãos para cima.

– Não pode acabar! Nós estamos começando a nos divertir. – E era verdade. O começo da noite foi meio chato, porque Dillon, o Babaca, que por acaso também é Dick, o gostoso lindo, do tipo que faz as calcinhas caírem, apareceu no restaurante em que estávamos. Isso não teria sido tão ruim, exceto pelo fato de que, quando ele viu Ashlyn, veio até nossa mesa para cumprimentá-la, o que sob quaisquer outras circunstâncias teria sido legal. Mas ele estava com a noiva, e ela não é só uma vaca, mas uma vaca *nojenta*. Ela deu uma olhada para nossa mesa e fez cara de quem estava vendo um grupo de zumbis comer o último humano que restava no planeta Terra, depois fez um comentário sarcástico sobre Ashlyn. A única coisa boa nisso foi ver Dillon a mandar calar a boca. Só que ele não usou exatamente essas palavras.

– Os caras pagaram bebidas para vocês, garotas? – Wes pergunta, interrompendo meus pensamentos, e meu olhar para em July, que morde o lábio e olha para nós pedindo ajuda, enquanto April sorri e Ashlyn dá risadinhas.

– Eles estavam sendo legais, e, como você está vendo, nós estamos aqui sozinhas, e tecnicamente estamos obedecendo às suas regras – April palpita, o que não ajuda em nada.

Olho para Evan e percebo que ele não se aproximou mais, nem me tocou.

– Você não está bravo, está? – pergunto em voz baixa.

– Bravo? Não. Puto? Sim – ele diz, num tom de voz que nunca escutei antes, um tom que faz minha pele toda arrepiar.

– Por quê? – Minha testa se franze.

– Você quer uma lista? – ele pergunta, e eu penso por um segundo antes de confirmar com a cabeça, de um jeito bem bêbado.

– Entrar num bar e ver homens babando em você nesse vestido basta para me deixar bravo. Esses mesmos homens pagando bebidas para você é inaceitável.

– Eu gosto do meu vestido – eu o informo, ébria, ignorando o resto do que ele falou.

– Que bom, querida, e fico feliz por você ter tido a oportunidade de usar esse vestido antes que eu o rasgue em farrapos e o jogue no lixo.

– Você não vai esfarrapar meu vestido – suspiro, pondo as mãos sobre a renda que cobre meu peito. – Este vestido me custou quase cem dólares, e isso depois que teve duas reduções de preço – anuncio e levanto dois dedos, vendo os olhos dele fumegarem enquanto ele se aproxima de mim, me encurralando contra a mesa com uma mão na minha nuca e a outra no meu joelho.

– Esse vestido – ele murmura de modo que só eu ouça, enquanto desliza a mão pela minha coxa, por baixo da barra – é um tesão. Você não pode usar um vestido assim sem estar com seu namorado.

– Ah – eu sussurro e ouço alguém dizer atrás de mim:

– Eu avisei.

– Ah – ele repete, olhando dentro do meu decote. A expressão em seus olhos diz que, ou ele está muito puto de verdade, ou está muito excitado, e eu espero, para o meu bem, que seja a segunda opção.

– Eu não quero ir embora! – Ellie exclama, e eu desvio os olhos de Evan para ela, que está do outro lado com as mãos enroladas na perna da mesa, segurando-a como se fosse um salva-vidas.

– Não me incomoda levar a mesa conosco quando formos embora, Ellie, mas, de um jeito ou de outro, você vai voltar para casa comigo. Agora – Jax rosna.

– Você não pode levar a mesa. Não é sua – ela engrola, com um olhar desafiador.

– Ai, meu Deus – December murmura e pega um dos copos cheios de cima da mesa, virando a bebida cremosa e depois pegando outro e fazendo o mesmo. – Vou limpar a mesa – ela murmura, e isso me faz ter um acesso de riso.

– Eu ajudo. – Rio mais alto e pego um dos copos, mas este é tirado da minha mão. – Ei! Eu ia beber isso – reclamo.

– Chega por hoje – Evan diz, colocando o copo na mesa com um baque.

– Você não manda em mim.

– Querida, se você pensa assim, então é óbvio que está confusa.

– Não estou não. Eu sou uma mulher independente. Eu faço minhas próprias escolhas.

– Não, você é a minha mulher. *Minha*, e, como eu disse, chega por hoje. – Ele me tira da minha cadeira e me puxa para perto do peito.

– Você não pode agir como um homem das cavernas, Evan – grito e olho feio para ele.

– Homem das cavernas? – Ele dá um sorriso malicioso que faz minhas partes femininas formigarem, então, sem que eu perceba o que está acontecendo, vou parar em seu ombro, com a mão dele na parte das minhas coxas, segurando meu vestido para que eu não mostre a calcinha para todo mundo.

– Me põe no chão agora! – grito enquanto ele me tira do bar e desce pela rua até a picape. – Não acredito nisso – protesto, cruzando os braços sobre o peito, o olhar fixo atravessando o para-brisa da Fera. Ninguém veio me ajudar quando Evan me carregou para fora do bar, gritando. Ninguém pareceu ligar para um homem que, andando tranquilamente pela calçada, carregava sobre o ombro uma mulher que não parava de gritar. – Em que tipo de mundo nós vivemos que você pode simplesmente sair carregando uma mulher contra a vontade dela, sem que ninguém pare para me perguntar se está tudo bem?

– Querida – ele murmura. Ouço a diversão em sua voz e me viro para ver se é verdade, se ele acha que isso é engraçado.

– Não tem graça nenhuma! – berro quando vejo o sorriso no rosto dele. – Eu estou falando sério. Por que não tem carros de polícia nos seguindo neste momento? Pelo que as pessoas do restaurante sabem, você poderia ser um louco! Você poderia estar me levando para sua casa na montanha, onde pretende me esconder num quarto secreto construído no seu porão.

– Você precisa parar de ver tanta TV. – Ele ri.

– É o que você quer me fazer pensar, já que foi você que me sequestrou – resmungo.

– Não sei se a polícia vai pensar que levar a mulher com quem eu moro para a nossa casa é sequestro.

– Você está querendo me enrolar.

– Como é que num segundo eu estou puto de verdade com você, e no outro eu só consigo pensar que você é uma graça quando está bêbada?

– Primeiro, você não tem motivo para estar puto comigo. Eu não fiz nada errado. E, segundo, eu sou mesmo uma graça, então isso não é surpresa – retruco.

– Eu tenho motivos para estar puto, querida.

– Não tem, não.

– Tenho. Você não é homem, então nunca vai entender, mas eu tenho um pau. Eu sei o que cada homem daquele bar estava pensando, e sei que nenhum pensamento era apropriado para menores.

– Tanto faz – suspiro, me recusando a admitir que ele está certo, embora é provável que esteja.

– Não pense que você livrou sua cara. O que é seu está guardado – ele diz, e sinto um aperto no abdome com o tom de sua voz.

– O que isso quer dizer? – pergunto quando viramos na nossa rua.

– Você vai ver – ele anuncia, parando na entrada de carros e desligando a picape. Ele vira o corpo para mim com as mãos apoiadas no volante enquanto seus olhos passeiam pelo meu corpo. – Você é linda.

– Ahn... – Passo a língua pelos lábios, imaginando aonde ele pretende chegar.

– Da primeira vez que te vi eu soube que havia algo em você que eu precisava ter, e cada momento que nós passamos juntos me deu parte de uma coisa que eu quero cada vez mais. Eu nunca vou estar satisfeito.

Ah, Deus. Mais uma vez, aquelas três palavras teimosas ficam presas na minha garganta. Eu quero tanto conseguir dizê-las. Eu quero que ele saiba que eu sinto o mesmo, que meus sentimentos por ele nunca mudaram.

– Eu também quero você – respondo, me sentindo uma idiota, porque isso nem de longe expressa o modo como me sinto.

– Não, querida. – Seus dedos soltam meu cinto de segurança e ele me puxa pelo banco do carro em sua direção. – Você é minha. Eu digo isso do modo mais primitivo e errado possível. Se fosse legalmente possível ser seu dono, eu seria.

– Ah – exclamo. Ele põe as mãos na parte de trás das minhas coxas e me puxa de encontro ao volume em sua calça.

– Agora você entende o que eu quero dizer quando falo que você é minha? – ele pergunta, subindo a mão pelas minhas costas e entrando no cabelo sobre minha nuca.

– Eu... eu acho que sim.

– Você precisa se casar comigo de novo. Talvez assim eu não me sinta tão maluco como estou me sentindo agora – ele sussurra, me estudando. – Mas eu não sei se existe alguma coisa que possa mudar o jeito como eu me sinto.

– Evan – sussurro, fitando seus olhos, vendo como estão intensos. Eu quero isso de novo. Quero ser dele. Não existe nada que eu queira mais.

– Eu te amo, querida.

– Eu... – Sua boca cobre a minha, interrompendo o que eu ia falar, e me perco no beijo. Fico tão perdida que nem percebo que saímos da picape e entramos na casa. Só me dou conta quando minhas costas batem na parede e ouço a porta da frente ser fechada.

– Vou te dar uma vantagem – ele diz, tirando a boca da minha. – Se você conseguir tirar esse vestido antes de nós chegarmos ao quarto, pode ficar com ele. Se não conseguir, ele vai ser usado para amarrar você na cama.

Fico boquiaberta com o ultimato.

– Eu adoro este vestido – afirmo enquanto sua boca desce pelo meu pescoço, entre meus seios, e então ele afasta a renda do vestido e suas mãos gigantes envolvem meus seios.

– Eu odeio estas coisas. Elas estão sempre escondendo o que eu quero – ele grunhe, arrancando os protetores de mamilos.

– Ah, meu Deus – suspiro, deixando a cabeça cair para trás, enfiando as mãos no cabelo dele. Com os dedos, Evan estimula meus mamilos, puxando e arrastando enquanto sua boca passeia entre os seios, me torturando. – Evan.

– Vai – ele diz, recuando de repente, me deixando ofegante contra a parede.

– O quê? – arregalo os olhos para ele, tentando entender o que aconteceu, por que ele parou de me tocar.

– Cinco – ele diz, deslizando os olhos do meu rosto para o peito.

– O... o quê?

– Quatro. – Seu maxilar fica tenso quando ele rosna: – Três.

– Merda. – Empurro a parede e saio cambaleando, ainda embriagada, pelo corredor, ouvindo a contagem regressiva atrás de mim enquanto corro para o quarto, tentando puxar o vestido pela cabeça. Percebendo que não foi assim que o vesti, tiro um braço da manga, depois o outro.

– Um – ouço quando uma mão chega nas minhas costas e sou dobrada na borda do colchão, o vestido em volta da minha cintura. Então a parte de baixo é levantada, e o ar frio do quarto encontra a pele nua da minha bunda.

– Evan.

– Isto aqui nem cobre a perseguida, June, e ela é minha – ele murmura, passando um dedo áspero pela borda da minha calcinha fio dental. Ele começa na parte externa do quadril e desce pelo meio da bunda, roçando minha vagina. – Você tem uma bunda linda. – A palma de sua mão desliza pelo meu traseiro, acariciando-o, e eu me agarro ao edredom, subindo na ponta dos pés, virando a bunda para ele, implorando silenciosamente para que Evan faça o que quiser comigo.

– Me dê suas mãos – ele ordena, e meu pulso dispara quando solto o edredom e ponho as mãos para trás. – Você está sendo muito boazinha agora.

Seu tom de voz está fazendo horrores comigo, me fazendo sentir que cada centímetro do meu corpo, por fora e por dentro, está pegando fogo, e que só o toque dele pode apagar o incêndio. Sinto um material macio amarrar meu pulso, depois o outro, e fico ofegante.

– Este vestido é mesmo muito bonito – ele diz, apertando meus pulsos juntos, fazendo meu peito arquear para a frente e meu rosto afundar no colchão. – Agora você está do jeito que eu quero – ele murmura, como se estivesse falando consigo mesmo, e minha calcinha é puxada para cima, entre minhas nádegas, esfregando o tecido no meu clitóris, o que me faz arfar. – Fique bem assim.

Inspirando fundo, mantenho a posição enquanto presto atenção aos sons de Evan se movendo. Registro o som de tecido chegando ao chão, e, logo depois, um baque após o outro: as botas, a fivela do cinto e mais tecido caindo. Uma gaveta é aberta e fechada, e então eu sinto o calor dele atrás de mim. Suas mãos nos meus quadris deslizam pela minha cintura e descem pelo material que cobre minha vagina.

– Você está molhada para mim. Estar amarrada e dominada te deixa excitada? – ele pergunta, a voz entrecortada, e eu respondo que sim com a cabeça, a respiração pesada, pressionando os quadris na cama, precisando do toque dele. – Me diga o que você quer, June.

– Você! Eu quero você – imploro, me desesperando.

– Você já me tem.

– Não! – exclamo quando as mãos dele voltam para meus quadris, apenas me segurando.

– Diga mais.

– Eu quero que você me toque – choramingo, sentindo a ereção dele tão perto de onde a preciso.

– Eu estou tocando você. – As mãos dele descem pela minha bunda até a parte de trás das coxas, ainda não perto o bastante de onde preciso que estejam.

– Evan, por favor – exijo, sentindo os dedos dele moverem para o lado a pequena peça de tecido que cobre meu núcleo ensopado. Meus braços se apertam contra o vestido quando tento me aproximar do toque dele. Minhas pernas se abrem e meu traseiro sobe.

– Linda. Você só precisa me dizer o que quer, e eu te dou.

– Eu quero que você me coma! – eu praticamente grito a plenos pulmões. – Por favor, me coma. – Sinto lágrimas de frustração arderem nos meus olhos, mas ele está lá, dentro de mim. Metendo com tanta força, e tão fundo, que perco o fôlego e minha cabeça se joga para trás, no êxtase provocado pela sensação de alongamento e preenchimento.

– Caralho – ele exclama. Seus dedos apertam meus quadris. Tanto que sei que vou ficar marcada. Tanto que não consigo me mexer, não consigo fazer nada. Estou completamente à mercê dele. Então minhas mãos são agarradas pelas de Evan, que me fode com tudo; forte e rápido, trazendo um orgasmo que nem senti se formar, um orgasmo que dobra meus joelhos e faz meus dentes afundarem no meu lábio inferior com tanta força que sinto o sabor de sangue.

Finalmente recupero o fôlego, só para perdê-lo de novo quando meus braços são soltos, e vem a sensação de milhares de agulhas pinicando meus membros enquanto meu corpo é erguido e colocado no centro da cama. Minhas pernas são afastadas pelas mãos dele nos meus tornozelos, que me mantêm aberta. Em seguida, ele cai de boca em mim. Seus dentes e sua língua me devoram como se Evan estivesse faminto pelo meu sabor, como se ele precisasse da minha essência para sobreviver.

– Ah, não pare. Estou tão perto – suspiro, apertando os olhos bem fechados ao sentir meu núcleo se contrair.

– Goze para mim. Mexa essa delícia. Goze na minha língua. – As palavras dele me lançam no precipício e eu lhe dou o que ele quer, sem conseguir me segurar, mesmo se eu quisesse.

– Evan – grito o nome dele. Meu corpo fica mole e meus olhos se fecham devagar, mas abrem de repente, um instante depois, quando o som de tecido sendo rasgado me chega aos ouvidos. – Você rasgou meu vestido.

– Eu disse que ia rasgar. Agora fique de joelho e abra a boca. Eu quero essa boquinha bonita no meu pau.

Energia vinda de algum lugar me movimenta quando a imagem de minha boca chupando Evan se forma no meu cérebro. Rolo para o lado, deitando de barriga, depois deslizo as mãos e os joelhos, e engatinho até onde ele está ajoelhado na cama com a mão em volta do pau, se masturbando. Sinto um aperto no meu núcleo outra vez e sei que preciso dele dentro de mim. Mas a necessidade de senti-lo na minha língua é avassaladora quando me aproximo dele.

– Cacete, você parece um sonho erótico. Mudança de planos. Fique de joelhos e junte os peitos.

O olhar dele tem um brilho que nunca vi. Um brilho que me faz querer agradá-lo. Então eu faço o que ele me pede, ficando de joelhos. Deslizo as mãos pelas minhas coxas, pela cintura, então seguro os seios e os junto. Deixo a cabeça cair para trás e fecho os olhos.

– Abra bem as pernas, querida. Eu quero ver a sua rosada. Quero ver o que é meu.

Afastando bem as coxas, inclino a cabeça para a frente e faço força para abrir os olhos, querendo ver a expressão dele, querendo muito ver que o estou satisfazendo. Então, um zumbido suave ecoa pelo quarto e a mão dele vem na minha direção. Baixo os olhos e vejo que Evan está segurando meu estimulador de clitóris. O primeiro toque do meu brinquedo faz meus quadris arquearem. É demais para eu aguentar, demais para meu corpo superestimulado enfrentar.

– Não se mexa, porra. – Diante do tom grosseiro, meu corpo trava e meus olhos encontram os dele. Preciso de toda a minha força interna para manter as pernas escancaradas para ele, enquanto o pequeno vibrador passa pelo meu clitóris. – Belisque os bicos.

Lambendo os lábios, eu seguro os seios e puxo os mamilos; a sensação não é tão pronunciada como quando é ele que me toca, mas sinto um choque indo dos mamilos até meu núcleo, fazendo um grito estrangulado subir pela minha garganta.

– É demais.

– Goze para mim.

– Não dá. É demais.

– Eu disse "goze para mim", porra. – Com a mão livre, ele me pega pelo cabelo e puxa para a frente, então seus lábios estão nos meus e sua língua invade minha boca. Com um gemido, despejo meu orgasmo em sua garganta.

Meus quadris arqueiam e o zumbido suave desaparece quando a mão dele envolve minha vagina. Meu corpo está tão mole e meus olhos ficam tão pesados que ele me deita na cama. Evan segura meu queixo e o puxa para baixo.

– Abra – ele ordena e eu faço força para abrir meus olhos, que encontram os dele. Evan está se aproximando de mim, passando a cabeça do pau nos meus lábios. – Abra, June. Não me obrigue a dizer de novo. – Tremendo, abro a boca e passo a língua pela glande. – Boa menina. Agora engula tudo.

É o que faço. Abro mais a boca e o sinto bater no fundo da minha garganta a cada estocada. Meu corpo, que eu pensava que não aguentava mais, volta a ficar alerta quando a mão dele desliza pela minha barriga e para entre as pernas. Seu toque suave no meu clitóris me provoca algo, mas é o mesmo que nada, enquanto trabalho nele com a boca no pau e as mãos nas bolas. Os gemidos e grunhidos de Evan me acendem, e eu quero que ele sinta o mesmo que eu sinto toda vez que ele me toca.

Ele sai da minha boca com um estalo.

– Não! – grito.

– Vou gozar dentro de você. – Ele passa minha perna sobre seu ombro e logo está dentro de mim de novo, me preenchendo, me fazendo sentir completa. Seus olhos travam nos meus e suas mãos tiram o cabelo do meu rosto; seus quadris se movem devagar e seu peso me prende na cama.

– Eu te amo – suspiro, passando os braços pelas costas dele, e minhas pernas ao redor de seus quadris. – Ah, Evan. – Meus músculos se contraem e os quadris dele se contraem, e em seguida ele entra em mim até o fundo, gozando, não deixando nenhum espaço entre nós.

– Você continua bêbada? – as palavras suaves são ditas junto à minha boca, trazendo lágrimas aos meus olhos.

– Não. Estou. – Meneio a cabeça e me enrolo mais apertada nele.

– Prometa que vai lembrar do que disse.

– Eu vou lembrar. Eu queria... – Eu paro e inspiro fundo. – Eu estava querendo te dizer.

– Você me disse. Dormindo. Você me diz todas as noites.

– O quê? – exclamo, recuando para observar o rosto dele.

– Quando você adormece e eu te puxo para mim, você diz que me ama, mas, mesmo que não dissesse as palavras, eu saberia.

– Eu ia escrever num bilhete e entregar para você – confesso, sincera, e o corpo dele começa a se sacudir sobre o meu. Ele nos rola para o lado, me deixando meio jogada sobre seu peito.

– Você ia escrever que me ama num pedaço de papel e me entregar? – ele pergunta, ainda rindo, e eu seguro meu próprio riso, porque realmente parece absurdo.

– Foi ideia da April.

– Ela estava bêbada quando sugeriu isso?

– Ahn... Na verdade, não. Foi antes mesmo de nós comermos ou bebermos qualquer coisa.

– Hum. – Ele passa a mão pelas minhas costas.

– Você rasgou mesmo meu vestido? – pergunto após um longo momento deitada, sentindo os dedos deslizando na minha pele.

– Rasguei.

– Troglodita – murmuro enquanto sorrio junto ao peito dele.

– Isso – ele murmura em resposta depois rola na minha direção. – Eu preciso deixar o Ninja ir lá fora. Você quer que eu te limpe, ou precisa tirar a maquiagem? – ele quer saber, passando os dedos no meu cabelo.

– Preciso tirar a maquiagem – respondo num sussurro. Então me aproximo e encosto de leve a boca na dele e digo: – Eu te amo. – Preciso provar para mim mesma que as palavras que eu disse antes não saíram por acaso.

– Eu sei, querida – ele afirma junto à minha boca antes de me beijar profunda, demorada e docemente, me fazendo sentir o beijo na alma.

Capítulo 12

EVAN

Olhando para o outro lado do salão do complexo, vejo Jordan conversar com um dos caras novos. Desde que, semanas atrás, Nico falou comigo a respeito dele, tenho ficado de olho em Jordan, e reparei, em mais de uma ocasião, que ele vem tentando ganhar influência no clube colando nos novatos.

– Aquele filho da puta vai acabar em alguma vala. – Harlen chega ao meu lado e eu me viro para ele. – Eu sei que você está de olho nele – murmura, dando um gole na cerveja que tem na mão enquanto seus olhos vão até Jordan, do outro lado da sala. – Eu pesquisei e descobri que ele foi membro de outro clube, os Southern Stars, em Nashville, faz poucos meses. O que se diz por aí é que o pai dele é o vice-presidente.

Ele está certo. Foi exatamente essa informação que Nico me passou, e também, cuja turma, os Wild Hogs, teve alguns desentendimentos com os Southern Stars nos últimos dois anos. Ao contrário dos Broken Eagles, os Wild Hogs têm negócios no lado mais obscuro do estilo de vida dos motoclubes, mas sabem se comportar e são conhecidos na cidade por fazer mais bem do que mal. Pelo menos essa é a imagem que eles passam.

– Eu não confio nele – Harlen diz, interrompendo meus pensamentos.

– Eu também não – concordo, olhando para o canto da sala em que June e July estão jogando sinuca. Meus olhos a procuram constantemente, não que seja necessário. Eu sei onde ela está mesmo sem olhar. Juro que meu corpo está em sintonia com o dela, como se um fio invisível nos conectasse.

– Wes quer que ele saia.

Merda. Eu me viro na banqueta para encarar Harlen mais uma vez. Se Jordan sair, todo o caso do Nico vai por água abaixo, e, por mais que me incomode quebrar minha promessa com Nico, o único modo de manter esse babaca por perto é conversando com Wes e o resto dos caras sobre o que está acontecendo.

– Nós precisamos conversar, e precisamos fazer isso agora – aviso, descendo da banqueta. – Reúna os caras e me encontre na oficina em cinco minutos. Vou tirar as garotas daqui.

– Pode deixar – ele concorda ao perceber meu tom.

Nem olho para trás. Vou direto até June, que está debruçada sobre a mesa de sinuca para dar uma tacada.

– Ei. – Ela sorri quando me vê, apoiando a extremidade do taco no chão.

– Venha comigo – murmuro, tirando o taco de sua mão e o colocando sobre a mesa. Olhando para July, eu aponto para o chão. – Não saia daí. Ela já volta.

– Ahn. Tudo bem. – July faz uma careta e eu puxo June pela mão, levando-a até a metade do corredor, onde a encosto na parede.

– O que você está fazendo? – ela pergunta, ofegante, passando as mãos pelo meu peito e pelos meus ombros.

Aproximando-me, encosto a boca na orelha dela.

– Vá com a July para nossa casa. Fiquem lá até eu voltar – instruo, enfiando as mãos por baixo de sua blusa e acariciando a pele macia de suas costas.

– O... o quê? – ela recua, analisando meu rosto.

– Pegue a July e vá para nossa casa. Eu preciso conversar com os caras, o que significa que não vou ter ninguém de confiança para cuidar de vocês por algum tempo.

– Está tudo bem?

– Está. Eu só quero que vocês saiam daqui um pouco.

– Tudo bem. – Ela franze a testa e inclina a cabeça para o lado. – Tem certeza de que está tudo bem?

– Tenho.

– Jura? – ela insiste, delicada, e eu baixo a testa até encostar na dela.

– Juro, querida – murmuro, e o corpo dela relaxa.

– Tudo bem – ela aceita. Eu a beijo de leve antes de voltar com ela até as mesas de sinuca, onde July está com Wes.

– As garotas vão para nossa casa – informo em voz baixa. Ele concorda levantando o queixo, depois olha para July e a acompanha até o estacionamento, onde murmura: – Fique com a June. Mande uma mensagem quando chegar à casa dela.

– Você sabe que eu detesto quando vocês me deixam por fora – ela resmunga. Ele sorri e se aproxima, dizendo algo que não ouço antes de beijar o bico que ela está fazendo. – Você me irrita – ela diz quando Wes a solta, e eu olho para June, que está segurando a chave da minha picape, pois eu vim dirigindo.

– Avise quando chegar lá. E acione o alarme – peço, beijando-a na testa e nos lábios.

– Eu sei, eu sei – ela suspira, depois entra na picape, que parece grande demais para ela, e July entra no lado do passageiro.

– Dirija com cuidado.

– Talvez. – Ela sorri e dá partida na Fera, bate a porta e baixa a janela. – Eu nunca dirigi uma picape deste tamanho. Acho que, em vez de ir para casa, vou levar esta coisinha para dar um passeio *off road.*

– Se você está com vontade de apanhar, faça isso, querida. – Eu lhe dou um sorriso travesso e os olhos dela se acendem com malícia, o que me faz menear a cabeça. Minha namorada é maluca, e eu adoro isso nela. – Comporte-se – murmuro e a observo acenar e sair do estacionamento. Assim que a picape some de vista, me aproximo de Wes. – Vamos.

Nós seguimos até a oficina ao lado do complexo. Quando entramos, todos os olhos se voltam para nós, e eu continuo com Wes até o escritório, sendo seguido pelos outros.

– O que está acontecendo? – Wes pergunta, interrompendo o silêncio enquanto Harlen, Everett, Zee, Mic, Blaze e Jinx se ajeitam num círculo ao redor da sala.

– O Nico veio falar comigo, algumas semanas atrás, na casa dos pais da June, e perguntou se eu poderia ajudar num caso que ele está investigando – revelo e observo a expressão dos rapazes. Todos conhecem o tio da June. E todos o respeitam e sabem o que ele faz, então eu tenho certeza de que eles sabem exatamente o que vou dizer a seguir. – Eu falei que não me sentia à vontade para fazer isso pelas costas de vocês, mas ele insistiu que eu mantivesse o segredo, e eu concordei desde que a coisa não saísse de controle. – Faço uma pausa e olho para Wes. – O Harlen me contou, agora pouco, que você quer que o Jordan saia. Isso não pode acontecer.

– Como é? – Wes pergunta, e eu olho mais uma vez para os outros homens na sala.

– O Jordan foi mandado para o nosso clube para recrutar os membros mais novos, para assumir o controle oferecendo um estilo de vida diferente.

– Você tem que estar de brincadeira – Wes rosna.

– O Nico sabia que você ia ficar puto.

– Se ele sabia, devia ter falado comigo sobre isso.

– Ele não podia, e, se parar para pensar, você vai concordar com ele. Você teria perdido a cabeça e exposto a investigação dele. Eu sei que você não quer a sujeira que o Jordan está trazendo para o clube, mas ela já está aqui e se espalhando. Eu sei que ele já convenceu alguns dos caras novos e está sentindo o terreno com alguns de vocês, para ver o que acham e testar sua lealdade com o Wes – digo, olhando ao redor, e alguns admitem.

– Ele veio falar comigo e com o Jinx uma semana atrás – Blaze conta, e Wes faz cara feia para ele. – O Jordan não deu nenhum detalhe. Só fez umas perguntas sobre o que a gente achava de ganhar mais dinheiro com o clube.

– E você não pensou em me contar isso? – Wes pergunta, e Blaze olha para ele.

– Não. Eu nem pensei mais nisso até agora. A gente não levou o cara a sério.

– Então que porra o Nico está esperando? – Harlen pergunta.

– Não sei. O Nico só me pediu para ficar de olho nele e dizer quem o Jordan estava abordando.

– Conversa mole – Z vocifera, olhando para Wes. – Nós ficamos de mãos atadas e esse filho da puta faz o que quer. Ele tem convivido com minha mulher e meu filho. Não aceito essa merda.

– O Jax sabe disso? – Wes pergunta, e eu nego com a cabeça.

– Ninguém fora desta sala ou da equipe do Nico sabe.

– Porra – ele ruge, passando a mão pelo cabelo. – Quantos clubes eles já dominaram?

– Que o Nico saiba, três – bufo e depois continuo. – Nenhum dos outros clubes resistiu. A maioria já estava trilhando o mesmo caminho dos Southern Stars, e todos gostaram de entregar as rédeas, mantendo algum controle de seus clubes, para ganhar mais dinheiro a longo prazo.

– Nós precisamos saber quantos dos nossos caras concordaram em seguir o Jordan – Harlen diz, cruzando os braços sobre o peito imenso. – Se ele está espalhando seu veneno pelo clube, nós precisamos saber quem está disposto a aceitar a oferta.

– Pelo que eu sei, só uns poucos caras novos pareceram interessados – comento. – Acho que os Stars não pesquisaram direito antes de mandar o Jordan para cá. Eles não sabem que a maioria dos homens neste clube é ex-militar, leal a uma irmandade mais forte que a deles. Se tivessem pesquisado, saberiam que este é o tipo errado de clube para vir com essa abordagem.

– Nós precisamos de um plano – Harlen afirma, e todos se voltam para ele. – O pai do Jordan é vice-presidente. Nós não podemos sumir com o babaca sem ter que enfrentar consequências, mas também não podemos aceitar isso. Eu sei que o Nico está trabalhando neste caso, mas a minha proposta é darmos um prazo para ele. Se o Nico não tiver terminado até esse prazo, nós nos livramos do Jordan de um modo que não vai deixar margem para dúvida.

– O Harlen tem razão – Mic concorda, e eu olho em sua direção, surpreso por ele dar sua opinião. Mic nunca teve muito a dizer. Ele é o cara que está sempre observando os outros, mantendo seu pensamento para si mesmo. – De um modo ou de outro, vamos ter que mandar um recado sobre essa merda, ou vamos ver homens cometendo crimes usando nosso símbolo, usando nosso nome para assustar. Eu não concordo com isso e sei que ninguém nesta sala concorda.

– Ele tem razão – Wes intervém, olhando para mim. – Outros vão pensar que não há problema em nos testar, se nós deixarmos esta merda passar sem dar nenhum aviso. Nós não podemos aceitar isso. Apesar do que o Nico quer, ou qual reação achava que eu ia ter, ele devia ter me procurado para falar disso. Este é nosso clube, nosso nome, e eu não gosto de ser usado.

– Eu não queria esconder isso de vocês, mas entendi o que Nico quis dizer. – Encolho os ombros. – Não vou me desculpar pelo que fiz. Foi o que achei necessário no momento, e, se acontecesse de novo, eu faria a mesma coisa.

– Eu sei – Wes murmura, batendo no meu ombro. – Eu entendo por que você fez o que fez, e não tem ressentimento, mas não aceito isso, e não vou deixar nosso nome ser arrastado para uma porra de guerra de território só para que o Nico possa fechar um caso. Não vou me arriscar a deixar que alguma aconteça com a July ou com qualquer um dos nossos irmãos que usam a insígnia dos Broken Eagles.

Ele estava certo. O clube poderia sofrer repercussões negativas se a coisa desse errado, e, no fim das contas, proteger nossas famílias e os homens que cuidaram de mim desde que entrei no clube é mais importante do que ajudar Nico.

– Eu vou falar com o Nico esta noite e contar o que nós decidimos, que ele tem um tempo limitado para fazer o que precisa antes de nós intervirmos.

– Eu também vou falar com ele – Wes anuncia, cruzando os braços sobre o peito. – Ele tinha que ter falado comigo sobre o que estava acontecendo, e deixar que eu decidisse o que fazer.

– Você sabe que, com o que aconteceu com a July, você não teria concordado em ajudar – Mic retruca, encarando Wes. – Eu entendo por que ele procurou o Evan. Ele sabe que o Evan é leal a nós, mas também sabe quais são os nossos valores e que não iríamos deixar andar conosco nem o Jordan nem ninguém que não seja leal a esses valores. Você teria se livrado do Jordan e de qualquer membro que tivesse caído na conversa dele, e, irmão, por mais que eu odeie dizer isso, concordo com o que o Nico está fazendo. Eu não passei anos lutando pelo que eu acredito para escolher o caminho mais fácil quando algum filho da puta asqueroso pensa que as bolas dele são maiores do elas são na realidade. Ele e a turma dele podem acreditar que encontraram um grupo de homens fáceis de convencer, mas vão aprender do modo mais difícil que não é bem assim.

– É isso aí – Z murmura, e o resto dos caras ri, enquanto Wes solta um suspiro e olha para mim.

– Eu quero saber quanto tempo ele acha que isso vai demorar. Depois que nós tivermos essa informação, vamos pensar no próximo passo – ele resmunga e vai na direção da porta. Faço o mesmo, cumprimentando os caras com um movimento de cabeça antes de sair atrás dele.

– O Lane está livre. Todas as acusações foram retiradas ontem – Jax informa assim que encosto o telefone na orelha, antes mesmo que eu consiga dizer alô.

– Você só pode estar de brincadeira – eu rosno, e June, que está dormindo encostada em mim, a perna sobre a minha e a mão na minha cintura, se mexe. – Espere um pouco – murmuro para Jax, pondo o telefone na mesa de cabeceira.

Beijando a cabeça de June, saio debaixo dela, tomando cuidado para não acordá-la quando pulo da cama e pego minha calça de moletom no chão. Vestindo-a, seguro o celular e saio do quarto, fechando a porta atrás de mim.

– Eu pensei que o caso contra ele fosse sólido – comento depois que a porta está fechada.

– Não pegou nada. Os advogados dele fizeram parecer que o Lane é um universitário bom, bem-intencionado, com um futuro brilhante, que tem uma família fodida que não acerta uma.

– Cacete. – Passo as mãos pelo rosto, sento na beirada do sofá e apoio os cotovelos nos joelhos. – A ordem judicial de não manter contato continua valendo?

– Não. Como eu disse, todas as acusações foram retiradas.

– Eu quero uma ordem de restrição contra ele. Não quero que o Lane chegue nem perto da June – digo, tentando me controlar para não gritar nem jogar longe meu celular, que é exatamente o que tenho vontade de fazer.

– Vou ver o que dá para fazer, mas meu palpite é que não vai ser possível. Ele não a incomodou nem ameaçou, então não vai ser fácil convencer um juiz de que é necessário.

– Tente – eu peço.

– Você sabe que vou tentar.

– Se ele aparecer aqui, não me responsabilizo pelo que vou fazer com ele.

– Não acredito que ele possa fazer mal à June – Jax opina em voz baixa, e eu rilho os dentes. Também não acho que ele queira lhe fazer mal, mas o fato de Lane já ter tocado nela é razão suficiente para eu enfiar uma bala nele. – Evan – Jax chama e eu solto a respiração quando me dou conta de que tinha ficado em silêncio.

– Se fosse com a Ellie, como você se sentiria?

– Tem razão – ele murmura.

Ellie e sua filha, Hope, que Jax adotou, são as duas coisas mais importantes na vida dele. Jax nunca deixaria alguém que pudesse ser uma ameaça chegar perto delas e, sabendo disso, tenho certeza de que ele compreende minha preocupação.

– Eu preciso falar com a June. Veja o que você consegue a respeito da ordem de restrição e depois me diga. Aposto que o Nico já ligou para o pai dela, e, com a minha sorte, ele vai aparecer aqui querendo falar com a filha pessoalmente.

– Você aprende rápido – ele ri.

– Não, eu só sei o que faria se tivesse uma filha.

– Certo. – Ele suspira. – Eu volto a falar com você sobre a ordem de restrição.

– Obrigado – suspiro.

– Fale para a June me ligar quando acordar. Preciso de um favor.

– O que é?

– Há algumas semanas eu fiz uma reserva no Diego's, em Nashville, para mim e a Ellie. Meus pais iam cuidar da Hope, mas tiveram que sair da cidade e a Ashlyn vai estar ocupada, então eu queria ver se a June pode cuidar dela.

– Pode trazer a menina.

– Tem certeza?

– A June vai gostar e nós vamos ficar em casa.

– Obrigado, cara. Depois eu ligo para você – ele diz e desliga.

Baixo os olhos para o carpete e suspiro. Nós não estávamos precisando dessa merda bem agora. Sabendo que não há nada que eu possa fazer no momento, olho para Ninja, deitado na espreguiçadeira com a cabeça pendurada na lateral, olhando para mim ao levantar a cabeça e a inclinar para o lado.

– Venha. Vamos sair. – Vou até os fundos e desligo o alarme antes de abrir a porta e deixar o cachorro sair. Eu o observo por alguns instantes, enquanto ele anda pelo quintal cheirando tudo que encontra. Deixando-o no quintal, vou para a cozinha e ligo a cafeteira, depois ouço o celular de June tocando em algum lugar da casa. Não é no quarto, mas onde o aparelho está ninguém sabe. Pergunto a mim mesmo por que ela tem um celular, já que ele nunca está com ela, que não consegue encontrá-lo a maior parte do tempo.

Vou para a lavanderia, planejando começar a busca pelo telefone lá. Ouço um baque alto e um grito no quarto. Corro até lá, mas começo a rir quando abro a porta e encontro June no chão, as cobertas enroladas nela e seu cabelo todo desarrumado.

– Eu caí da cama. – Ela meneia a cabeça, olhando ao redor.

– Estou vendo. Você está bem?

– Eu não fazia isso desde que você voltou – ela murmura, parecendo confusa e uma graça completa ao soprar uma mecha de cabelo do rosto.

– É porque quando eu estou na cama você se prende a mim como um polvo – explico, entrando de vez no quarto e a levantando do chão.

– Eu não me prendo a você como um polvo! – ela exclama. – Você se prende a mim. Eu não consigo me mexer um centímetro na cama sem que você me siga e me prenda no lugar.

– Querida – eu rio –, se eu não controlasse seu sono, você cairia da cama ou me daria uma joelhada no saco.

– Que seja – ela bufa, tentando desenrolar os lençóis enrolados em seu corpo nu.

– Me deixe ajudar com isso – insisto, tirando a ponta do lençol da mão dela e dando um puxão, o que a faz cair nos meus braços enquanto o lençol desliza para o chão.

– Ev – ela exclama, me encarando com os olhos arregalados.

– O quê, querida? – Subo uma mão pelas costas dela, parando na nuca, que envolvo. A outra desce até parar na bunda nua.

– Ev – ela suspira contra minha boca, que eu baixei até um centímetro da dela. June encosta o peito no meu, e desliza a mão pela minha cintura até a parte de trás da minha calça.

– Eu adoro isso. – Minhas palavras são ditas contra sua boca enquanto minha mão desce ainda mais, segurando-a entre as pernas, sentindo que June já está pronta para mim. – Pule. – Dou um tapinha na perna dela e a pego quando ela pula, envolvendo suas coxas com minhas mãos. Eu a carrego até o banheiro enquanto June lambe meu pescoço, terminando perto da minha orelha, que ela morde. A sensação faz sumir toda a preocupação com o telefonema desta manhã e a conversa que precisamos ter.

– Nós precisamos conversar, linda – digo para June depois que saímos do chuveiro, quando estamos na cozinha. Tirando a jarra da cafeteira, sirvo uma xícara e olho em sua direção quando noto que ela não me respondeu. Ela está revolvendo o conteúdo de uma caixa grande que trouxe para a cozinha alguns minutos atrás.

– O que foi? – ela pergunta, distraída, tirando mundos e fundos da caixa e colocando tudo na ilha da cozinha.

– O que você está procurando? – Chego ao lado dela com a xícara na mão, imaginando o que ela está tentando encontrar.

– Achei. – Ela sorri e mostra uma caixinha prateada. Abrindo-a, tira o que está dentro da caixa e segura um instante entre nós, antes de enfiar no dedo.

Demoro um pouco para reconhecer o anel reluzente de ouro que envolve seu dedo anelar. Um anel de ouro que eu coloquei ali anos atrás. Um anel que pensei que nunca mais veria. O anel que dei para June quando ela se tornou minha esposa. Eu soube que um dia, quando estivéssemos estabelecidos, e eu pudesse pagar, colocaria um diamante no dedo dela. Uma aliança digna de June. Mas, depois de tudo que aconteceu, eu não pensava que ainda teria essa chance.

– Ev? – ela sussurra. Deixo a xícara dela na ilha e levanto June, colocando-a ao lado do café.

– Não se mexa – peço, apontando para ela e falando apesar do nó que se formou na minha garganta. Então eu a solto e volto para o quarto. Vasculho minha sacola que está no chão do closet até encontrar o que estou procurando, que guardo no bolso do moletom.

Voltando para a cozinha, eu a encontro onde a deixei, junto à ilha. Ela me observa, mas está desconfiada. Dá para ver que não sabe o que pensar.

– Tire essa porcaria do seu dedo – eu rosno quando me aproximo.

Ela arregala os olhos, e seu lábio inferior treme quando baixa o olhar de mim para sua mão. Rolando o anel no dedo, ela engole em seco e o retira lentamente.

– Me desculpe. Foi idiotice. – Ela meneia a cabeça. – Não sei no que eu estava pensando.

Segurando os joelhos dela, eu abro suas pernas, abrindo espaço para meus quadris, então tiro o anel de sua mão e o seguro entre nós.

– Olhe para mim.

– É melhor eu começar a fazer o café da manhã – ela murmura, olhando para baixo. A tristeza e a derrota em sua voz me fazem sentir um peso no estômago.

Aproximando-me mais, eu suavizo a voz.

– Olhe para mim, linda. – Ela levanta a cabeça devagar e eu vejo lágrimas nadando em seus olhos. – Este anel foi posto no seu dedo por um covarde. – Vejo a raiva tomar seus olhos, uma raiva que me pega desprevenido. É uma emoção que me faz perceber, pela milionésima vez, o grande idiota que sou, porque eu sei que a raiva vem da vontade de June me defender. – Esse anel foi colocado aí por um homem que não era forte o bastante para você. Um homem que não te merecia – continuo em voz baixa, fechando o punho com o anel dentro.

– Não. – Ela ergue as mãos e empurra meu peito, tentando me afastar. – Não! – ela repete, gritando desta vez.

Agarrando seus pulsos, eu os seguro perto de mim, observando seu peito subir e descer rapidamente.

– O tipo de homem que te merece não teria deixado você. Ele não teria desistido de você. Teria feito todo o possível para garantir que você nunca duvidasse dos sentimentos dele. Eu não era esse homem antes.

– Pare! – ela grita e eu solto sua mão esquerda, levo a mão ao bolso e então me ajoelho à frente dela.

– O homem que eu fui não merecia você. Ele não merecia nem respirar o mesmo ar que você. Mas eu mereço. Não sou mais o mesmo homem, e juro para sempre, até meu último suspiro, provar que sou digno de você. – Levanto a aliança que comprei semanas atrás. Uma aliança digna de estar no dedo dela, dada por um homem digno de June. – Quer se casar comigo? Quer ser minha esposa?

– Ah, meu Deus. – Ela cobre a boca com a mão e lágrimas escorrem de seus olhos enquanto olha do anel para mim. – Ah, Deus – June repete, se abaixando, envolvendo meu pescoço com seus braços, enfiando o rosto ali e soluçando. – Quero.

– Calma, querida. Você está me assustando – sussurro, acariciando as costas dela enquanto escuto seus soluços altos, que fazem seu corpo tremer.

– Não consigo me acalmar! – ela exclama, com a respiração difícil, tirando o rosto do meu pescoço. – Quem consegue se acalmar depois disso? – ela pergunta, usando as mãos para limpar as lágrimas do rosto.

– Você consegue pelo menos se controlar o suficiente para eu colocar a aliança no seu dedo? – pergunto, pegando-a e a sentando sobre o balcão.

– Consigo. Mas só depois que eu disser uma coisa – ela suspira em meio às lágrimas e apoia as mãos quentes no meu peito enquanto estuda meu rosto. – Nunca houve qualquer momento em que você não me mereceu.

– June – tento falar, apertando de leve o joelho dela.

– Não. – Ela sacode a cabeça. – Você sempre, *sempre* foi bom o bastante para mim. Eu me apaixonei por você, pelo seu eu completo. Não só por um pedaço que eu considerava perfeito. Nunca houve um momento em que eu não te amei. Você precisa saber disso. – Ela desliza a mão pelo meu peito até o pescoço e, depois, o queixo. – Eu te amo, Evan, por inteiro. Até as partes de que você mesmo não gosta.

– Eu não mereço você – expulso as palavras através dos dentes crispados.

– E eu também não mereço você, mas vou ficar com você mesmo assim. – Ela inclina a cabeça para o lado, abrindo um sorriso iluminado. – Agora você pode me dar meu anel?

– Claro. – Inclino para a frente, beijando-a de leve, então recuo e pego sua mão, deslizando em seu dedo o diamante de três quilates, lapidação almofadada, hipnotizado pela beleza da peça.

– É lindo – ela sussurra, apoiando a mão no meu peito, virando-a para um lado, depois para outro, observando como o diamante reflete a luz antes de erguer os olhos para mim. – Mas quando nós casarmos eu vou querer o meu anel antigo junto com este. Não quero algo novo, porque o meu velho já era perfeito.

– Meu Deus, você está acabando comigo – digo, segurando o cabelo dela e tomando sua boca em um beijo que mostra o quanto a amo. Só paro quando a campainha toca, me lembrando das coisas que eu precisava conversar com ela. – Droga – resmungo, tirando, relutante, minha boca da de June.

– Quem será? – ela sussurra, olhando absorta para a porta.

– Aposto que são seus pais – resmungo, olhando para sua boca inchada, para seu rosto delicado, desejando que este momento não fosse arruinado pelo passado.

– Eles sabiam que você ia me pedir em casamento? – Ela franze a testa e salta de cima do balcão quando recuo um passo.

– Não, e nós precisamos ter aquela conversa que devíamos ter tido antes, só que rápido, e antes de abrir a porta para os seus pais.

– Que conversa?

– O Lane saiu da cadeia. Todas as acusações foram retiradas e ele foi solto hoje de manhã.

– O quê? – Ela olha para o corredor quando a campainha toca de novo e Ninja, enfim, salta do sofá, latindo para a porta.

– Ele saiu e eu não quero que você tenha nenhum contato com ele.

– Não vou ter. Quero dizer, por que eu teria? – Ela meneia a cabeça e suas sobrancelhas se juntam.

– Não é com você entrando em contato com ele que eu me preocupo – explico, afastando o cabelo do rosto dela.

– Você acha que ele vem me procurar?

– É difícil esquecer você, linda, então, sim, eu acho. Não tenho dúvida de que ele vai acabar aparecendo aqui – admito, dando um beijo rápido nos lábios dela antes de ir até a porta, que a esta altura está sendo esmurrada. Espiando pelo olho mágico, eu suspiro quando vejo quem está do outro lado. Não que eu não soubesse que eles viriam, mas, depois do que aconteceu com June, e de ela ter aceitado se casar de novo comigo, consigo pensar em um milhão e meio de coisas que preferia fazer com minha noiva esta manhã. Nenhuma delas inclui passar um tempo com os pais dela.

– Você vai abrir ou ficar parado aí? – ela pergunta, se aproximando e colocando uma mão nas minhas costas, usando a outra para afastar Ninja.

– Estou tentando decidir – bufo, ouvindo suas risadinhas quando ela me empurra de lado para poder abrir a porta.

– Oi, mãe. Oi, pai – ela diz, cumprimentando cada um com beijo e abraço. – Eu sei por que vocês estão aqui, mas tenho uma notícia mais importante. – Ela dá uns pulinhos depois estende a mão para os pais. – O Evan me pediu em casamento! – ela grita, feliz, fazendo com que a presença deles compense o aborrecimento de não termos a manhã só para nós, pelo prazer de vê-la mostrando o anel que pus em seu dedo.

– Ah, querida, estamos tão felizes por você – a mãe dela dá um gritinho e abraça June ao entrar em casa.

– Obrigada, mãe – June sussurra, depois olha para o pai quando a mãe a solta. – Pai? – Ela dá um passo na direção dele, cujos olhos amolecem quando estende a mão para pegar a da filha e observar a aliança.

– Estou feliz de verdade por você, Junina.

– Obrigada, pai. – Ela sorri, encurtando a distância entre eles e passando os braços ao redor da cintura do pai.

– Eu disse que ela ia adorar o anel – November, minha sogra, comemora, me abraçando enquanto sorri para o marido e a filha.

Alguns dias atrás eu pedi a Asher a mão de sua filha, pois queria fazer tudo certo desta vez, e liguei para November pedindo ajuda para escolher o anel. Ela chorou o tempo todo, mas deu para perceber que significou muito para ela ser envolvida no pedido. O que ela não sabe é que também significou muito, para mim, ter a aprovação dela.

– Você disse mesmo – assinto, passando meu braço por seus ombros e a apertando, enquanto ela faz o mesmo com o braço na minha cintura.

– Agora, não me importa o que vocês possam dizer – November exclama, olhando de June para mim e se colocando ao lado do marido –, nós vamos fazer um casamento *de verdade*. O tipo de casamento que precisa de planejamento. Vocês não vão correr para o cartório nem para Las Vegas para se casar. E também não vão fazer como a sua irmã e me dar só uns dias para organizar o casamento.

– Vamos ver, mãe – June sorri, encostando em mim.

– Ah, não, não vamos ver nada. Eu quero que pelo menos uma das minhas filhas me dê o que eu quero. E, como July já está casada, ela não conta. Todos nós sabemos que April nunca vai se casar, a menos que apareça um cara maluco o suficiente para tentar domá-la. May, por outro lado... – Ela faz uma pausa, olha para o marido e franze o rosto. – Eu não sei qual é a da May, mas duvido que vá se casar em breve. E December é exigente demais para se aquietar. Então, só nos resta você.

– Querida – Asher intervém, meneando a cabeça.

– Não venha com "querida" para mim. Eu quero planejar um casamento. Um casamento *de verdade.*

– Quem sabe você e o papai possam renovar os votos? – June sugere, levando-nos pela sala até a cozinha. – Você poderia planejar isso.

– Eu não quero casar com o seu pai de novo – November murmura baixinho, mas ouvimos mesmo assim, e ouvimos também um tapa. Então ela exclama: – Eu já sou casada com você, Asher Mayson!

– Eu pensava que, com o tempo, você ia deixar de me irritar. Mas nada mudou – ele diz, mas podemos perceber o amor que ele tem pela esposa, ainda que pareça um pouco irritado.

– Que seja – ela retruca, largando a bolsa no balcão junto à caixa que June estava vasculhando antes, e levando a mão ao traseiro para massagear a nádega em que seu marido deu um tapa.

– Vocês já tomaram café? – June pergunta, olhando para os pais antes de pegar sua xícara e tomar um gole.

– Nós já comemos, querida – November responde, sentando em uma das banquetas. – Não pretendemos demorar muito. Tentamos ligar, mas, como de costume, você não atendeu o telefone, então decidimos aparecer.

– Ah, eu não sei onde está o meu celular. – Ela olha ao redor como se a coisa fosse se materializar à sua vista.

– Você precisa começar a saber onde o coloca. Quero que fique com o celular o tempo todo – Asher repreende, soando como o paizão que é.

– Pai – ela suspira.

– Não, Junina, isto é sério. Imagino que o Evan já te contou que o Lane saiu da cadeia.

– Contou, mas acho que não tenho com que me preocupar. O Lane nun...

– Pode parar – eu a interrompo antes que ela possa defendê-lo. – Ele podia ter metido você num monte de confusão, e eu tenho certeza de que sabia disso quando estava com você.

– Eu sei, Ev. – Ela coloca a xícara no balcão e passa os braços ao redor da própria cintura. Preciso me esforçar para não ir até ela e reconfortá-la neste momento, mas June tem que entender o tipo de homem que Lane realmente é.

– Não, você não sabe, querida. Se soubesse, nem tentaria defender esse cara. Você teve sorte de o seu tio estar lá quando te interrogaram e não deixar que te mandassem de volta para o Lane. Isso podia ter acabado mal. A família do Lane é criminosa, do pior tipo. Eles não se incomodam em matar, e não teriam pensado duas vezes em desaparecer com você se achassem que sabia alguma coisa que não devia, ou que estava trabalhando com os federais.

– Você precisa ficar de olho. Se ele aparecer, se afaste e ligue para um de nós, ou vá para uma delegacia – Asher orienta a filha, e eu a vejo arregalar os olhos.

– Vocês acham isso necessário? Acredito que, se eu dissesse para ele me deixar em paz, ele aceitaria.

– Que parte de "eu não quero que você tenha contato com ele" é tão difícil de entender? – resmungo, fechando os punhos aos lados do corpo, e ela baixa os olhos para minhas mãos crispadas.

– Evan...

– Não, querida, isto não é brincadeira. Se você o vir na rua, dê meia-volta e me ligue. Se ele telefonar para você, desligue e fale comigo. Não fale com ele.

– Tudo bem – ela sussurra, seu olhar indo de mim para os pais e voltando. – Não vou falar com ele.

– Ótimo – digo, diminuindo a distância entre nós e a tomando nos braços. – Nós só queremos que você fique em segurança. Eu sei que o Lane nunca te deu motivo para pensar que ele seja perigoso, mas é. – Eu a beijo no alto da cabeça e meus olhos encontram os de Asher. Seu olhar move-se entre mim e June. Ele ergue o queixo enquanto passa o braço ao redor dos ombros da esposa. Quando vejo isso, a força de seu relacionamento, o amor que eles têm pela filha, enxergo o que vou ter com June pelo resto da vida.

Capítulo 13

EVAN

— Três, dois, um, zero. – Termino a contagem regressiva e levanto do sofá, onde estava sentado com o rosto coberto. Olho ao redor e finjo não ouvir as risadinhas que vêm de baixo da mesa, onde Hope está escondida.

Depois que Asher e November foram embora, June e eu tomamos o café da manhã na varanda dos fundos. Ela ficou em silêncio por algum tempo, e dava para perceber que refletia, preocupada, a respeito de seu relacionamento com Lane. Era como abrir uma ferida antiga. Se eu não tivesse feito besteira, Lane nem existiria na vida dela – na nossa –, mas eu não podia pensar nisso nem continuar a revirar o passado. Dei a June tempo para pensar, mas não vou mais tocar no assunto. Só sei que, se Lane aparecer, vou deixar claro que ele precisa sumir de uma vez. Só depois que contei que nós iríamos cuidar de Hope por algumas horas o humor de June mudou. Ela e o resto da família tinham se apaixonado pela garotinha e, preciso admitir, eu também.

– Peguei! – Sorrio, abrindo a cortina do chuveiro no segundo banheiro, o que faz June gritar:

– Ai, saco!

– Querida, a casa não é tão grande. Não dava para você achar que eu ia precisar de um ano para te achar. – Rio do bico que ela faz.

– Pensei que fosse demorar pelo menos alguns minutos – ela resmunga, saindo de dentro da banheira.

– Desculpe, mas você perdeu. – Beijo o rosto que ela virou para mim, depois pego sua mão e a levo até a sala de estar. – Eu peguei a

June. Hope, espero que você tenha se escondido melhor do que ela – digo, ouvindo suas risadinhas quando passo por ela a caminho da cozinha, onde abro armários fingindo que a estou procurando. – Onde foi parar essa menina? – suspiro alto, levando as mãos aos quadris e olhando para os lados.

– Eu que não vou dizer – June afirma, sentando numa das cadeiras da mesa, e Hope ri de novo, o que me faz sorrir. Voltando para a sala de estar, paro junto à mesa e Hope fica quieta. Então eu volto aos quartos, de onde retorno um minuto depois.

– Eu não sei onde ela está – resmungo para June, que sorri para mim. – Acho que vamos ter que deixar a Hope escondida enquanto nós vamos tomar sorvete.

– Sorvete! – Hope grita e sai rastejando de onde estava. – Eu fiquei inbisíbel. – Ela dá pulos.

– Como foi que você ficou invisível? – June pergunta e Hope estende um dedo entre os olhos.

– Assim! – ela ri e June olha ao redor, depois para mim, com os olhos arregalados.

– Onde a Hope foi parar? Ela estava bem aqui. – June move os braços como se estivesse procurando pela menina, que começa a rir.

– Estou bem aqui! – ela exclama, tirando o dedo de entre os olhos.

– Ah, minha nossa, você me assustou quando desapareceu – June faz uma voz dramática e pega Hope, balançando-a, beijando suas bochechas, fazendo-a rir.

Recuando um passo, observo as duas juntas e sinto uma dor no peito. Eu sempre soube que June seria uma boa mãe, mas ao vê-la com Hope posso testemunhar de perto o tipo de mãe que ela seria.

Minha mãe foi afetuosa algumas vezes, mas foram poucas e espaçadas, e só quando eu era mais novo. Quando comecei a me tornar um homem, essas demonstrações de afeto acabaram. Não consigo lembrar quando foi a última vez que abracei um membro da minha família, mas, com June e os Mayson, vejo esse carinho fácil sempre que eles estão juntos.

– Nós podemos tomar sorvete agora? – Hope pede, olhando para mim quando June a coloca no chão.

– Vá calçar os seus tênis. – Sorrio para ela, que joga as mãos para cima e começa a gritar.

– Oba! Sorvete! – Então ela corre até o sofá, onde está sua mochila.

– Você está bem? – June me pergunta.

Encaro os olhos lindos de June, sorrio e levo a mão ao seu pescoço, puxando-a para mais perto.

– Ótimo.

– Um minuto atrás você estava com um olhar estranho – ela fala baixo, investigando meu rosto.

– Um dia você vai ser uma mãe maravilhosa – afirmo, observando seu rosto amolecer e seus lábios se entreabrirem enquanto ela se aproxima, colocando as duas mãos no meu peito.

– E você vai ser um pai maravilhoso. A Hope te adora. – Eu não sabia dizer se isso era verdade. O exemplo que tive era uma merda, mas eu sabia que não ia querer filhos se fosse para eles crescerem do mesmo jeito que eu. – Vai ser, sim – ela afirma com delicadeza, subindo na ponta dos pés e beijando meu queixo antes de se virar para a sala, dar alguns passos e olhar para mim por sobre o ombro. – Venha. Vamos tomar sorvete.

Como sempre, ela não faz ideia do quanto suas palavras me afetam, de como ela me faz querer ser um homem melhor.

– Tem certeza de que quer Froot Loops? – pergunto, olhando para Hope.

– Tenho. – Ela me dá um sorriso iluminado e eu olho para seu rosto fofo, animado, para sua mãozinha, onde o copo de iogurte gelado está transbordando de iogurte de morango, banana, chocolate e kiwi, com coberturas de chocolate granulado, minhocas de gelatina, biscoitos wafer e Oreo, mirtilos...

– Tudo bem, garota, mas acho que esta é a última coisa que vai caber no seu copo – eu digo e ela olha para mim, abrindo ainda mais o sorriso.

– Tudo bem – ela diz e levanta o copo. Eu pego com a colher um pouco de cereal colorido e jogo por cima, depois a levo até o caixa para pagar. June vem atrás de nós com sua combinação estranha de mirtilos e chocolates com manteiga de amendoim sobre o iogurte de "bolo de aniversário". Depois que eu pago quase vinte dólares por dois copos de iogurte, nós vamos até uma das mesas da frente e nos sentamos.

– Quer um pouco? – June pergunta, estendendo para mim uma colher da sua mistura.

– Não, obrigado. – Meneio a cabeça, abrindo uma garrafa de água.

– Azar o seu, sobra mais para mim – ela diz, enfiando a colher na boca e me fazendo rir.

– Posso ser a daminha de vocês? – Hope pergunta de boca cheia, e June se vira para a menina. Assim que Ellie e Jax chegaram para deixar Hope conosco, June enfiou a mão com o anel na cara deles. Jax me deu um tapa nas costas enquanto June, Ellie e Hope deram aqueles gritinhos e pulinhos de menina. Fiquei feliz por June poder compartilhar com a família essa parte do casamento. Antes ela não pôde, e é claro que significa muito para June poder compartilhar sua felicidade com as pessoas que ela ama.

– Eu adoraria que você fosse – June responde para Hope. Depois, olha para mim, perguntando, delicada: – Eu sei que minha mãe quer fazer um casamento enorme, mas e você?

– Desde que no fim da cerimônia você seja minha esposa, não me importa o que vai acontecer – respondo com sinceridade, me recostando na cadeira, e a cabeça dela cai para o lado, me estudando.

– Você usaria um fraque?

– Se for necessário... – Dou de ombros. Odeio usar ternos, mas por ela eu faria praticamente qualquer coisa.

– Então você não gostaria de usar um fraque?

– O que eu quero é que você seja minha mulher e use o meu sobrenome. Todas essas outras mer... – Eu me interrompo e olho para Hope. – ...*meravilhas* não têm importância para mim, mas me deixe dizer uma coisa: não vou esperar um ano. Se você e sua mãe querem planejar um casamento, vocês têm quatro meses para fazer isso. Se não, eu levo você para Vegas e nós nos casamos na frente do Elvis.

– O Elvis não vai casar a gente – ela diz, revirando os olhos.

– Quem é o Elvis? – Hope pergunta.

– O Elvis não está mais vivo, querida, mas ele foi um cantor famoso que se vestia de um jeito meio maluco, e hoje existem pessoas que se vestem como ele e fazem shows e, às vezes, casam os outros.

– É como no Halloween? – ela pergunta, parecendo confusa.

– Exatamente como no Halloween – confirmo.

– Eu quero ser uma pirata no Halloween. – Ela dá de ombros enquanto balança as pernas para a frente e para trás e arranca a cabeça de uma de suas minhocas de gelatina com uma mordida.

– Você não quer ser uma princesa? – June pergunta. Hope franze o rosto e sacode a cabeça.

– Não, eu quero ser uma pirata. Eles vivem em navios e caçam tesouros. Os piratas são da hora! Eu quero ser pirata quando crescer.

– Os piratas são da hora mesmo – June concorda, sem dizer para Hope que piratas, ou pelo menos o tipo de pirata que ela quer ser, não existem mais. Quando saímos da sorveteria, Hope está num barato de açúcar que a faz falar a um milhão de quilômetros por hora – sobre o que, não faço ideia, mas é divertido ouvi-la tagarelar no banco de trás enquanto voltamos para casa.

– Acho que não devíamos ter deixado a Hope pegar o copo grande – June resmunga, rindo, ao ver a garotinha dançando na sala, cantando uma das músicas de *Frozen,* filme a que ela quis que nós assistíssemos assim que entramos em casa.

– Logo ela vai desmoronar – afirmo, passando o braço ao redor dos ombros dela e a puxando para mim.

– Você ainda quer ter filhos? – June pergunta baixinho e eu tiro os olhos da TV e observo Hope, que foi até onde Ninja está deitado e agora segura a cabeça do cachorro enquanto canta para ele.

– Quero – digo, baixando meu rosto até o dela.

– Eu também. – Ela me dá um sorriso suave e deita a cabeça no meu peito, envolvendo meu abdome com o braço. E é assim que passamos o resto da noite; June e eu abraçados, assistindo a um filme com Hope, que acaba subindo no sofá em que estamos e pega no sono. Por mais que tenha sido uma noite simples, foi uma das melhores da minha vida.

– Que silêncio – June murmura, se aproximando de mim junto à pia da cozinha, onde estou lavando a louça do café da manhã. É o fim de semana seguinte ao que cuidamos de Hope. A semana passou voando em meio ao trabalho, à situação de Jordan, November aparecendo todas as noites para falar do casamento, em cujo planejamento, de algum modo, elas conseguiram me envolver. Se eu tiver que passar mais um minuto sentado à mesa com elas olhando para coisas de cerimonial, falando de locais, vestidos, flores e bolos, vou acabar ficando maluco.

– É mesmo – concordo, embora, depois da semana que passou, eu esteja gostando de estarmos sozinhos em casa, pois não tenho ideia de quando alguém vai aparecer.

– Você quer assistir a *Frozen* comigo? – ela pergunta, encostando em mim e apertando os peitos no meu braço.

– Não. – Rio, meneando a cabeça.

– Você acha que Ellie e Jax iriam perceber se eu sequestrasse a Hope?

– É provável. – Sorrio, vendo-a fazer um bico com o lábio de baixo.

– Droga. – Ela suspira e, com um pulo, senta no balcão ao lado da pia. – Eu estou entediada, e minha mãe disse que ainda demora algumas horas para vir.

Fechando a torneira, eu me coloco entre as pernas dela, seguro na parte de trás dos seus joelhos e a puxo contra mim.

– Vou sair quando ela chegar, mas até lá, eu distraio você. – Deslizo as mãos molhadas nas coxas dela, vendo seus olhos esquentarem antes de suas sobrancelhas se juntarem.

– Você vai sair quando ela chegar?

Levando a boca até seu ombro nu, eu mordo sua pele.

– Vou – murmuro.

As mãos dela sobem pelas minhas costas, onde suas unhas se cravam quando minha boca sobe por seu pescoço, lambendo e mordendo até chegar à orelha.

– Nós estamos planejando um casamento – ela suspira; minhas mãos chegam aos seios, que estão nus por baixo da camiseta regata, me permitindo sentir seus mamilos endurecendo.

– Não, *você* está planejando um casamento com sua mãe – mordisco sua orelha.

Empurrando meu peito, ela observa meu rosto.

– Eu pensei que você tivesse dito que um casamento grande não te incomodava.

– E não me incomoda, mas eu não preciso estar aqui enquanto vocês planejam tudo.

Ela franze a testa.

– Você não quer se envolver com o planejamento do seu próprio casamento?

– Não – confesso, descendo as mãos pelas laterais de seu corpo e parando nos quadris, onde elas entram no short de tecido frouxo, encontrando-a nua. Meus dedos vão mais fundo, passando por cima do clitóris, o que estremece os quadris dela.

– Não é justo. – A cabeça dela cai para trás e suas pernas se abrem mais; seus olhos ficam semicerrados.

– Tudo é justo no amor e na guerra, linda.

– Isto não é guerra. É um casamento sendo planejado. Nosso casamento – ela fala em meio a um gemido.

– Tire a camiseta – rosno, ignorando o comentário dela. – Se incline para trás e ponha as mãos atrás de você, no balcão. – Com rapidez, ela tira a regata, jogando-a no chão, depois se inclina para trás, arqueando o peito para a frente. Baixando minha boca até seu seio, ponho tudo dentro da boca, ouvindo-a choramingar quando circundo o mamilo com a língua.

– Ev – ela suspira, fazendo vazar meu pau, que já está duro.

Afastando-me dela, tiro seu short e arranco minha calça de moletom. Depois, dou o mesmo tratamento ao seio que não tinha recebido atenção. Ouvindo-a gemer, deslizo as mãos até a parte de trás de suas pernas, puxando June para mim e passando suas pernas ao redor da minha cintura.

– Cruze as pernas, querida. – Eu a beijo entre os seios, fazendo-a deitar no balcão.

– Eu preciso de você – ela geme, roçando sua abertura molhada em mim, e eu rilho os dentes, lutando contra o impulso de entrar nela e lhe dar o que nós dois queremos.

– Você vai ter. Agora, cruze as pernas. – Sentindo as pernas dela apertarem minha cintura, eu me inclino para trás e solto um lamento ao vê-la. – Tão linda. – Minhas mãos estão em seus quadris. Depois sobem pela curva da cintura até os seios, e eu puxo os mamilos, fazendo-a arquear as costas. – Tão gostosa. Você tem ideia de como está sexy neste momento?

Puxo os mamilos de novo, desta vez torcendo-os delicadamente entre meus dedos. June fecha os olhos e eu a ouço gemer tão alto que não ficaria surpreso se os vizinhos a escutaram.

– Eu te amo, minha linda, mas não vou mais ficar escutando essas bobagens de casamento. – Deslizo uma mão até a barriga dela e coloco o polegar sobre o clitóris.

June abre os olhos, encontrando os meus.

– Por favor, me toque – ela implora.

– Chega dessas bobagens de casamento – eu repito. Os quadris dela vêm para a frente e ela leva as mãos até os seios.

– Chega dessas bobagens de casamento – ela concorda.

Descendo uma mão até o quadril, seguro meu pau com a outra e o deslizo, para cima e para baixo, sobre sua abertura, usando a ponta para circundar o clitóris, e vejo a umidade dela recobrir a cabeça. – Cacete, você fica tão molhada para mim toda vez que eu te toco.

– Eu sei – ela diz, arqueando os quadris, fazendo a ponta do meu pau cutucar sua entrada. – Por favor, me coma, Ev. Eu preciso de você dentro de mim. – As palavras dela acabam comigo. Seguro seus quadris com força e entro nela, o que faz minha pele arrepiar. Nada é tão gostoso como estar dentro dela.

– Isso – ela ronrona, entrelaçando as pernas com mais força à minha volta, enquanto meu ritmo acelera. Massageando o clitóris com o polegar, tiro os olhos de onde meu pau desaparece dentro dela e admiro suas mãos cobrindo os próprios seios, o cabelo espalhado no balcão, seus olhos fechados e lábios entreabertos.

– Cacete, você é perfeita – espremo as palavras entre os dentes, afundando meus quadris nos dela, trabalhando mais rápido com o polegar. Sentindo o início da convulsão dela, eu a puxo para mim com uma mão em sua nuca. Ela enterra os dedos nos meus ombros e eu cubro sua boca com a minha, enfiando a língua, enrolando-a na dela enquanto seus músculos íntimos me apertam e me fazem gozar forte. Diminuindo o ritmo, eu deslizo para fora e para dentro dela, enterrando até o talo.

Nossas bocas nunca se separam, nem mesmo quando ficamos ofegantes e ela sussurra:

– Eu te amo.

Afastando minha boca, baixo a testa até o peito dela.

– Eu também te amo – digo, passando os braços às costas dela, embora essas palavras nem de longe descrevam o que sinto por June.

– Não vou mais pedir que você ajude com o casamento – ela diz em voz baixa depois de um longo momento, enquanto suas mãos deslizam pelas minhas costas.

Recuando, seguro seu rosto carinhosamente e a beijo.

– Obrigado – eu sussurro.

– Você podia ter falado. – As mãos dela vêm até meu rosto; com os olhos, ela acompanha seus dedos deslizarem pela minha barba. – Eu imaginei que você quisesse participar.

– Não posso falar por todos os homens, porque devem existir uns caras que se divertem com coisas desse tipo, planejar casamentos, mas eu não sou um deles, querida.

– Estou percebendo isso agora. – Ela sorri, levantando os olhos para os meus. – Na verdade, minha mãe ficou surpresa com seu envolvimento nesta semana que passou. Ela disse que iria precisar amarrar meu pai na cadeira se quisesse falar de flores e essas coisas com ele. E você aguentou cinco dias, não só de flores, mas também de bolos, cores e lugares. – Ela aumenta o sorriso e passa os dedos nos meus lábios.

– Eu faria qualquer coisa por você, querida, até aguentar toda essa bobagem de novo.

– Então quer dizer que você vai estar aqui quando minha mãe vier mais tarde? – ela pergunta, mordendo o lábio.

– O cacete! – rosno, e ela encosta a testa no meu peito, tendo um surto de riso que eu sinto no pau, que continua meio duro dentro dela.

– Valeu a tentativa. – Ela ri, depois dá um gritinho quando a levanto do balcão.

– Mas eu vou continuar a distrair você até sua mãe chegar – anuncio, erguendo-a um pouco antes de baixá-la de novo no meu pau, fazendo-a sentir que estou pronto mais uma vez. Ela não precisa de muita coisa para me deixar duro. Caramba, a voz dela basta para me deixar tinindo.

– Ah – ela geme, passando os braços pelo meu pescoço enquanto a carrego até o quarto. Mantendo minha promessa, eu a distraio enquanto ela me cavalga, depois a levo até o chuveiro, onde a distraio com minha boca, fazendo-a gozar duas vezes antes de levá-la semiadormecida até a cama, onde a deixo com um beijo profundo e molhado, e prometo vê-la dentro de algumas horas.

– Oi – Sage me cumprimenta ao sentar no sofá diante de mim e deslizar sobre a mesa um envelope amarelo. Então ele olha para a garçonete que está junto ao bar, levantando o queixo para chamá-la.

– Imagino que, como você trouxe isto – levanto o envelope –, tenha conseguido alguma coisa.

– Não sei – ele resmunga ao se voltar para mim, depois olha para a garçonete parada junto à nossa mesa.

– O que você vai querer? – ela pergunta baixo, evitando olhá-lo nos olhos.

– Só uma cerveja. A que estiver mais gelada – ele diz e ela assente antes de sair na direção do bar.

Abrindo o envelope enquanto ela está longe, pego um maço de fotos e as folheio. Nico vem trabalhando para preencher as lacunas do caso, enquanto Wes e os rapazes têm trabalhado em paralelo. Nós sabemos que é verdade que Jordan está tentando estabelecer alianças dentro do clube. O que nós não sabemos é quem, exatamente, ele convenceu a segui-lo, então Wes me pediu para recrutar Sage e ver o que conseguimos descobrir. Examinando as fotos, eu paro numa.

– O que foi? – Sage pergunta. Viro a foto e a empurro para ele.

– Quando você tirou esta? – Encosto o dedo na foto de Jordan parado ao lado da moto, conversando com uma mulher que posso jurar que já vi antes, mas não lembro onde.

Pegando a foto, ele a analisa e dá de ombros.

– No sábado passado, à noite. Eu o segui até um bar no centro. Quando chegamos lá, ele não entrou. Ficou na moto, parado nos fundos, por uns dez minutos. Então ela saiu pela porta dos fundos para falar com ele.

– Por que ela me parece familiar? – pergunto, estudando a foto.

– Não sei. Você a comeu? – ele pergunta e eu estreito os olhos ao encará-lo.

– Não comece – rosno.

– Foi só uma pergunta. Não sei quem ela é. – Ele franze a testa, observando a foto. – Ele deu alguma coisa para ela. Não consegui ver o que era de onde eu estava estacionado. Mas reparei que ela fez o possível para ficar longe dele, mesmo quando Jordan tentou pôr a mão nela. Ela se afastou antes que ele encostasse nela.

– Cacete – resmungo ao perceber que ela é a mulher de um dos novos membros. Eu não a vi mais do que umas duas vezes, mas prestando atenção à foto percebo quem é. – Esse filho da puta.

– O que foi? – Sage pergunta enquanto pego o celular e aperto o número de Harlen.

– É bom que seja importante – Harlen diz quando atende no terceiro toque.

– Qual é o nome do bar? – pergunto, olhando para Sage, que presta atenção em mim.

– O quê? – Harlen pergunta do outro lado e Sage responde: – Dakota's.

– A mulher do Lee trabalha num bar chamado Dakota's? – pergunto ao telefone e vejo a garçonete trazer a cerveja de Sage, colocá-la sobre a mesa e se afastar sem dizer palavra.

– Trabalha, por quê? – Harlen pergunta e eu aperto os dentes.

– Jordan fez uma visita para ela no fim de semana passado. E deu alguma coisa para ela. Não sei o que ele deu nem sobre o que os dois conversaram, mas acho que posso imaginar.

– Você está de sacanagem comigo – Harlen grunhe, sabendo exatamente do que estou falando.

Alguns meses antes de Lee ser dispensado dos fuzileiros, depois de ser ferido, sua filha foi diagnosticada com leucemia. A assistência que as forças armadas forneceram antes de ele ser dispensado garantiu que a menina recebesse os cuidados necessários, mas, agora que ele não está mais nos fuzileiros, os benefícios foram cortados. O merda do Jordan sabe disso, e meu palpite é que está usando essa informação para se aproximar do Lee.

– Quantos homens ele abordou usando a mesma tática? – pergunto.

– Não sei, mas vou descobrir. Depois eu falo com você – Harlen retruca e desliga.

Pondo o celular na mesa, revejo as fotos, mais devagar desta vez, e noto que Jordan se encontrou com várias mulheres. Não conheço nenhuma delas, mas isso não quer dizer nada, porque não presto atenção às garotas com quem os caras estão. Esfregando as mãos no rosto, contenho o impulso de pegar minha garrafa de cerveja meio vazia e atirá-la do outro lado do bar.

– Você está bem, cara? – Sage pergunta em voz baixa, apoiando os cotovelos na mesa e se inclinando para a frente.

– Não – rosno.

– Isso... – Ele se interrompe e aperta o maxilar quando seus olhos veem algo atrás de mim. – Porra – ele grunhe, apertando os dedos ao redor da garrafa em sua mão. Virando a cabeça, vejo Kim andando na direção do bar com o namorado. – Estou indo. Me ligue se precisar de mais alguma coisa.

Meus olhos se voltam para ele, que tira dinheiro do bolso e o joga sobre a mesa antes de se dirigir à porta sem olhar para trás. Erguendo os olhos para onde Kim está, meneio a cabeça ao ver que seus olhos continuam fixos na porta por onde Sage acabou de sair.

Capítulo 14

JUNE

— Então nós concordamos que as cores são pêssego, creme e pérola? – mamãe pergunta do outro lado da mesa atulhada, olhando para mim. Eu concordo com a cabeça.

A primeira semana de planejamento foi empolgante. A segunda semana foi divertida. A terceira está me fazendo querer pular pela janela. A cada dia eu me sinto mais tentada a abandonar o barco e dizer ao Evan para marcarmos um voo para Vegas e deixarmos Elvis nos casar.

– E o bolo? Você ainda gosta do de chocolate com recheio de framboesa? – ela pergunta, anotando algo em seu caderno. Um caderno que faria o melhor planejador de casamentos morrer de vergonha. – Eu meio que gostei do de baunilha apimentada, mas o casamento é seu – ela murmura para si mesma, absorta, antes que eu possa responder. Reviro os olhos. Acho que nem dá mais para dizer que esse casamento é "meu". Adoro minha mãe, mas ela perdeu o juízo e virou a Mãezilla com esse evento.

– Mãe, já são quase dez horas. O que você acha de voltarmos a falar disso daqui a alguns dias? – Eu bocejo e olho para o quarto, onde sei que Evan está se escondendo, assistindo TV com Ninja. Os dois são espertos o bastante para ficarem fora de alcance quando minha mãe está aqui. Parece loucura, mas sinto saudade dele. Nós moramos juntos e eu o vejo todos os dias, mas estou com saudade. Essa coisa de planejar casamento está arruinando minha vida. Eu poderia estar fazendo sexo neste momento, mas em vez disso estou confirmando coisas que já confirmei cento e cinquenta e dois bilhões de vezes.

– Nós só precisamos rever mais algumas coisas – ela diz, deixando a caneta na mesa para mexer em algumas amostras e mover algumas coisas de lugar, enquanto sussurra algo para si mesma.

– Eu já volto – aviso, mas sei que ela está tão perdida na Terra da Fantasia dos Casamentos que não me ouve. Vou até a sala de estar à procura do meu celular, depois procuro na lavandeira antes de, finalmente, achá-lo na cozinha, debaixo da correspondência que Evan trouxe para dentro ao chegar. Abro uma mensagem para o meu pai e escrevo com movimentos rápidos, irritados.

Pai, faça o que for preciso, mas tire esta mulher louca que você chama de esposa da minha casa. AGORA! Antes que eu a mate!

Aperto "Enviar" e vejo reticências aparecendo na tela, indicando que ele está respondendo.

Pode deixar, Junina.

Suspirando de alívio, volto para a mesa, bem quando o celular da minha mãe toca. Eu me sento, rezando para que minha tortura esteja no fim. Ela pega o telefone, olha para ele e meneia a cabeça, então aperta um botão, silenciando o aparelho.

– Você não vai atender? – pergunto, em pânico, e ela volta a escrever algo no caderno.

– É só o seu pai. Ele não aguenta esperar até nós terminarmos.

Baixo a cabeça até a mesa, pensando em abandoná-la e ir para o quarto. *A esta altura ela nem vai notar*, penso, e o telefone dela volta a tocar.

– Mãe, seu telefone está tocando – insisto, vendo-a silenciá-lo mais uma vez.

– Ele não aguenta esperar – ela repete, depois olha para o meu telefone quando este começa a tocar. – Não atenda. – Seu tom de voz é um que me acostumei a obedecer desde que era garotinha. Mordendo o lábio, me recosto na cadeira e escuto meu celular tocar até a ligação cair na caixa postal.

– Agora – ela continua depois que meu telefone fica em silêncio. – Acho que o local está entre Southall Meadows e Springtree Farms. Eu liguei para os dois e, se nós marcarmos até o fim da semana, eles podem reservar a data.

– Os dois são legais – respondo, absorta, olhando para o armário em cima da geladeira onde guardo minha tequila. Quem sabe se eu ficar bêbada essa reunião pare de ser uma tortura. Droga, quem sabe eu não convenço minha mãe a tomar algumas doses e ela desmaia.

– Asher me ligou. Ele disse para você atender seu telefone – Evan diz, me dando um susto quando entra na sala vestindo uma calça de moletom folgada e uma camiseta branca bem justa, que exibe os músculos do tronco. Vindo por trás de mim, ele apoia as mãos nos meus ombros e se abaixa, beijando o topo da minha cabeça.

– Ele ligou para você também? – Mamãe franze a testa, olha para Evan, depois baixa os olhos para seu celular quando este começa a tocar de novo. – Alô – ela atende no segundo toque, faz uma pausa e nos dá as costas. – Asher – ela exclama. Depois, murmura: – Tudo bem, mas não estou contente, então você também não vai ficar contente.

– Este é o tipo de coisa que me aguarda? – Evan pergunta e eu inclino a cabeça para trás, para fitá-lo. Dou de ombros, o que o faz menear a cabeça, sorrir e me puxar da cadeira para poder me beijar.

– Bem, parece que seu pai exige minha presença – mamãe diz, revirando os olhos. – Amanhã eu volto para nós falarmos das coisas que não decidimos hoje, porque eu preciso voltar para casa.

– Semana que vem – Evan intervém antes que eu possa dizer qualquer coisa. Mamãe se volta para ele com os olhos arregalados.

– Nós estamos planejando seu casamento, um evento que temos poucos meses para organizar. Temos muita coisa para fazer. Não podemos parar agora. – Mamãe fala rápido, e Evan meneia a cabeça, passando o braço pela minha cintura e me puxando para mais perto.

– Semana que vem. A June precisa de uma pausa. Ela está se acabando. Vocês duas podem voltar a planejar depois do fim de semana.

Os olhos de minha mãe vão de Evan para mim, e, seja lá o que ela vê, a amolece.

– Ah, tudo bem, fica para a próxima semana, então – ela concorda, para minha surpresa. – Mas nós precisamos mesmo acertar esses detalhes.

– Eu prometo que vamos acertar tudo na próxima semana – eu concordo e ela estende a mão, tocando meu rosto com carinho.

– Eu só quero que seu casamento seja perfeito – ela diz, me fazendo sentir uma cretina por querer liquidar logo o assunto.

– Eu sei – respondo, me aproximando e a abraçando apertado. Recuando, ela observa meu rosto por um momento e depois beija minha bochecha.

– É melhor eu me apressar, pegar minhas coisas e sair, para chegar em casa antes de seu pai ligar de novo ou aparecer aqui. – Ela revira os olhos e me solta para arrastar até a mesa a grande mala que trouxe, cujo conteúdo todo está agora espalhado sobre o tampo.

– Você precisa mesmo de toda essa tralha? – Evan pergunta, pegando a mala da minha mãe depois que tudo está guardado. – Está pesando pelo menos quinze quilos.

– Nós não estamos planejando uma festa, mas um casamento. Então, sim, eu preciso de toda essa tralha. – Ela olha feio para Evan, do mesmo modo que olha para meu pai quando ele a aborrece.

– Foi só uma pergunta. – Evan sorri e mamãe foca em sua boca antes de se virar para mim.

– Ele é tão ruim quanto seu pai – ela diz, apontando o polegar para Evan. – Seu pai reclamou durante uma hora depois que eu o fiz ir até o sótão para pegar a mala. Ele disse que era loucura eu precisar de uma mala para carregar material para planejar o casamento.

– É uma loucurinha. – Dou de ombros, sorrindo para ela, que olha para a mala na mão de Evan. Percebo que ela está se perguntando se talvez, só talvez, está exagerando um tiquinho. – Eu adoro sua maluquice, mãe. Então, está tudo bem – admito com carinho depois de um instante.

Eu sei que ela está fazendo tudo isso porque me ama. Eu tenho sorte por ter uma mãe como ela, que faria o impossível para me fazer feliz e me dar o casamento perfeito. Meus dois pais podiam ter decidido odiar Evan sem nem conhecê-lo, por causa do que aconteceu conosco, mas não foi o que fizeram. Não, eles não o estavam esperando de braços abertos, mas confiaram na minha decisão o bastante para dar a Evan uma chance de provar seu caráter.

– Também te amo, querida. – Ela sorri e inclina a cabeça para trás, olhando para o teto quando o celular começa a tocar em sua mão. Pondo o aparelho no ouvido, ela esbraveja: – Estou saindo da casa dela neste momento, Asher Mayson.

Rindo, eu olho para Evan. O ar congela dentro dos meus pulmões quando vejo o olhar carinhoso com que ele me observa. Se eu já não estivesse loucamente apaixonada por ele, esse olhar teria bastado. Faço com a boca *Eu te amo*, e os olhos dele amolecem ainda mais.

– Não sei como eu aguento esse homem – mamãe resmunga, interrompendo o momento entre mim e Evan.

– Você ama o papai – explico.

– Preciso amar – ela retruca, indo até a porta.

Acompanhando-a até a SUV, Evan põe a mala na parte de trás enquanto dou outro abraço nela e prometo telefonar. Então vejo Evan abraçá-la e dizer um "obrigado" em voz baixa, o que a faz sorrir e tocar na bochecha dele antes de entrar no carro e bater a porta.

– Sua mãe é demais – Evan murmura enquanto a vemos sair de ré da nossa entrada de carro.

– Eu sei – concordo, acenando para ela, e Evan põe o braço nos meus ombros.

– Está cansada? – ele pergunta, deslizando a mão pelo meu braço e entrelaçando os dedos nos meus, me levando de volta para dentro.

– Totalmente exausta – respondo com um bocejo.

– Exausta demais para sentar no meu rosto? – ele pergunta e minha mão que ele segura tem um espasmo quando a imagem de nós dois fazendo isso aparece na minha mente.

– Acho que consigo manter meus olhos abertos para isso – suspiro.

Ele tranca a porta e arma o alarme. Depois, se vira para mim.

– Imaginei que conseguisse – ele murmura contra minha boca, passando os braços ao meu redor e me levando até o quarto, onde mantenho os olhos abertos para muito mais coisas além de sentar no rosto dele.

– Estou indo! – grito, andando com as mãos espalmadas, com destaque para as unhas recém-pintadas de rosa, em direção à porta da frente quando a campainha toca de novo. Sem espiar pelo olho mágico, abro a porta e sinto meu corpo enrijecer quando vejo quem está na minha varanda, com a mesma aparência que tinha da última vez que o vi.

– June – Lane diz. Começo a fechar a porta, mas ele estende a mão, impedindo que eu a bata em sua cara. – Eu só quero conversar.

– Não tenho nada para falar com você. Vá embora. – Tento de novo fechar a porta, mas a mão dele permanece nela, me impedindo.

– Eu queria me desculpar. Por favor, me deixe dizer que sinto muito.

– Pronto. Você já disse, pode ir. – Empurro com mais força e solto um grunhido de frustração quando ele não sai.

– Eu sei que você está brava comigo, mas recebeu a carta que eu te enviei?

– Recebi, li e ainda não dou a mínima. Nós não temos nada que conversar. Por favor, saia.

– Você está... – Ele perde a fala ao olhar para minha mão. – Isso é um anel de noivado?

– Lane, se você não sair, eu juro por Deus que vou começar a gritar feito uma louca – vocifero, ignorando a pergunta dele.

– Você vai se casar?

– Ah, meu Deus! – exclamo, frustrada. – É, eu vou me casar. Você pode ir embora agora?

Ele junta as sobrancelhas e meneia a cabeça.

– Eu te amava.

– Você não saberia o que é amor nem se o amor atingisse sua cabeça. Eu só vou pedir mais uma vez. Por favor, se afaste da minha porta e vá embora.

Os olhos dele voltam à minha mão e sua voz fraqueja.

– Eu ferrei tudo.

Ele ferrou mesmo – não que eu tivesse chegado perto de amá-lo. Mas eu gostava dele, e quem sabe o que poderia ter acontecido com o passar do tempo. Mas, mesmo que eu estivesse com ele quando Evan reapareceu na minha vida, é provável que eu quisesse descobrir o que aconteceria entre mim e Evan, porque nossa conexão é muito forte.

– Quem é ele? – Lane pergunta em voz baixa, subindo os olhos até os meus.

– Isso não é da sua conta.

– É o seu ex? Aquele que você não esquecia? – ele pergunta com um grunhido, batendo a cabeça na porta.

– Lane, por favor, vá embora – eu imploro baixo. O jeito como ele está agindo começa a me dar medo.

– Mas é ele, não é? – Lane pergunta, ficando vermelho enquanto a pulsação em seu pescoço fica evidente.

– É – eu digo, afinal, esperando que ele vá embora depois de eu lhe dar a resposta que quer.

– Espero que ele te faça feliz – Lane rosna, tirando a mão da porta, mas mantendo o corpo no lugar, o que faz meu pulso acelerar.

– Lane, por favor, vá embora – eu sussurro, trêmula, mas ele não tira o corpo da entrada nem os olhos furiosos dos meus.

– Para trás. – Olhando por cima do ombro de Lane, vejo Evan subir os degraus até a varanda. Não o ouvi chegar, o que é doido, porque ele saiu de moto, e eu sempre o escuto quando está de moto.

– Tanto faz. – Lane me fuzila com o olhar antes de passar por Evan e descer os degraus.

Observando Lane se retirar, sinto Evan se aproximar até bloquear minha visão. Então, ele coloca os dedos no meu queixo, levantando meus olhos para os dele.

– Entre em casa. Eu vou em seguida.

– Não faça nada que me obrigue a ir visitar você na cadeia – sussurro alto, colocando as mãos em seu peito e sentindo a raiva que emana em ondas do seu corpo.

– Entre – ele repete, pondo a mão na minha barriga e me empurrando um passo antes de fechar a porta, me deixando do lado de dentro.

Debatendo comigo mesma se devo ignorar sua ordem, murmuro "Merda" e volto à sala de estar para telefonar para o meu tio. É então que eu vejo Ninja pelo vidro da porta de trás. Ele está rosnando e latindo, furioso.

– Está tudo bem – digo para ele, que passa correndo por mim, vai até a porta da frente e volta um instante depois, sentando ao meu lado. Deixo um recado no celular do meu tio, avisando que Lane está em frente à minha casa, com Evan. Quando meu telefone toca um minuto depois, ele me diz que está a caminho e me pede para ficar dentro de casa, depois desliga.

Revirando os olhos ao ouvir isso, eu sento no sofá. Alguns minutos depois, dou um salto quando a porta é batida e Evan vem pisando duro pelo hall.

– Por que você abriu a porta para ele? – Evan pergunta, parando na entrada da sala de estar, os pés separados, os braços cruzados sobre o peito.

– Eu não sabia que era ele – explico em voz baixa, nervosa, passando a língua nos lábios quando ele me olha feio.

– Você não espiou pelo olho mágico? – Sua linguagem corporal e tom de voz deixam claro que eu fiz besteira.

– Se eu tivesse espiado, não teria aberto a porta.

– Não banque a espertinha comigo agora! – ele ruge, me fazendo dar outro salto.

– Não estou bancando a espertinha. – Eu levanto, querendo e precisando ter algum controle da situação. – Eu não estava nem pensando.

– Ele podia ter entrado à força na casa, June. E podia ter machucado você.

– Mas não machucou. – Fico séria e então, como uma tonta, continuo. – Ele não faria isso.

– Como você pode ter certeza disso? – Evan troveja, se inclinando para a frente com as mãos na cintura.

Engulo em seco e fecho os olhos, porque sei que Evan tem razão. Não faço ideia do que Lane é capaz. Eu nem sabia que o nome dele era Lane até ser arrastada para uma delegacia de polícia no meio da noite. E o cara que estava na minha varanda não era o Lane que eu conhecia.

– Me desculpe – murmuro depois de um instante, sentindo lágrimas queimarem minha garganta quando as tento engolir.

– Venha cá. – Levanto o rosto e meu olhar se conecta com o dele, que ainda está furioso.

– Você está bravo – digo o óbvio e mantenho os pés plantados onde estão.

– Eu estou furioso pra caralho, linda, mas ainda quero que você venha até aqui. – Ele aponta para o local onde está parado.

– Eu me sinto mais segura aqui.

– June – ele me adverte, e meus pés se mexem. Assim que chego perto, os braços dele sobem e me envolvem, e seu rosto afunda no meu pescoço, onde ele inspira profundamente.

– Me desculpe. Não vou mais abrir a porta sem olhar – balbucio, abraçando-o.

– Eu sei que não vai – ele ruge contra a pele do meu pescoço, me segurando mais apertado.

– Você está bem? – pergunto com delicadeza, passando as mãos pelas costas dele.

– Eu percebi quem ele era quando encostei a moto e o vi parado na entrada. Eu vi o seu rosto e percebi que estava com medo. Eu quis matá-lo por provocar essa expressão no seu rosto.

– Estava tudo bem a princípio, mas, quando ele viu a aliança no meu dedo, ficou bravo – explico, e minhas mãos começam a tremer.

– Você não precisa ter medo de nada – ele promete, se afastando para me olhar. – Nada – Evan repete e eu baixo a testa até encostar em seu peito, sentindo seus lábios no alto da minha cabeça.

– Você vai ficar bem por alguns minutos, enquanto eu saio para falar com seu tio?

– Vou. – Sinalizo com a cabeça no peito dele e sua mão segura meu queixo, levantando meu rosto. – Me desculpe – repito mais uma vez enquanto encaro o olhar preocupado dele.

– Eu te amo, querida, te amo tanto que a simples ideia de aquele vagabundo respirar o mesmo ar que você me deixa puto. – A testa dele encosta na minha e eu vejo seus olhos se fecharem por um instante. – Não estou bravo com você, está bem?

– Tudo bem – concordo, agarrando a camiseta dele enquanto registro suas palavras.

– Me dá alguns minutos?

– Tá bom. – Sua boca toca a minha em um beijo suave, o que me faz saber que estamos bem, e então ele me solta e vai para o hall.

– Nunca mais atenda a porta sem o Ninja estar dentro de casa – Evan me instrui e eu inclino a cabeça para trás para olhar para ele da minha posição, encostada em seu peito, na cama.

– Nunca mais – eu confirmo. Depois que Evan conversou com meu tio, não mencionou mais a visita de Lane. Nem mesmo depois de perceber que a porta dos fundos tinha marcas de mordidas na guarnição de madeira, e saliva no vidro, devido aos latidos de Ninja, quando ele tentava entrar, percebendo com seu sentido de cachorro que sua mamãe humana podia estar em perigo. Quando Evan viu o estrago, expliquei que Ninja estava do lado de fora quando a campainha tocou. Como nós não temos a portinha para cachorro e estamos no meio do verão, eu tinha fechado a porta, deixando Ninja preso no quintal, para que o ar frio não escapasse enquanto ele se divertia na grama durante horas. Ele adora isso. Percebi que ele ficou muito bravo, mas não tinha dito nada até agora.

– Seu tio vai falar com o juiz amanhã, para ver se consegue uma ordem de restrição. Agora que ele fez contato, nós temos uma chance maior de conseguir – ele diz, me tirando dos meus pensamentos. Eu me ergo na cama, apoiando o cotovelo no colchão, para poder olhar para ele.

– Você acha que o Lane vai voltar? – questiono, ajeitando o cabelo com os dedos, jogando-o sobre meu ombro nu.

– Eu quero dizer que não, mas não posso garantir.

– Ótimo – suspiro, caindo de costas e cobrindo o rosto.

As mãos dele envolvem as minhas e as tiram de cima do meu rosto. Seus olhos ficam severos.

– Vai ficar tudo bem.

– Eu acredito em você. – Levanto as mãos e passo os dedos pelo rosto dele. Vejo seus olhos amolecerem. – Enquanto eu tiver você, não preciso me preocupar com nada. Eu sei disso na minha alma – consigo dizer antes de a cabeça dele descer sobre a minha e ele me beijar, me fazendo esquecer de tudo.

– Ah... – Minhas pernas enrijecem e meus olhos se abrem, palpitando, vendo a luz da manhã espalhada no teto.

– Bom dia.

Olhando para baixo do meu corpo, vejo o sorriso malicioso de Evan antes de seu rosto mergulhar entre minhas pernas e suas mãos segurarem minha bunda, me puxando ao encontro de sua boca. Acordar pronta para o toque dele se tornou um dos meus jeitos favoritos de começar o dia. O benefício adicional de ver que ele parece gostar disso tanto quanto eu me faz amar ainda mais acordar assim.

– Ev. – Meus dentes afundam no meu lábio inferior e minhas mãos agarram o cabelo dele quando um dedo, depois outro entram em mim lentamente; sua língua circunda meu clitóris. Arqueando os quadris, eu imploro por mais em silêncio.

– Que merda! – ele ruge, e minha mente anuviada precisa de um momento para registrar que a campainha da porta está tocando.

– Não pare. A pessoa vai embora – não me importo de implorar.

– Vá logo, querida. – Os dedos dele trabalham com mais rapidez, se curvando para tocar meu ponto G, e sua boca se fecha no meu clitóris, puxando com força, me jogando na espiral de um orgasmo curto mas gostoso enquanto a campainha continua a soar.

– Eu vou matar quem estiver na porta. – Ele salta da cama, jogando o cobertor sobre a parte inferior do meu corpo nu.

– Tudo bem – eu concordo e ele sorri, meneando a cabeça, passando os olhos por mim enquanto veste a calça de moletom.

– Não se mexa – ele ordena, rosnando. – Cacete – completa quando eu estico os braços acima da cabeça para me alongar.

– A porta – eu o lembro quando ele começa a vir na minha direção.

– É melhor que valha a pena – ele resmunga, se virando e saindo do quarto sem olhar de novo para a cama, onde estou esparramada.

– Venha, malandra! – JJ grita e eu me sento na cama, voltando os olhos para o relógio na mesa de cabeceira. Eu sabia que era cedo, pela luz que entra através da veneziana, mas ainda não são sete horas.

– O que houve? – Rolando para fora da cama, corro para o banheiro e visto meu robe, amarrando-o na cintura, então paro junto à cômoda e visto uma calcinha antes de sair do quarto. Quando chego à cozinha, Evan está parado perto da cafeteira observando JJ, que, sentindo-se em casa na cozinha, vasculha a geladeira.

– Está tudo bem? – pergunto, e a cabeça de JJ sai da geladeira para ela poder me olhar feio.

– Não sei. – Ela joga um pacote de frios no balcão, onde também coloca um pote de maionese. Depois, vai até a caixa de pão, de onde retira uma baguete. – Não vejo você nem tenho notícias suas faz três semanas, e precisei saber pelo Brew, imagine só, que minha amiga está noiva. Caralho! – ela exclama, pondo as mãos nos quadris.

– Eu sou horrível – resmungo, me sentindo péssima por não ter dado a boa notícia a JJ. Mas, honestamente, ando com tantas coisas na cabeça... Entre elas, o fato de ter descoberto, há alguns dias, que estou grávida. Ainda estou em choque por ter visto as duas linhas cor-de-rosa no teste, e estou tentando encontrar um modo de dizer para Evan que vamos ter um bebê.

– Você não é horrível, mas... poxa, podia ter me ligado – ela diz, abrindo e fechando gavetas até encontrar o que está procurando. – É melhor você me convidar para o casamento.

– Está convidada – confirmo. – Você quer ajuda? – pergunto ao vê-la massacrar o sanduíche que está tentando fazer.

– Não. – Ela junta dois pedaços de pão com peito de peru e maionese no meio. – Quando Brew me contou a novidade hoje, eu saí sem preparar meu almoço. – Ela pega toalha de papel e embrulha o sanduíche.

– Ah – balbucio, olhando na direção de Evan, que ainda não saiu de sua posição junto à cafeteira. Dá para ver, pela sua expressão, que ele não sabe se ri ou se grita.

– Agora me deixe ver seu anel. – Estendo a mão para ela, que a pega para examinar o anel. – É lindo. Fico feliz por você – ela diz em voz baixa, olhando nos meus olhos.

– Obrigada, JJ. Desculpe não ter contado para você.

– Não se preocupe. Você pode me compensar com tequila uma noite dessas. – Então ela sorri para Evan. – Mandou bem. – Ele ergue o queixo e JJ sacode a cabeça, depois olha para mim, sorrindo. – Preciso ir trabalhar, mas vamos nos ver em breve.

– Eu ligo para você – prometo, depois a observo sair pelo hall carregando o sanduíche que fez.

– Essa mulher é louca – Evan resmunga, pegando uma caneca e se servindo de café.

– Ela é um doce. – Eu sorrio e ele olha para o balcão, onde tudo que ela usou para fazer o sanduíche continua espalhado, e levanta uma sobrancelha.

– Acho que ela te daria uma surra se você dissesse isso na cara dela.

É provável que ele tenha razão, mas, em vez de dizer isso, vou até o balcão e guardo tudo. Encostando na bancada depois de terminar, cruzo os braços sobre o peito.

– Está com fome? – pergunto, e os olhos dele me percorrem da cabeça aos pés, me fazendo estremecer.

– Minha refeição matinal foi apressada. Você está se oferecendo para voltar para a cama e abrir as pernas para mim?

Olho para o relógio do micro-ondas, rezando para ter tempo, e o ouço rir.

– Preciso me arrumar para o trabalho. – Faço uma cara triste, que faz Evan rir mais alto.

Encurtando a distância entre nós, as mãos dele seguram meus quadris e seu rosto mergulha no meu.

– Vá se arrumar. – Ele me dá um beijo suave e aperta minha bunda. – Eu levo café para você.

– Não me importo de chegar atrasada – suspiro, me apertando nele e passando os braços ao redor de seu pescoço.

Sorrindo, ele me beija mais uma vez e tira meus braços de seu pescoço, recuando um passo.

– Você não pode se atrasar. É seu último dia – ele me lembra. Hoje é o último dia da recuperação e, espero, o dia em que vou descobrir que vou lecionar no ano que vem.

– Acho que vou me arrumar, então – suspiro e escuto a risada às minhas costas ao sair da cozinha a caminho do chuveiro.

– Tenha um bom fim de verão, turma. – Eu sorrio para os alunos que saem da classe, ouvindo "Você também, Srta. Mayson", ou "Até mais", de cada um deles quando passam por mim. Eu sei que, como eu, eles também estão empolgados para poder aproveitar duas semanas dormindo até mais tarde, sem lição de casa, antes que as aulas recomecem.

Depois que todos saem, pego minha bolsa na mesa e tranco a sala de aula. Não vejo a hora de contar a Evan que me ofereceram o cargo de professora em tempo integral. Eu sabia que tinha boa chance de conseguir o emprego, mas nessa área nunca se sabe se vão preferir alguém com mais experiência. Para minha sorte, meu verão lecionando compensou, e agora começo, em duas semanas, um emprego em tempo integral dando aula para o terceiro ano.

Cruzando o estacionamento até o carro, o celular começa a tocar na minha bolsa. Paro para pegá-lo e abro um grande sorriso quando vejo que é Evan.

– Oi – eu atendo, depois fecho o rosto quando ouço ruídos e vozes abafadas que não consigo distinguir. – Evan? – pergunto, mas não recebo resposta.

Minha mão se crispa ao redor do celular e minha visão fica embaçada quando alguém grita:

– Vocês estão mortos, seus filhos da puta!

Correndo até meu carro, abro a porta e entro. Assim que dou a partida, o telefone se conecta por Bluetooth e o som de vozes abafadas ocupa o espaço silencioso.

– O que eu faço? O que eu faço? – sussurro para mim mesma, colocando o carro em movimento. Não quero encerrar a ligação, mas preciso chamar a polícia. E preciso saber para onde mandar a polícia.

– Vá se foder, Wes – ouço em meio à confusão de sons e vozes abafadas. Rezando para que minha dedução esteja correta, e que eles estejam mesmo na oficina de motos, encosto o carro. Segurando o celular, olho para a tela, sabendo que existe um jeito de conectar mais de uma ligação. Ao encontrar o que procuro, ponho a chamada de Evan em espera e disco 190.

– 190, qual é a emergência? – um homem atende.

– Meu noivo me ligou por acidente – digo, ofegante; minhas mãos tremem freneticamente.

– Senhora, este é o 190...

– Eu sei disso! – eu o interrompo, gritando. – Ele me ligou por acidente, mas acho que está correndo perigo. Vocês têm que ajudar.

– Tudo bem, fique calma e conte o que você ouviu.

– Eu não entendi muita coisa, mas ouvi o nome do meu cunhado e alguém dizendo que pessoas iam morrer. Eu acho que estão na oficina de motos Broken Eagles – digo e o ouço digitar. – A ligação dele está em espera. Posso conectar nossa ligação com a dele?

– Faça isso agora, senhora – ele diz, então aperto o botão para conectar as duas ligações. Assim que faço isso, ouço dois tiros, um depois do outro.

– Ah, meu Deus. – Ponho o carro em movimento, sentindo a necessidade de chegar até Evan, sem ouvir mais nada que o atendente da central diz. Assim que chego, vejo o lugar rodeado por carros de polícia. Ao ver o tio Nico, eu saio, deixando o carro ligado e a porta aberta. Corro até onde ele está, ignorando os policiais que gritam para eu voltar para o meu carro.

– June – tio Nico diz assim que me vê correndo em sua direção.

– O que está acontecendo? O Evan está bem?

– Querida, você precisa voltar para o carro.

– Me diga logo! – eu grito e o rosto dele se suaviza. Pegando minha mão, ele me leva até uma das viaturas, me faz sentar no banco de trás e se agacha diante de mim.

– Não é seguro ficar aqui agora – ele diz, limpando delicadamente meu rosto, que nem percebi estar ensopado de lágrimas.

– Me diga o que está acontecendo. Por favor, diga que o Evan está bem – sussurro, sentindo mais lágrimas descerem pelo meu rosto.

– Nós sabemos que há pelo menos dois suspeitos armados dentro do prédio. Neste momento, é toda a informação que nós temos.

– Eu ouvi tiros – digo em pânico, imaginando se Evan está ferido, se um dos tiros teve ele como alvo.

– Eu preciso que você respire fundo e espere aqui enquanto eu falo com meus homens. Pode fazer isso para mim?

Cobrindo o rosto, confirmo com um movimento de cabeça e começo a rezar.

Capítulo 15

EVAN

A fera dentro de mim acordou e quer vingança. Ao ver sangue vertendo da ferida no ombro de Harlen, eu me movo sem pensar; me lanço de onde estou ajoelhado sobre Jordan, com o ombro em seu estômago, derrubando-o no chão. Com o impacto, a arma voa de sua mão e desliza pelo piso.

Percebi que havia algo errado quando estacionei em frente à oficina e encontrei o lugar vazio. Há sempre pelo menos um cara trabalhando num carro ou numa moto durante o dia, mesmo no horário de almoço. Quando entrei no complexo à procura dos caras e entrei no salão, o cenário que encontrei fez um arrepio descer pela minha coluna. Não tive tempo de pensar nem de telefonar. Mal tive tempo de apertar "Ligar" na última chamada e enfiar o celular no bolso de trás antes ser visto por Jordan e o outro cara que mantinha os rapazes sob a mira de armas.

– Filho da puta – rosno, levando as mãos ao pescoço de Jordan. Enquanto vejo o rosto dele ficar roxo e sinto seu corpo estremecer, registro o som de luta irrompendo à minha volta. Os dedos de Jordan arranham minhas mãos.

– Não o mate – alguém diz. Mas é tarde demais. Vendo os olhos dele começando a se fechar, sinto a pulsação diminuir sob meus dedos e aumento a pressão. – Evan – ouço meu nome em meio à névoa, mas minha visão se fixou em um objetivo. Sou derrubado de lado e solto um rugido, lutando com tudo o que tenho dentro de mim, mas uma dor aguda acerta meu crânio e tudo fica preto.

Aperto os olhos e levo as mãos à cabeça, pressionando o crânio, que dói como se tivesse sido aberto.

– Que diabos? – reclamo, com dor.

– Meu Deus – ouço June murmurar, sentindo o peso dela pressionar meu flanco e seu braço enlaçar minha cintura. Abraçando-a, eu inspiro fundo, sentindo a cabeça latejar de dor, e congelo quando as lembranças do que aconteceu voltam com força total. – Os caras? Harlen? – Tento me sentar, mas o corpinho dela me mantém deitado.

– Eles estão bem – June diz com a voz apertada, enquanto seus dedos acariciam meu pescoço e eu abro os olhos com dificuldade. – O Harlen está bem. – Ela se mexe para me olhar no rosto, e é então que percebo que estou num quarto de hospital.

– Por que eu estou aqui? – Minha testa franze, e eu passo os olhos na saleta estéril, tentando lembrar o que aconteceu depois que atiraram em Harlen, mas não me vem nada.

– Você teve um surto – ela diz com delicadeza, passando os olhos e as mãos em mim.

– Surto? – repito, tentando entender o que ela está dizendo.

– Os rapazes falaram que você ficou louco. Que não conseguiam acalmar você, que continuou apertando o Jordan mesmo depois que ele ficou inconsciente e o outro cara foi desarmado.

– Ah, não. – Fecho os olhos, sentindo a cabeça dela descansar no meu peito e seus braços apertarem meu tronco.

– Eu fiquei tão assustada – ela sussurra, se aninhando.

Nos virando de lado, eu a puxo para a minha frente e passo as mãos em suas costas enquanto a ouço chorar.

– Está tudo bem – murmuro com carinho, sentindo o corpo dela balançar com a força dos soluços.

– Qua... quando eu ouvi os ti... tiros, eu pensei...

– Estou bem – eu a interrompo antes que possa terminar. – Estou aqui. E não vou a lugar nenhum – prometo. A cabeça dela vai para trás e seus olhos cheios de lágrimas encontram os meus.

– Nunca mais me assuste desse jeito – ela pede, e eu tento conter um sorriso que me pega desprevenido.

– Nunca mais – garanto.

– E você não pode mais ajudar o meu tio. Eu proíbo – ela continua, fechando os olhos.

– Vai ficar tudo bem. – Eu a beijo na testa e apoio o queixo no alto de sua cabeça, depois a envolvo com os braços.

– Preciso dizer para o médico e os outros que você acordou – ela murmura no meu peito, mas se aconchega em mim.

– Daqui a pouco – também murmuro, então fecho os olhos e me pergunto o que aconteceu e por que não consigo me lembrar.

– Porra, cara! Que bom que você está bem – Wes resmunga após se sentar na cadeira ao lado da cama do hospital, onde estou estendido com uma June adormecida nos meus braços.

Ela não contou para o médico que eu tinha acordado. Pegou no sono e eu não quis acordá-la; só apertei a campainha para chamar a enfermeira e avisei que tinha acordado e que precisava de algo para minha cabeça. Logo depois disso, o médico veio para me examinar e dizer que iam me manter em observação durante a noite. Parece que, em minha luta para acabar com Jordan, Wes não teve opção se não me apagar, o que me deixou inconsciente com uma pequena concussão.

– Você já pensou em lutar MMA? – brinco, mas ele aperta o maxilar.

– Você nos assustou, irmão – ele grunhe, desviando o olhar. – Éramos três em cima de você, e mesmo assim não conseguimos te controlar. – Ele meneia a cabeça antes de voltar a me olhar.

– Eu não me lembro de nada disso. Minha última lembrança é de ver Jordan apontar a arma para o Harlen e puxar o gatilho – admito, passando a mão no rosto.

– Nós percebemos que você estava fora de si. Eu vi que tinha que te impedir de fazer uma coisa da qual ia se arrepender. Bem que aquele filho da puta merecia pagar pelo que fez, mas você não merecia viver com a morte dele na consciência – Wes diz em voz baixa, voltando os olhos para June por um segundo antes de olhar novamente para mim. – Se você não tivesse aparecido...

– Não diga – eu o interrompo, sentindo o corpo de June ficar tenso junto ao meu. Eu sei, pela conversa que tive antes com Nico, que o plano de Jordan era não deixar ninguém vivo no complexo. O pai dele tinha sido preso de manhã cedo, e Jordan sabia que a polícia estava atrás dele e do resto da quadrilha.

– Você sabe que estou contigo para sempre, irmão.

– A mesma coisa aqui – prometo, sincero até a alma, sustentando o olhar dele.

Ele concorda com a cabeça e levanta, enfiando as mãos nos bolsos.

– É melhor eu ir. E, só para você saber, as garotas já estão planejando uma festa para quando você voltar para casa, então descanse enquanto pode. – Ele sorri pela primeira vez desde que entrou no quarto e eu balanço a cabeça, nem um pouco surpreso com a notícia.

– Como está o Harlen? – pergunto quando Wes chega à porta.

– O cara é um tanque de guerra. Vai precisar mais do que uma bala para acabar com ele.

– Verdade. – Erguendo o queixo, vejo a porta ser fechada atrás dele e então ponho os dedos debaixo do queixo de June, erguendo-o. – Eu sei que você está acordada, linda.

– Quanto tempo eu dormi? – Ela boceja e olha ao redor.

– Bastante.

– O médico já passou? – Ela franze o rosto, tenta se sentar, mas eu a seguro.

– Você dormiu enquanto todo mundo passou por aqui, incluindo sua família – digo, passando o polegar delicadamente pelo lábio inferior dela, depois, debaixo de seus olhos. – Você parece cansada.

– Estou bem.

– Era melhor você ir para casa e desc...

– Não vou deixar você sozinho – ela protesta, me interrompendo, pondo a mão no meu rosto. – O que o médico disse?

– Eu tenho que passar a noite em observação – respondo, vendo seu rosto se franzir de preocupação. – É só precaução. Eles querem ter certeza de que estou bem.

– Ah. – Ela solta o ar, relaxando junto a mim. – E você *está* bem?

As palavras dela me fazem refletir. Eu sei que June não está falando da minha cabeça, mas do meu surto.

– Vou conversar com alguém quando me liberarem – prometo, enfiando a mão por baixo da camisa dela, para poder sentir sua pele.

Os olhos dela observam meu rosto por um momento, depois ela pergunta, com a voz suave:

– Isso já aconteceu antes?

– Comigo, não, mas eu sei que não é tão incomum – respondo, e o rosto dela se suaviza enquanto sua mão no meu rosto se move, para que seus dedos possam deslizar pela minha boca.

– Eu te amo – ela sussurra depois de um instante.

– Eu sei – eu digo, e ela balança a cabeça para a frente e para trás.

– Não sabe. Você não entende que, para mim, é impossível respirar sem você. Não consigo...

– Querida – eu a interrompo, não querendo que ela exagere.

– Eu estou grávida – ela dispara, e meu corpo fica tenso. – Desculpe. Eu tinha grandes planos sobre como ia te contar, hoje à noite, mas depois deste dia eu só quero que você saiba que não somos mais só eu e você. Nós te...

– Você está grávida? – eu a interrompo enquanto as palavras ainda ecoam nos meus ouvidos.

– Estou.

– Desde quando você sabe?

– Alguns dias. Eu ia...

– Você está carregando um filho meu? – confirmo, interrompendo-a de novo e olhando brevemente para sua barriga.

– Estou. – Ela franze a testa, me observando. – Você está bem?

– Cacete, você está grávida – digo, assimilando o fato de que a mulher que eu amo está carregando um filho meu. – Acho que é melhor nós chamarmos o médico para examinar você. – Pego a campainha, mas June a arranca da minha mão com um tapa.

– Eu não vou deixar o médico me examinar. Nós estamos bem, o bebê está bem. – Ela revira os olhos.

– Cacete, você está grávida. – Meneio a cabeça, sem conseguir acreditar, e levo minha mão à barriga dela, que ainda está reta. – Nós vamos para Vegas.

– Ai, caramba. Eu te conto que estou grávida e você fica louco. – Ela ri e afunda na cama, cobrindo o rosto.

– Eu te amo e nós vamos para Vegas. Não vamos esperar que você e sua mãe planejem o casamento. Vamos nos casar agora. – Eu pairo sobre ela, apoiando a mão em sua barriga.

– Nós não vamos nos casar em Vegas. Não seja louco – ela esbraveja, batendo no meu braço. – Vamos nos casar daqui a três meses. O casamento está quase todo planejado, e a Mãezilla vai perder a cabeça se você tentar tirar isso dela.

– Mãezilla?

Eu sorrio e ela revira os olhos, depois os volta para mim.

– Você está feliz? – ela pergunta, com a voz doce.

– Não, querida. O que eu estou sentindo não pode ser descrito como felicidade. – Eu a beijo delicadamente e massageio sua barriga. – Você está mesmo grávida?

A expressão dela amolece e suas mãos seguram meu rosto.

– Você vai ser papai. O melhor papai do mundo.

Olhando para o rosto lindo dela, eu sei que, enquanto a tiver, vou fazer de tudo para que as palavras dela sejam verdadeiras.

– Você vai consultar um médico antes de nós sairmos do hospital – murmuro, depois cubro sua boca com a minha, antes que ela possa responder.

– Tchau! – June grita enquanto JJ e Brew atravessam o jardim até a casa deles. Wes não estava mentindo sobre a festa que as irmãs, a mãe e as tias de June fizeram.

Assim que voltamos para casa do hospital, todo mundo apareceu trazendo comida e bebida. Harlen, que também teve alta hoje, conseguiu ficar algumas horas, até que Harmony, a filha do Nico que estuda enfermagem, lhe oferecesse uma carona para casa, depois de ver que a ferida o estava incomodando. O grandalhão não sabia o que fazer com a garota mandona. Tenho que admitir que eles caem naquela categoria de "os opostos se atraem", mas assistir a Nico vendo a filha com Harlen também foi hilário. Pensei que o policial fosse perder a cabeça. A boa notícia é que o médico examinou June antes de eu ter alta e tudo parece estar bem.

– Foi divertido. – June sorri e fecha a porta depois que nosso último convidado sai, e eu a viro e a levo pelo hall com as mãos em sua bunda. – Você está se sentindo bem? – ela pergunta, me observando com as mãos no meu peito.

– Não – murmuro, baixando a boca até seu pescoço, lambendo-o até chegar à orelha.

– O que há de errado? – ela suspira, tentando recuar o rosto.

– Eu não estou dentro de você. – Mordo sua orelha, e June passa os braços ao redor do meu pescoço enquanto seu corpo se molda ao meu. Chegando ao quarto, ponho um joelho na cama, depois outro, antes de deitá-la de costas no meio do colchão.

– Você tem uma família imensa – reclamo, puxando sua blusa pela cabeça. – E nós temos muitos amigos. Pensei que nunca fossem embora.

– *Nós* temos uma família imensa. Agora é sua família também. – Ofegante, ela arqueia os quadris para que eu possa tirar seu short e sua calcinha.

– Eu passei a noite toda morrendo de vontade de estar dentro de você. Juro que faz horas que eu estou pronto para tocar todo mundo. – Solto o sutiã dela e o jogo para trás.

– Eles gostam de você – ela me repreende, então eu seguro os seios dela e belisco os mamilos.

– Eu sei – reconheço, recuando para ajudá-la a tirar minha camiseta. – Mas eles podiam ter esperado uma ou duas semanas antes de aparecer – resmungo e ela ri, pondo a mão no meu rosto.

– Bem-vindo à família, querido. Você nunca mais vai estar sozinho. – Ela sorri e eu retribuo. Por mais que eu deteste admitir, a sensação é boa. – Agora pare de falar – ela sussurra, pondo pressão na minha nuca. Dando o que ela pede, eu a beijo e passo a mão entre suas pernas, encontrando-a molhada e pronta para mim.

– Ev – ela geme, cavalgando meus dedos enquanto minha boca cobre seu seio.

– Estou aqui, querida.

– Preciso de você dentro de mim. – Retirando meus dedos dela, eu os coloco na minha boca, depois tiro minha calça jeans e me coloco entre as pernas abertas dela.

– Não sei se consigo ir devagar – aviso, afastando o cabelo de seu rosto.

– Por que você quer ir devagar? – ela pergunta, segurando meu pau, deslizando a mão para cima e para baixo.

– O bebê.

– O bebê está ótimo. Agora, por favor, me coma. – June arqueia os quadris e eu entro lentamente nela.

– Mais forte – ela pede, e eu recuo para investigar seus olhos, aumentando meu ritmo. Ela levanta as pernas, me apertando com elas, e arqueia as costas, tirando-as da cama.

– Cacete – rosno, aumentando ainda mais o ritmo ao ver que ela está perto.

– Isso. – Ela enterra as unhas nas minhas costas e seu íntimo entra em convulsão ao redor do meu pau, me levando com ela em seu orgasmo.

– Lar – rosno, olhando nos olhos lindos dela. – Você é meu lar. – Saio dela e entro de novo, enterrando meu rosto em seu pescoço e meu pau bem fundo.

– Você é meu lar – ela sussurra no meu ouvido. – Eu te amo.

– Eu também te amo, linda. – Recuo para encará-la, sabendo que posso ter errado antes, mas que de jeito nenhum vou perdê-la de novo.

Epílogo

Três meses depois

— Agora você pode beijar a noiva.

Ao ouvir essas palavras, agarro June pela cintura, inclino-a para trás e cubro sua boca com a minha, enquanto nossa família e nossos amigos dão vivas entusiasmados. Quando a vi entrando na igreja, vindo na minha direção, segurando no braço do pai, tive que me segurar parar não sair correndo, tirar June dele e a carregar até o altar.

Relutante, tiro minha boca de June e a encaro, sabendo que sou o homem mais sortudo do planeta. Ela está sempre linda, mas, com esse vestido marfim tomara que caia justo, a pele brilhando da gravidez, o cabelo preso para cima, mostrando seu rosto e seu pescoço, ela está de tirar o fôlego.

– Eu te amo – ela suspira, passando os dedos pelos meus lábios, enquanto seus olhos se enchem de lágrimas.

– Sempre, minha linda, até o dia em que eu morrer. – Eu a endireito comigo e um rugido explode à nossa volta. Erguendo-a nos braços, eu a escuto rir enquanto a carrego pelo corredor da igreja, ouvindo algumas risadas enquanto passamos pelos convidados sem parar.

– Aonde nós vamos? – June pergunta, e eu entro no edifício onde nos aprontamos esta tarde.

– Sua mãe me manteve afastado de você a noite passada. E hoje eu fiquei onde ela me pediu para ficar, mas agora você é minha esposa e chega – resmungo a caminho da sala de vestir. Assim que chego à porta, rosno: – Abra. – Então eu entro, fecho a porta com o pé e atravesso a sala até chegar ao sofá, onde deito June delicadamente. – É muito difícil tirar esse vestido? – pergunto, passando as mãos pela renda que cobre seus flancos e os botões intricados nas costas.

– Minha mãe e minhas irmãs precisaram de vinte minutos para abotoar tudo. – Ela ri, puxando meu rosto para o dela. – Mas nós podemos nos beijar. – Ela sorri junto à minha boca, e eu enfio a língua entre seus lábios entreabertos, cobrindo o corpo dela com o meu.

– Se vocês dois não saírem daí agora mesmo, juro que vou derrubar esta porta! – November grita, quebrando nosso clima. Vejo os olhos sorridentes de June e murmuro: – Sua mãe é maluca.

– Essa não é minha mãe. É a Mãezilla – ela sussurra e enfia o rosto no meu pescoço, rindo quando November bate de novo. Dessa vez com mais força.

– É melhor nós sairmos antes que ela perceba que a porta não está trancada – aconselho, olhando para a porta, surpreso por ainda não ter aberto.

– Nós vamos ter uma semana só para nós, numa praia particular – June diz, me lembrando com delicadeza do presente de casamento que ganhamos dos tios Trevor e Liz, que vão nos deixar usar a casa de praia deles na Jamaica por uma semana. Uma semana em que pretendo aproveitar totalmente nosso tempo a sós, sem família e sem drama. Não que tenha havido muito drama. Lane manteve distância desde que recebeu a ordem de restrição, e eu tenho visto um terapeuta para falar do meu surto. O casamento era a única coisa que me impedia de ter June só para mim e, a partir de hoje, isso acabou. Mas preciso admitir que o local da festa e o da cerimônia são perfeitos. Todas as noites de June com a mãe, as irmãs e as tias valeram a pena. Elas fizeram um trabalho incrível.

– Eu não quero dividir você com ninguém. Não gostei de ficar longe de você ontem à noite nem hoje – admito, e o rosto dela amolece.

– Só mais algumas horas.

– Só mais algumas horas – assinto, levantando-a comigo, então levo as mãos ao cabelo dela e o aliso. – Você está linda.

– E você está muito atraente com essa casaca. Não acredito que minha mãe conseguiu convencer você a vestir isso.

– Ela não me deu opção. – Sorrio e examino o rosto dela. – Como você está se sentindo?

– Ótima. – Ela sorri e encosta em mim. – Tive um pouco de enjoo de manhã, mas estou bem desde então.

– Não gosto que você fique enjoada sem eu estar por perto para cuidar de você. – Minha testa se franze e eu levo as mãos à barriga dela.

– Foi só um pouco de náusea, mas é normal, então tire essa preocupação do seu rosto. – Ela meneia a cabeça, sorrindo.

– Meu trabalho é me preocupar com você – digo. Então a porta é aberta e November entra, cobrindo os olhos.

– É melhor que vocês dois estejam vestidos! – ela grita para a parede do outro lado.

– Mãe, está tudo bem. – June ri e November tira a mão da frente dos olhos, vê a parede e vira a cabeça para nós. – O que vocês estão fazendo? A festa já vai começar.

– Estamos indo. Eu só queria alguns minutos sozinho com a minha mulher – argumento, puxando June com delicadeza para o meu lado.

– Ah – ela diz, surpresa, olhando de um para o outro. – Vocês poderiam ter me falado.

– Você está no modo Mãezilla. Não teria deixado – June observa, e November retorce os lábios.

– É verdade – ela concorda com um suspiro. – Eu vou dar mais alguns minutos para vocês, mas depois vou arrastar os dois daqui.

– Nós vamos daqui a um segundo, mãe – June diz, e November assente.

– Não estrague o cabelo dela – ela vocifera para mim. – Ainda temos fotos para tirar – November conclui antes de sair da sala, fechando a porta atrás de si.

– Tem certeza de que não posso tirar seu vestido? – pergunto alto, e escuto o grito de November através da porta: "Faça isso se quiser morrer, Evan!"

Cobrindo a risada de June com minha boca, eu rezo para que a noite acabe logo.

– Você está se divertindo? – June pergunta do meu lado, e eu olho para seu rosto lindo, depois para o salão grande e aberto. Ver todos os nossos amigos e nossa família me faz perceber como eu tenho sorte.

Posso ter tido uma infância horrível e pais estragados, que até hoje não conseguiram colocar a vida em ordem o bastante para pensar no filho, mas tenho bons amigos para me apoiar, e uma mulher ao meu lado que é perfeita para mim. E, sério, o que mais se pode pedir da vida?

June

Quatro anos depois

Quando finalmente alcanço minha filha, que foi posta neste mundo para me deixar louca, eu a pego nos braços e me viro para um senhor idoso que me tocou no ombro.

– Sim? – pergunto, segurando as mãozinhas de Tia para baixo, para que ela não possa me bater no rosto enquanto grita "doce, doce, doce" (que não vai ganhar). Ela não precisa de doce. Comendo vegetais e frutas já é difícil. Alimentando-se de doces é meu pior pesadelo.

– O garoto é seu? – o homem pergunta, dando um passo para o lado e, ao fazê-lo, sinto meus lábios se apertarem.

Eu quero dizer não, que aquele diabinho encantador não é meu, mas é – ou melhor, ele é todo do pai.

– É meu – murmuro, levando minha filha comigo até o irmão dela, Conner, que parece estar usando o dispenser de manteiga da pipoca para lavar as mãos.

– Meu Deus do céu – ouço Evan resmungar atrás de mim, e sinto o peso de sua mão nas minhas costas. – Eu virei as costas por dois minutos – ele murmura, atônito.

– É – eu concordo, tentando não rir. – Ele é todo seu. – Eu o observo se aproximar de Conner, tirar as mãos do garoto de sob o rio de manteiga e pegar guardanapos. Nossa vida é insana, um caos completo. Não existe um momento de tédio, mas também não existe um momento em que eu não agradeça pelo que nós temos.

Fim

Agradecimentos

Primeiramente, quero agradecer a Deus, pois sem ele nada disto seria possível.

Depois, quero agradecer ao meu marido. Eu te amo agora e sempre. Obrigada por cuidar do nosso garoto amado para eu poder terminar este livro.

Obrigada por tudo, mãe. Obrigada por voar até aqui para me ajudar durante as primeiras semanas de vida do JC, e assim permitir que eu terminasse o livro.

Kayla, você sabe que eu te adoro, mulher. Obrigada por todo o esforço e por ser uma estrela da edição de livros.

PREMA Editing, obrigada por tudo, dos conselhos incríveis ao trabalho intenso. Adoro trabalhar com vocês. Eu amo, de verdade, poder aprender algo de novo a cada livro.

Obrigada à designer da capa e minha amiga Sara Eirew. Seu projeto e sua habilidade como fotógrafa são inacreditáveis. Amo o fato de você aceitar minha loucura e de saber o que eu quero mesmo quando só tenho uma ideia vaga. Esta capa é tão linda quanto as outras.

Obrigada ao TRSOR. Vocês, garotas, estão sempre trabalhando com firmeza, e vou ser eternamente grata por tudo o que fazem. Lisa, eu te amo.

A todos os blogs e leitores, obrigada por ler e compartilhar meus livros. Não existe tinta suficiente no mundo para agradecer a todos, mas cada um de vocês tem minha gratidão.

Beijos,
Aurora

Este livro foi composto com tipografia Adobe Garamond Pro